中国当代文学
新批评丛书

主　　编
贺　仲　明
李　遇　春

在鲁迅的余影里

孙郁　著

SPM 南方出版传媒　广东人民出版社
·广州·

图书在版编目（CIP）数据

在鲁迅的余影里 / 孙郁著 . — 广州：广东人民出
版社，2021.10
（中国当代文学新批评丛书 / 贺仲明，李遇春主编）
ISBN 978-7-218-15040-6

Ⅰ. ①在… Ⅱ. ①孙… Ⅲ. ①鲁迅（1881-1936）－思想评论
Ⅳ. ① I210.96

中国版本图书馆 CIP 数据核字（2021）第 102596 号

ZAI LUXUN DE YUYING LI

在鲁迅的余影里

孙郁　著

出 版 人：肖风华

责任编辑：刘　宇
责任技编：吴彦斌　周星奎
封面设计：周伟伟

出版发行：广东人民出版社
地　　址：广州市海珠区新港西路 204 号 2 号楼（邮政编码：510300）
电　　话：（020）85716809（总编室）
传　　真：（020）85716872
网　　址：http://www.gdpph.com
印　　刷：三河市荣展印务有限公司
开　　本：787mm×1092mm　1/16
印　　张：18　字　数：225 千
版　　次：2021 年 10 月第 1 版
印　　次：2021 年 10 月第 1 次印刷
定　　价：68.00 元

如发现印装质量问题，影响阅读，请与出版社（020-85716849）联系调换。
售书热线：（020）85716826

序 言

　　我在上大学之前，写了多年的诗。可是进入中文系读书后，诗情渐弱，阅读重心发生了变化，对于文学批评产生了些兴趣。原因在于觉得感性王国里不明确的东西殊多，不能够给人以清晰的说明。而借着理论的灯去照着艺术世界，也许能够窥见其本质。这受到了黑格尔的影响，现在想来，显得有些幼稚。但也恰是这一选择，我后来的道路发生了变化。

　　第一篇谈当代文学的文章作于1984年岁末，竟然在《当代文艺思潮》上刊发出来，接着《当代作家评论》《文学评论》也先后发表了我的文章，自己的勇气也随之增加。所写的文字多在追踪文坛的热点，可是并无全面扫描的能力。在热闹的20世纪80年代，文学批评也是介入现实的一种方式。对于当时还较为年轻的我而言，参与这样的对话，也是一种内心的需求。

　　我们这一代人受俄国批评家的影响较大，习惯于社会批评类的文字。所学的知识多是从莫斯科与圣彼得堡的知识人那里传递过来的。俄国人对于文学的认识，与改造社会有关，这些恰是中国人欣赏的地方。别林斯基对于普希金的讨论让我着迷，他从那些诗文中读出的气息，渐成风暴，席卷着寻路人的心。我在中国作家的文字里嗅出了几许俄罗斯的气息，这或许是一种模仿，或许是两国的精神史的交叉，不过年轻的我还不能清晰地意识到其间的问题，常常是简单化地理解这些。在思想解放的初期，我们可借鉴的思想还是太少了。

不久，文坛就发生了分化，各种流派出现，文学有了多种可能性。对于急剧变化的作家文本，我有些茫然。随即发现自己的思维过于分散，许多想法与研究对象的思路抵牾，便开始集中探讨几个重要的领域。而那时候能够去探讨的，也只有重审"五四"精神的话题。个人觉得，20世纪80年代的青年，要延续的恰是中断的启蒙。文学的任务之一，就是对于人道主义精神的重启。

感谢命运把我带到鲁迅博物馆，我在那里前后工作了十一年，由于鲁迅的存在，我的研究一直没有绕开这个重点。而文学批评的话题，多是与鲁迅传统有关的。

在鲁迅博物馆工作的日子里，一方面阅读鲁迅的原始文献，温习其中的思想与审美意识，另一方面追踪当代文学与学术的变迁。这过程让我处于一种矛盾、焦虑的状态：一方面苦于无法找到进入鲁迅世界的入口，另一方面对于当代作家渐多不满，觉得松散的、单一化的表达与鲁迅的成就难以比肩。但偶尔遇到好的作品，发现多少与"五四"的语境有关，于是在鲁迅遗产的背景里讨论当代问题，就成了写作的主旨之一。

我的工作是参与《鲁迅研究动态》的编辑，也因此认识了许多学者。王瑶、唐弢、林辰、孙玉石、王得后、钱理群、王富仁、王世家、汪晖、高远东、黄乔生等，都在一些方面影响了我。后来结识了陈忠实、林斤澜、贾平凹、莫言、刘恒、阎连科、张炜、余华等作家，感受到了他们身上的某些鲁迅遗产的闪光点。我的一些文字与解读熟悉的人有关，其中并非只有学理的沉思，也有借他人来认识自我的意味。

在这种学习中，我开始进入鲁迅研究与当代文学研究的世界，其中的苦乐，也留在了粗糙的文字间。

因为相当长的时间是游离于学院派之外的，所以文章写得较为随意，并无深刻的、系统的论著，也由于没有严谨的训练基础，精神飘忽的时候居多。鲁迅一生厌倦学院派，但他有这样的资本，文章总有富于生气的地方。而我们这一代人不行，基本的训练缺乏，非学院派中人也多带野狐禅的味道。不过后来的学院派成为一统的时候，问题比非学院派似乎更为严重，一个事实是，把鲁迅精神做封闭性的处理，总还是有些错位的。

20世纪40年代，就有人意识到了此点，仅仅以学院派的方式解读鲁迅，可能会遗漏一些思想。最根本的是，与现实的隔膜渐多。学院派只能阐释文本，却不能呼应文本，这是一个问题。所以关于鲁迅的传播，一直是在不同的路径中进行的。至少在20世纪80年代前，呼应鲁迅的研究多于学理的研究。我们在各种运动中看到的思想的交锋，差不多都有鲁迅的影子在晃动。

而学院派后来避免了呼应式研究的缺点，这有历史的必然性。它在细节与宏观框架下克服了思想的随意性。在今天，学院派的鲁迅研究在学理上取得的成绩已经有目共睹。我的周围大多属于学院派中人，这些年在资料研究、文本研究、背景研究、比较研究方面，都有佳作出现。在《鲁迅研究月刊》《上海鲁迅研究》等期刊上，一些青年学者的涌现，为鲁迅研究带来了勃勃生机，鲁迅传统是被烙印在这些学者的思考里的。

但我不久就意识到，除了我们这些专业研究外，还有另一种思考问题的方式，在影响着精神生活。那就是在非学科意义上的知识群落里，存在着另一种精神叩问，在那个群落，鲁迅一直是被作为重要的参照而存在的，且融入了社会转型的复杂语境里。

举两个例子就可以发现，鲁迅是一个被不断发现和阐释的存在，作为一种资源，给人文领域带来动力性的传导，且伴随几代人在寻觅新的道路。

一是作家的创作中，鲁迅主题和意象一直存在于许多人的文本里。从1978年开始，小说家、诗人的写作，呼应鲁迅文本的一直没有消失。有的是作为复写的方式而存在的。莫言《酒国》就自觉地再现《狂人日记》的意象，贾平凹《古炉》在内蕴上暗袭《药》，余华《第七天》是从《野草》的底色里开始自己的精神书写的。张承志在写作中的语态，时常沿袭鲁迅的激情，他自觉地从鲁迅那里拿来思想，在文坛有着爆炸性的冲击波。刘庆邦创作的《黄泥地》对于乡村社会的打量，让我们听到了《呐喊》的声音，刘恒的《虚证》《贫嘴张大民的幸福生活》跳动着《孤独者》《阿Q正传》的灵魂。当作家将自己的经验与鲁迅的经验重叠起来的时候，现代文学的一个链条便清晰可见了。这种重复性与扩展性的书写，也是我们今天文学的一个特色。

二是学者对于鲁迅思想的阐发。20世纪80年代以来，李泽厚、邓晓芒等人的治学理念中，除了对于古典哲学的借用外，不同程度地借鉴了鲁迅的资源。那些有创造性的学者并不是在鲁迅一个维度里吸收营养，而是把鲁迅视为自己思考问题的参照之一，在不同的语境里丰富自己的思想语汇。李泽厚的积淀说，就是在康德主义的影子里，暗接荣格的思想，而主旨取之鲁迅的改造国民性的意识。邓晓芒在对于中国社会的分析中，尽管应用了许多西方资源，但在知识分子阶层的立场上是坚持鲁迅的理念的。我们看近些年历史研究、文化遗产研究中的一些鲜活观念的形成，都能够感受到鲁迅遗产的魅力。比如郑欣淼的故宫学研究，其实隐含着鲁迅学的背景；吴冠中对于美术史的感悟，多的是鲁迅的逻辑。可以看出，在文化领域，鲁迅被分解成不同的碎片，折射在不同的文本里。这是静悄悄的辐射，是一个传统的延伸。非鲁迅研究界里活着的鲁迅，恰证明了其不朽的价值。

作家的兴奋点与学者的聚焦点如此巧合地汇入一个调色板里，其实无意中丰富了"五四"后的一种特定精神。这或许是对于未完成的启蒙的一种代偿。当人们还在《呐喊》《彷徨》的某些时空里的时候，要跳出旧有的思路，其实是无比困难的。

在没有热点的地方，鲁迅是热的。网络上的鲁迅小组讨论的问题很多，争论里也产生诸多妙想。在许多民间思想者那里，鲁迅一直被阅读着。一些非学院派的写作，在某种层面撕开了沉闷思想的罩子，将野性的思维引来，对应了鲁迅的某些特质。我们看看林贤治、张枣的写作，是有淋漓的元气在的；木心、陈丹青笔下关于国人精神难题的审视，以及高尔泰、邵燕祥的随笔里的气氛，都像《且介亭杂文》一般散出热力。

这种现象也在亚洲各地蔓延。在日本，鲁迅读书会的活动，催生了一批艺术品。而韩国的民间思想者在思考本国问题时对于鲁迅的阐发，也有新鲜的视角。那些文字的出版，背后牵引出几代韩国知识人的苦梦。尼泊尔的鲁迅小组对于民族命运的思考，闪现诸多哲思，那些滚烫的文字里有着民族自新的冲动。想起这些人与事，我们便不再感到孤单。这些人声与片影里有更动人的景观，我们在学院里不太能有着类似的激情。

从一些迹象看，鲁迅主题的传播，不再是单一体的闪动，其思想与审美意识是融合在不同的话语空间里的，或者说，作为一种因子和来源而存在着。

但另一方面也给我们许多的提示，从那些人的经验里会发现许多学术的话题。同时也要求我们这些鲁迅研究者要有类似鲁迅那样开阔的眼光。鲁迅从来不倚傍在一个或几个精神资源中，而是不断吸取各种有意味的遗产的精华。孙犁就认为，学习鲁迅不是总在鲁迅的语境里走来走去，而是像他那样在古今中外的文化习得中形成自己的特色。复兴我们文化中美好的传统，不是简单地回到文本的特定的世界，而是在开阔的视域里重新召唤出远去的灵思。从这个意义上说，那些激活了鲁迅遗产且走出新的精神之路的人，是领略到了鲁迅精神实质的。

所以，除了继续我们专业性的思考外，应当承认，这也是一个反省我们自己的机会。鲁迅研究与其他作家研究的不同之处是，它一直纠缠着历史、现实以及自我意识里本然的存在。在对象世界里反观自我，乃今天的学者应有的选择。

我们今天的研究面临的一个很大的问题是，如何绕过流行的语言逻辑，贴近鲁迅的语境。鲁迅去世后，一直存在着这样的问题。我曾经说过，我们不断用鲁迅厌恶过的思维方式解释鲁迅，后设的概念与对象世界的原态颇有隔膜。我自己就曾想当然地用时髦的观念去铺陈思想，后来发现，强加给前人的东西是过多的。深味鲁迅文本的人可以发现，鲁迅有一个特殊的精神表达式，他说出什么的时候，一定要用另一种词语限定自己的话语，因为一切表达都有自己的限度，而特指的表述脱离一定的语境，就会变成荒谬之论。从这个意义上说，提醒我们注意自己论证方式的有限性是多么重要。鲁迅就是在有限性里开启了无限的可能性，他拒绝圆满、自欺与自大，对于一个敢于颠覆自己思想的思考者，在研究的时候也要有强大的自我批判的勇气。我在今天的许多青年学者的论文里，感受到了对突围的迫切。

回想我这些年的写作，很少使用流行的理论。这里既有修养不到位的问题，也有自己的担心。那就是用一种新的模式去接近鲁迅，其实可能存在悖谬的东西。理论不能涵盖一切，倒是鲁迅式的思考问题的方式，对于我们是一个提示，那就是，在形成新的表达式后，应要警惕自己成为语言的奴隶，而思考在不断深入的时候，也应不断地反观自己，不要落入自设的陷阱里。庄子、尼采及德里达的思想，就含有类似的元素。研究鲁迅传统，尤其不要忘记此点。

当代的文学批评，涉及鲁迅遗产的话题很多，但却不都是在鲁迅式的语境里展开的，它越来越受西方文论的影响。在学院派"一统天下"的时候，读者的反应也在减少。什么样的批评是好的，这是一些人追问过的问题，但恐怕永远都没有答案。批评界已经形成定式，对于读者的反应并不在意。批评家照例用蹩脚的方式吞吐文字，在经院化的模式里自满自足着。可是作家与读者并不满意于此。好的作家，是不太在意那些批评文字的，他们知道自己的路，是在选择中形成的，过多的理论介入可能是一个问题。批评不仅能指导创作，它更多的时候还是一种诠释或对话，这样的时候，批评与创作似乎各在不同的路上，希望批评具有大的影响力，恐怕也是不易的。

对于写过许多批评文字的我而言，更喜欢读的是作家笔下的读书笔记和评论文章。博尔赫斯、卡尔维诺的批评文章，我们可以反复阅读，那是美的表述和深的沉思，在辞章里亦有他人没有的东西。王蒙、汪曾祺的批评文字就好于同代的一些批评家，因为他们知道创作的甘苦，而且精神深处有更为高远的气息。所以，批评家也要借鉴这样的作家文本，深味他们脱俗的品位。这种冲动可能会引领我们造访陌生之所，恰在那没有人走过的地方，窥见精神的神秘一隅。

然而，一百多年来，作家文本不断给批评界带来启示的人物毕竟是少的。鲁迅是作家中兼具批评家品格的人物，他自己的批评文字就很有内涵，在审美的幽玄处，流出现实的真实情态。笔锋之下，波澜种种；点滴之间，光影斑驳。在无法辨认的词语里看出隐秘，于寻常中读出苦楚。而在面对灰暗之影的时候，又能以讥讽之语点破玄机，对于坏处毫不留情。这种批评，在今天的学界也甚为稀少，重温其各种文字里的批评之语，总还是让人感慨万千的。

我一直觉得，以鲁迅为参照的写作，对于当代文学和学术研究都是一个值得去做的工作。但这也存在一个问题，过分沉浸在一个精神语境里，会出现写作的重复。我自己就遇到过这样的困境，所以在长期的思考里，难免走向狭窄的路径。我一直想从这个困境里走出，然而现在还在徘徊的路上。

为什么鲁迅遗产能够不断在知识界延伸，这是我们不能不回答的话题。也许像康德一样，其思想指示了一个常恒的存在。当我们无法解开主体的内在矛盾性的时候，可能一直就在这样的语境里。鲁迅与康德都发现了认知先验形式的边界，不正视这些，终究要落入精神的陷阱。从这个意义上说，持续关注鲁迅遗产的解释工作，对于我们这代人来说是一种责任。

本书算是先前出版的《鲁迅遗风录》的续集，关于当代文学与文化的一些心得都在这里了。所写的人物都是自己感兴趣的，也遗漏了些重要的作家与学者，然而只能以后补救了。书是应贺仲明先生之约而编写的，感谢他的信任和关爱，以及为此付出的心血。开始撰写此书的时候，内心不免有些踌躇，因为那是特殊心境里的特殊的表达，未尝没有遗憾的地方。有判断力的读者，自然会发现内中的缺失，所以也真诚地希望听到质疑的声音。从事批评写作的人与读者是平等的，没有对批评的批评，便没有进步。对于我们这类写作者，尤应如此。

孙郁

2019 年 12 月 14 日于海口

Contents

目录

「第一辑」

「第二辑」

第一辑

在汪曾祺的对面

———◎———

一

我要写林斤澜的愿望已久，但一直苦于无从下笔。林斤澜是个可爱的老人，与他谈天，是一种很美的享受。但他的文字，那些古怪的小说，奇异的随笔，却与他的谈话风格迥异，像迷宫一样难以把握。可在这迷离的文字背后，却有一种韵味，让人对他生出几分神奇的感觉。描述林斤澜，用任何理论来套，大都不容易得要领。他晚年的作品，恍兮惚兮，来去无踪，样子怪怪的，读了茫然不已。汪曾祺谈林斤澜的小说，一开始觉得"费事"，"读到第四天，我好像有点明白了。而且也读出好来了。不过叫我写评论，还是没有把握。"汪老生前，和我谈过林斤澜的创作，表扬的同时，结论是：不好懂。这大概代表了许多人的印象。所以，眺望林斤澜，并非易事。

但过了几年，我无意中找到了参照，似乎找到了一个进入他的世界的入口。认识林斤澜，对我而言，需要一个参照，它像镜子一样重要。这参照不是古小说，不是域外文学，而是他的挚友汪曾祺。有一次潜心读《汪曾祺文集》，不知怎么，忽地想起林斤澜的"矮凳桥"。

想起他们在晚年经常互磋技艺、莫逆相交的情形。汪曾祺与林斤澜的精神深处，有些相通的东西，但二人的追求又往往背向。前者清淡、飘逸，后者混沌、隐晦；汪氏如清风拂面，林氏则雾气满天；一个多温馨和谐之音，一位却常怀惨淡、痛楚之魂。当林斤澜的文字扑朔迷离时，想一想汪曾祺的清凉明净，便会悟出些什么。认识林斤澜，这个参照，的确很重要。他的世界的许多隐秘，大都可在这一对照中找到。

　　林斤澜的晚年，相知最深者，是汪老曾祺，两人像兄弟一般，出没于文坛之中，可谓形影不离。这是"道同，相与谋"的深交吧。"道同"，乃是志向相近，都是文体家。20世纪80年代后，小说在文体上和风格上，一反50年代以来的流行色，二人可谓功不可没。汪曾祺从传统的笔记小说道上，回归到了古雅的园地里；林斤澜则返入心灵的迷宫，在笔记体、诗体的杂糅间，创造了一个绚丽的时空。汪曾祺在无章法中显出章法，林斤澜在有章法中打乱了章法。气韵不同，境界迥异，但二者均解放了短篇小说的文体，将新、奇、特引入作品，这对那时的文学界，是不小的冲击。想起那时文坛的变革，二人的劳作，实在可敬可叹。

　　林斤澜的作品像天外来客，无根无由，不知东西。那是一片云山雾海的世界，如海市蜃楼，似沙漠幻影。他的语言不规范，思维不规范，意境也不规范。他似乎揉碎了一个世界，"花非花"，"雾非雾"，"人非人"。现代派吗？不是。朦胧派吗？也不是。他不像汪曾祺那样在很深的古文化传统中调整己身，也不似王蒙那样钟情苏俄艺术。林斤澜把古小说的一些气韵切断了，把域外作品的一些精神也肢解了。他甚至也撕碎了自身，撕碎了逻辑，用茫然的生命直觉，体味着实在。在小说的写作上，他比汪曾祺走得更远，所谓"玄之又玄，众妙之门"，就是这个道理。

我觉得林斤澜的世界，是拒绝流行色的异端。很难把他划入哪个流派、哪个圈子。我们在茅盾那儿能找到左拉，在汪曾祺那儿能找到沈从文，林斤澜的周围却是一片云雾，不知来于何方，抵于何处。没有一个源头的作家，怪矣，奇矣，在今天的文坛，是个奇观。奇异一些，怪诞一些，难道不好吗？林斤澜能在纷繁多变的世间，独树一帜，仅此，我们对他，得换一种眼光。

我相信在另一种眼光中，可看到一个真实的有意味的存在。

二

林斤澜没有汪曾祺那些醉人的早期记忆，汪氏有一个会画画的父亲，一个硕儒云集的母校，一个儒道相间的精神家园。那片记忆的世界遮挡了人间的风雨，他于此过滤掉了痛感，将一份真纯留于笔端。而林斤澜没有这些名士的雅致、书斋的情趣。他是在生活的苦海中走过的人，既无学究的资本，又无书香的遗绪。他很少有史家的风趣，也无学者的老气，他生活在动荡的岁月，有过战争的经历，生死的磨难。他后来一直生活在作家的圈子里，几代文人，多少熏染了他。林斤澜是由生活而走进艺术，而不是由学问而迈进文坛。这是他与汪曾祺不同的背景。汪曾祺由野史、笔记、杂家风采而为小说，林斤澜单纯得很，由生命的觉态而为小说。汪曾祺把小说看成"回忆"，而林斤澜的作品则是介入生活。汪曾祺写小说，注重的是"淡"与"纯"，而林斤澜则留住了杂色，记下了生活的原态。读林氏的作品，隐隐地感到轰鸣，人间的酸甜苦辣，尽入笔端。《溪鳗》《李地》《小贩们》，均不见小桥流水式的清凉，在秀巧之中，杂糅了灰暗之色，美丽缀上阴郁，快乐蒙上黑影，"矮凳桥"系列有时像梵高的画，色彩迷幻之中，带着生命的热浪。人性的荒原被七色光零乱地渲染着。我在这里聆听到了一个痛楚的灵魂的呻吟。林斤澜在闪烁其词的语境中，似乎暗示了苦难的真义，暗示了生存的本原。我无法厘清这些反映人生世态小说的隐喻，但在这片光怪陆离的诡谲里，领略到了作者的沉重。

他不会像汪曾祺那样将苦难沉淀下去，读他晚年的作品，似乎故意搅混了记忆，在一片朦胧中咀嚼着一切。《门》系列里写人间的厄运，有时竟相闪烁着地狱之光，让人体味到某些鲁迅的意味。他写老舍、萧军、荀慧生在"文化大革命"期间的不幸，笔触满蕴着寒气，让人听到一颗苦难的心在跳动的声音。《矮凳桥风情》像一曲苍凉凄苦的交响乐，那么多的色彩，那么多的颤音，人间的冷暖苦乐，均汇聚于斯，仿佛噩梦缭绕其中。一个善良的老人，偏偏如此残酷地咀嚼着苦难，由此，可以领略其内心的苦衷吧？如果说，汪曾祺将一种明丽的美献给了世人，那么林斤澜则将汪氏沉淀掉的混浊，再现给人间。这一明一暗，一清一浊间，正是一个民族昨日的写照。我在这两种不同的色调里，感受到了那一代老人心灵的隐秘。

清澈、明净的精神追索，是美的；诅咒黑暗、直面黑暗的焦虑的心，也是美的。殊途同归，乃天下常理。在林斤澜与汪曾祺的文字对照里，我们可悟出些什么。

三

理解林斤澜似乎应在世俗之外的时空里。他很随俗，又很反俗；很乡土，又很现代。他似乎没有依傍着同一色调的世界，而是往来于诸多色调之间。他的文字制造了扑朔迷离的悬念，有一点儿契诃夫，有一点儿卡夫卡，有一点儿鲁迅，有一点儿废名。但又全然不似，像一只飞来飞去的蝴蝶，翅膀上沾着繁多的花粉，在杂取种种的过程中，获得自身。

林氏小说是风情化的、乡俗气的，但又不像孙犁那样清秀、沈从文那样柔和、刘绍棠那样舒朗。他用最风土化的笔墨，表达着西洋式的荒谬的主题。《经理》写人世间的悖谬，目光惨然；《忽闻声如雷》显示了一片混沌中的死色；《绝句》《法币》既有存在主义的余绪，又有反存在主义的东西；《过客》借用鲁迅的文字，写出比鲁迅时代更荒唐的生命感受……

作者写了那么多的江南秀色，但很少在静观中生出雅意，而是不断在那里加味、调音，美丽毁于残暴，清纯丧于混浊。一个个本可以是田园的故事，却在他那儿变成了深邃的黑洞。他将人的命运置于茫然可怖的调色板上，无奈、绝望、毁灭就那么悲怆地搅在一起。蒲松龄以鬼神之语而状写人间，林斤澜呢，以噩梦之声描摹世态。《殷三遭》《童三狠》《岑三瞎》，很有"梦里不知身是客"的感觉；《溪鳗》《丫头她妈》《车钻》《小贩们》不知是梦呢，还是回忆。林斤澜不像鲁迅那样以灰色的调子描摹丑恶，而是以美丽的色泽演绎黑暗。《水井在前院》《月夜》《烂桃》《微笑》《酒友》《溪鳗》《笑样》《"舴艋舟"》等，名字很美，像沈从文和汪曾祺的文章的题目，但内蕴却一反田园气和隐逸气，题旨大多是非理性、反逻辑的。中国过去的小说，没这类样式，林斤澜将笔记小说现代化了。

但他的文风、情调，与大众距离甚远，和普通文人的习惯，亦多有别。他不会像汪曾祺引来那么多的追随者，也没有王蒙那样的感召力。他如醉卧小桥流水间的莽汉，在宁静中添一点鼾声，在粗糙里点缀着纤细。他处于热烈与沉寂之间，但又不属于这两个世界。作者的怪异之气，放逐了自我，成为边缘化的小说家。这种创作终归于寂寞。一个不肯将自我汇入世俗的人，其情其态，给人的，只能是神秘。

我以为这是一条奇险的路，要么是天然之质，要么是有意为之。天然也好，有意也好，世间有这类艺术，是该感叹的吧？作品闪烁其词，不知所云，但又有隐隐的美意，大概是人间的原态。一个糊涂的文人，好似可笑，但天底下谁能把世间说清呢？老老实实地将说不清的感受写出，或许也是一种艺术。我读他的书，虽常常不知所云，但峰回路转中，好像看到一扇人生之门。我们进去了，但它仿佛不在身边；我们远离着它，但又觉得已入其境。林斤澜为世人勾勒的，就是这样的迷津。

四

当汪曾祺向传统的儒道精神走去的时候，林斤澜的世界却呈现出"无所有"。

他陷入了"无物之阵"，精神的黑洞渐渐扩大起来，鲜有亮色。他的作品常常出现雾茫茫的梦，迷乱的时空，精神异常的市民。他的作品不是礼赞纯情，而是纯情的丧失；不是和谐的心语，而是嘈杂的颤音。他那么喜欢沉浸于苦涩之中，毫无闲适与惬意。他用残忍折磨着自己，同样也折磨着读者。林斤澜晚年的小说已丧失了田园之景，人被逐出天堂，除了恶、苦、灾难，还有什么？凄苦和孤独在宰割着一切，他用暮色的混浊，体验了死亡。

他深深地爱上了鲁迅，虽然他的气质与鲁迅大相径庭。鲁迅之于林斤澜，很难说是精神哲学的相通，但那些智慧的达成方式，那些无根的漂泊感，那些非正统的文学技巧，与其心性，多有吻合。汪曾祺似乎不喜欢鲁迅的残酷，而林斤澜却对此情有独钟；汪曾祺把写作看成一种自娱和自我的升华，而林斤澜则在泼墨中承受着沉重。汪曾祺时常将心绪隐在文字的背后，用美丽驱走丑陋，而林斤澜往往直陈死灭，以坚毅的目光迎着苦难……

新文化运动以后，乡土小说大致形成了两条路，一是鲁迅式的忧郁与悲愤，一是沈从文式的淡然与清幽。汪曾祺舍肃杀而求恬淡，林斤澜却肃杀也耐得，恬淡也容得，而内心深处，更喜鲁迅的幽复、玄远。林氏作文，常有一种对命运的茫然，我常在他那儿看到阿Q的群像、孔乙己的群像、魏连殳的群像。鲁迅暗示给了他什么呢？绝望？灰暗？韧性？在我看来，更多是精神的变形吧。他的《自述》中云：

生无格言，

相难漫画。

若是吹牛，

也是土话。

有话则短，

无话则长。

没事胆小，

有事胆大。

林斤澜愿意扭曲地写生活，叙述故事，常反其道而行之。他用变形的方式写人性，写命运，有几分诗意，几分哲思，让人悟出人间的可叹。系列小说《门》，篇篇古怪，句句艰涩，在曲折多样的字句里，折射着人生的玄奥。"一辈子打开过多少门，就是打不开自己的门。"林斤澜在小说中，一再暗示着这些谶语，像一个巫师，吐出世人难解的玄机。鲁迅写命运的多厄，从情绪与隐喻下笔，可谓笔力千钧。而林斤澜扬弃了鲁迅的叙述语态，以茫然写茫然，以无序写无序，清晰的判断消失了，多面的逻辑也消失了，剩下的，只有混沌，混沌……汪曾祺说：

> 斤澜的小说一下子看不明白，让人觉得陌生。这是他有意为之的。他就是要叫读者陌生，不希望似曾相识。这种做法不但是出于苦心，而且实在是"孤诣"。
>
> ——《林斤澜的矮凳桥》

"孤诣"是一种个性，但过于"孤诣"，不免离民众渐远，而识者几稀。李贽、徐渭，算是很"孤诣"的人，但文字却很畅达。鲁迅身上很有傲气，而与读者却无距离，仿佛内心的隐秘，也公之于世。林斤澜在这一点上，既不像古贤，又别于今人，为什么走得这么远？当"孤诣"远离了读者，题旨过于隐蔽时，作者是不是封闭了自我？古人作诗，忌押险韵，以"出律"为弊，而林氏却于奇崛之中平衍散漫，清淡之中唱幽眇之歌，这在当代作家中，实属罕见。

因为在实在中，常看到"无所有"，在"无所有"中，领略了实在，那么，在林斤澜眼里，已无所谓意义与非意义、秩序与非秩序、逻辑与非逻辑。理解了这一点，便可看出他创作的心绪吧？

五

　　与林斤澜谈天，总忘不了他对文学特有的感受力。他对现代以来的作家的把握，常常是主动和富有穿透力的。很奇怪，他很少把这些感觉，写到评论式的文字里，我以为是不小的损失。林斤澜和汪曾祺一样，对文体，或者说是小说语言，很在意。不过，汪曾祺把语言当成了内容，而林斤澜则更看重小说语言与小说意蕴的关系。汪曾祺用白话文表达古文与西洋文曾有过的高雅境界，用笔清秀，举重若轻，看似漫不经心，而深意犹存。这条路，周作人、孙犁走过，但未用于小说中，而汪氏从容地走来，确有惊俗之味。林斤澜的写作，语言不是从古语或洋文转化过来，而是方言，是温州方言调式与节奏的漫延，这一点，汪曾祺很少有过。细想一下，固然与气质有关，但美学上的追求不同，也是很大的原因。

　　林斤澜对小说的结构，或对小说的形式，颇为留意。他不像汪曾祺那样散淡、随便，而是有意为之，有的甚至过于刻意。蒲松龄、鲁迅、契诃夫的小说，他读得熟，读得精，对作品的起承转合，领略颇深。我偶读几篇他写的鲁迅小说评议的文字，觉得语言锐利，体味切实，那些学院里的学者，是写不出这样的短论的。他确实具有很高的鉴赏力，当今北京中老年作家的一些作品，曾经他的推荐扶植，而受世人关注。或许可说，"五四"以来几代文人的创作体验，经由他与汪曾祺这些人，传递了下来，这个作用，是不可小视的。他的创作，与其说是对生活的认识，不如说是对表达生活的方式的一种玩味。他不仅传承了过去文学遗产中有魅力的内容，而且也激发了他身边更年轻的一代去创造新的艺术。读他的文字，隐约可以感到一位鉴赏家的存在，他或许很得意自己的尝试，在那些精细、小巧而怪味的小说中，写着他内心的艺术哲学。

汪曾祺谈林斤澜的写作时说：

> 我曾在一篇文章里写过：小说结构的特点是"随便"，斤澜很不以为然。后来我在前面加了一个状语：苦心经营的随便，他算是拟予同意了。其实林斤澜的小说结构的精义，我看也只有一句：打破结构的常规。
>
> 斤澜近年小说还有一个特点，是搞文字游戏。"文字游戏"大家都以为是一个贬辞。为什么是贬辞呢？没有道理。斤澜常常凭借语言来构思。一句什么好的话，在他琢磨一团生活的时候，老是在他的思维里闪动，这句话推动着他，怂恿着他，蛊惑着他，他就由着这句话把自己飘浮起来，一篇小说终于受孕，成形了⋯⋯
>
> 林斤澜把小说语言的作用提到很多人所未意识到的高度。写小说，就是写语言。
>
> ——《林斤澜的矮凳桥》

不管汪曾祺与林斤澜有多大的差异，而在艺术形式上的自觉，是相近的。也正是这种自觉，使他们完成了对中国意识形态化的小说真正意义上的解构。解放始于启蒙，创作缘于鉴赏，有时想想，有点儿对吧。

但过于理性的自觉，便易流于形式。茅盾以来的左翼作家，有过这样的教训。而林斤澜的身上，却鲜见理性化的痕迹，这使他与汪曾祺一样，在晚年大放光彩。20世纪80年代后，文学千奇百怪，汪、林二位，走的是寂寞之路，从未将自己看成主流话语中人。因为甘当支流的弱小的存在，便没了伪饰和矫情，心性更偏于自然，多了神异之性。平和、宁静，是可以直抵生命本真的，林氏本人便是在悠然之中，得到自在的智者。

小说也有生命的寄托，是精神存在的一种形式。汪曾祺曾从语言的色彩、神气、音节、字句诸方面，看到了它的无限广阔的前景，他在语言的自娱中，体味到了生命的自娱。林斤澜何尝不是如此？看他对鲁迅、茅盾的理解，对沈从文、叶圣陶的体悟，以及对汪曾祺这些同代文人的欣赏、礼赞，亦可见他心中的真纯。林斤澜的劳作中隐含着一部小说史。他的作品延续着昨天，而又过于晦涩、过于玄奥。可在这些别有意味的尝试中，我看到了艺术更新的可能和生命超越的可能。精神的存在绝不会是一种形式。林斤澜在前人的路上，摸索到一条属于自我的路。对晚年的写作，他该感到庆幸。

一个能深味"他在"的人，方可自省。林斤澜在中外小说巨匠那里，看到生命的起伏、荣辱，也发现了自身的优劣、短长。他的写作，既是为人的，也是为己的。他的生命形态的多样性，都留在了这一形式里。谁说艺术的形式，没熔铸着有血有肉的生命呢？

六

汪曾祺去世后，林斤澜与汪家子女一起去郊外为老友安葬骨灰，回来后，写了篇文章《安息》，结尾道：

> 高楼远近也不见人，只听见大小回声，重叠合成一片天籁。洪荒大化，不知所之。

这真是妙文，作者写的是那天的感觉，其实也写出了生死之感。得知林斤澜去世的消息后，不知怎么，我竟想起他生前这段话来。汪曾祺之后，他是北京作家圈里最受人尊敬的老人之一。且不说他的人格，就其身上的神采而言，可以及之者亦不多。先生一去，琴弦无声，草木暗伤。他和汪曾祺一起"洪荒大化"去了。

关于林先生的文与人，早有文章谈及，不再赘述。想起和他的交往，我们谈论最多的是鲁迅。他对鲁迅的喜爱，都藏在内心，从不张扬。记得在20世纪90年代，他在《读书》杂志写过一篇关于《故事新编》的心得，给我留下很深的印象，在我看来是极为难得的作品。后来在一些关于短篇小说的讨论文字里，他多次以鲁迅为例，讲精神的独创带来的快感。那些话都有分量，是作家的偶得，没有文艺腔与理论腔。很多学者谈论鲁迅时，不免有学究气与读书人的架子。他没有这样的问题，文字直观，余音袅袅，和他这个人一样是很好玩的。

林老谈论鲁迅只限于小说与一些散文，以及《中国小说史略》，不太涉及思想史的内容。即从作家的眼睛打量对象，看到的是一些艺术的玄机。我觉得研究鲁迅的教授们，有时候不妨看看这样的老人的心解，与象牙塔里的高头讲章确乎不同。他的感受与概括力，都停留在知性的层面，有的虽只是灵光一现，但却精妙动人。比如在《论短篇小说》一文里，他写道：

> 鲁迅先生专攻短篇，他的操作过程我们没法清楚。不过学习成品，特别是名篇，可以说在结构上，篇篇有名目。好比说《在酒楼上》，不妨说"回环"，从"无聊"这里出发，兜一个圈子，回到"无聊"这里来，再兜一个圈子，兜一圈加重一层无聊之痛，一份悲凉。《故乡》运用了"对照"，或是"双峰对峙"这样的套话。少年和中年的闰土，前后都只写一个画面，中间二三十年不着一字。让两个画面发生对比，中间无字使对比分明强烈。《离

婚》是"套圈"，一圈套一圈，套牢读者，忽然一抖腕子——小说里是一个喷嚏，全散了。《孔乙己》在素材的取舍上，运用了"反跌"。偷窃、认罪、吊打、断腿，因此致死的大事，只用酒客传闻交代过去，围绕微不足道的茴香豆，却足道了约五分之一的篇幅。

只有小说家才这样谈鲁迅，真是好玩得很。不过这只是技术层面的话题。林斤澜其实更喜欢鲁迅的气质，什么气质呢？那就是直面灰色生活时的无序的内心活动。他不愿意作品直来直去，而是在一个点上挖掘下去，进入思想的黑洞，在潜意识里找寻自己精神的表达方式。汪曾祺评其小说时说，其小说读起来有点费事，故意和读者绕圈子，大概是为了陌生化的缘故。比如"矮凳桥"系列，在小说结构上多出人意料之笔，意蕴也是朦胧不清的。这大概受了鲁迅的《彷徨》《野草》的影响，但更多是夹杂了自己的体味。在一种恍惚不清的变换形态里，泼墨为文，走了完全与传统不同的路，也是与当代人不同的路。

看多了他的文章，一个突出的印象是，他对人生的看法有点特别，那就是觉得人的未来的路，是不确切的。他不想停留在确切性里，而是直面不确切。仿照鲁迅的剧本《过客》，他也写了一篇《过客》，内容几乎一致，只是对话略有改动。剧本是肃杀凄婉的，但林斤澜的《过客》的独白饶有趣味。我曾想，在境界上，他还不能超越鲁迅的文本，为什么写这样费力不讨好的作品呢？也许是为了袒露自己的生命哲学也未可知。那篇作品，值得从文本上考量，似乎透露了他和鲁迅传统的关系。在精神的深处，他确是一个"鲁迅党"。

但他绝不是在一个精神参照下的"鲁迅党"。他理解的鲁迅，就是不要成为鲁迅小说的奴隶。因为鲁迅精神与审美的过程，就是不断走的过程，一旦停下脚步，生命就终止了。所以他说：

鲁迅先生塑造的典型至今高山仰止，他是从这条路攀登艺术顶峰的。不过这不是惟一的路，过去曾经为我独尊，总是第一还不够，非要弄成惟一，作茧自缚。艺术的山不是华山，是桂林山水。

他谈论鲁迅的时候，多是在现代语境或者与另类的作家对比里进行。在讲短篇小说的技巧与境界时，常常和沈从文、老舍这样的作家互为参照，别有意味。他十分喜欢汪曾祺，两人交往之深，已成佳话，但他和汪氏走的是不同的路。汪曾祺弹奏的多是儒家的中和之音，而林先生则是幽思里的颤音，直逼精神的暗区里无序的地方。从某种程度上讲，他喜欢迂回婉转、翻滚摇曳的审美之风。如果说汪曾祺和王维略有相近，那么林斤澜无疑带有李商隐的调子，虽然他们并不是王维与李商隐。林斤澜的审美快感多是从有古代意味的作家那里得来的，却没有古典作家的儒雅与静谧，反倒是和卡夫卡、鲁迅同流了。

这同流的过程，一个突出特点是林斤澜一直强调自己的困惑。他一生纠缠的就是各种困惑。比如现实主义流行的时候，他就觉出单一性的可怕，总在自己的文字里流露出叛逆的东西来。一般人写"文化大革命"，声泪俱下，他却进入精神变形的思考里，搞的是古怪的断章。他虽然强调艺术创作要靠天赋，却一直对未开启的精神之门有敲扣的意图。《隧道》一文就写出卡夫卡、鲁迅式的感觉，在一种荒诞与怪异里自嘲。阴阳两界之间扑朔迷离的隐像，在作品里交织，有着几丝冷意与无奈。世间万物都在一种曲线里展现着自己的姿容。林斤澜大概觉得，在直线里不能表现本真，曲线才贴合自己的思想。鲁迅式的思维给他的益处是，常常从表象看到相反的东西，不愿意被外在的东西所囿。比如谈到李叔同，人们说他超尘脱俗，可看到其圆寂前写下的"悲欣交集"四字后，他就说："我相信那是真实，我佩服那是真实的高僧。悲欣也还是七情六欲，写下来更是要告诉世人，对世俗还有话说。"一次议论到对知堂的评价，谈到孙犁的观点，他就很是不解。孙犁说知堂这样的附逆之人写不出冲淡之文（大意），林先生却承认在知堂那里确实读出了冲淡。林先生很尊敬孙犁，但此处却不认可他的观点。他对世人的各种观点不都盲从，相信的是自己的感觉。许多作品就是写恍兮惚兮的意象。也许人们说他这类文字有些混乱，过于晦涩，是非逻辑的，可是他认为真的世界不是语言能涵盖的，与其相信概念，不如认可感觉。对小说家而言，有时候飘忽不定的感觉才是作品之母。

晚年的林斤澜思想活跃，没有一点儿道学气。他那代人没有道学气是大不易的，原因在于读懂了社会这本书，和鲁迅的思想越发共鸣起来。鲁迅对他的影响，我猜想是人生观的因素第一，艺术理念第二。他赞佩鲁迅的小说惜墨如金，从不漫溢思想，自己呢，也恪守这个原则，安于小桥流水，从不宏大叙事；他欣赏鲁迅杂取种种的开阔的视野，在笔耕里也不封闭自身，总在找突围的办法；他羡慕鲁迅笔下的谣俗之调，以为其未被洋人的韵致所俘，找到了本土的表达方式，多年来也学着从故土语言里生出意象。

鲁迅给他最大的影响，大概是睁开眼睛打量世界，不被幻影所扰，强调的是思想的真与艺术的真。他写过一篇散文《说瘾》，在文本的背后响的就是《狂人日记》的声音，不乏智性的闪光。在记忆的打捞里，他从不回避苦涩，而是直面苦涩，咀嚼苦涩，文字间亦不免残酷之色。既不回到老庄的世界自娱，又不和流行的东西为伍，思想与文字都保持了鲜活的气息。他知道自己的那些东西不过是文坛小草，失败的时候多，可是那是自己园地里生长的东西，杂花生树，也不是不可能的。自己做不到，可心向往之，那也足够了。

从杂感的诗到诗的杂感

———— ◎ ————

一

　　他坐在书房的一角，在和他闲聊的时候，我从他的身上发现了和他杂文不同的一面。那温和的笑容和通达的情感表达方式，与普普通通的中国文人相比，几乎没有什么特殊的地方。许多次，和他匆匆会晤，都未能深谈过。但我记得他的微笑，他的特有的爱意。每次同他分手，我均从他的笑容中，得到一种满足。

　　但他的笑是凝重的，像他的诗，也如同他的杂文。读他的作品，会依稀感受到 20 世纪后半叶，中国历史波谲云诡的一面。他仿佛从寒冷中走来的人，从那冒着热气的口吻里，不断述说着冬天的故事。

　　晚年，回顾自己的一生，他说自己的人生是失败的人生。

　　那感触，是极为苍凉的，我甚至从他的字里行间，读到了一股鲁迅式的冷气：

　　　　内战。日本军国主义入侵。接着又是内战……这就是从我1933 年出生以至整个童年和少年时代的生存环境。我家虽勉可温饱，但精神的忧患压得一个孩子早熟了。这样的国土上，不应有梦。然而我偏要做梦，并学着说梦。这些诗，记下了好梦，也记下了噩梦；记下了好梦的破灭，也记下了噩梦的惊醒。人生是硬碰硬的，来不得半点虚妄和自欺。

遁入好梦，旋被好梦放逐；不甘心无梦，还要如饥似渴地寻梦，出入一个个梦境，画梦充饥，弄得一回回自以为清醒了，到头来方知依然困在梦中。

从前的人只说人生如梦，却不知梦如人生。碰壁于严酷现实的，那梦的碎片，也就是人生的碎片。

——《邵燕祥诗选·序》

我读着他写下的这些忧郁的句子，内心一直被一种紧张和沉重感冲击着。20 世纪的晚期，也许还没有一个人，像他这样带有浓重的鲁迅风骨。他的文字所挟带的冲击力，常常使我想起"五四"那一代人。他抨击时弊，直面生活，他苦苦咀嚼着人生的涩果，有时文字中也夹带着鲁迅式的冷傲，乃至于在韵律上，也表现出了与鲁迅的杂文惊人的相似之处。

邵燕祥，一个背负着沉重的十字架的人，他在苦海中泡的时光也许太久了。他对现象界异常的声音，有着天然的敏感。他似乎被那些怪异的音响不断纠缠着，几乎没有多少闲适的机会。1957 年的那次政治风波后，他一直被卷在痛苦的精神漩涡中。那一代的"右派"文人，晚年或高升，或沉寂，然而只有他等少数人，还依然睁着布满血丝的眼睛，焦虑地思考着、审视着，在崎岖的人生之路上步履维艰。

也许，他是 20 世纪的最后一位杂文家，也是鲁迅精神主题新式的传人。虽然，在精神的博大上，他与鲁迅有着较远的距离。但他把中国知识者的良知，熔铸在了那些鲜活的文字里，使我们看到了中国文人尚未泯灭的真的灵魂。

二

邵燕祥1933年生于北京，这位祖籍浙江的后生，带有着南方人特有的细致和敏锐。他似乎与生俱来地具有诗人的气质，十几岁的时候，便在报刊上发表了诗作。那些稚嫩的诗，今天看来没有多少诱人的价值，但那种真与纯的憧憬的梦影，多少可以看出他生命的原色。1948年，他发表于北平《国民新报》上的《风雨鸟》，大概是他早期诗中颇有分量的佳作，那些从抑郁中唱出的明快的调子，很类似俄国普希金、莱蒙托夫的汉译诗，其意象中突奔着生命之流。那时的邵燕祥，正被社会的巨变所吸引，苦海中升腾的寻找生命亮色的内驱力在支撑着他的写作。我觉得在他冲动的情感中，有艾青的影子，亦有七月诗派的余绪。虽然意境尚显单薄，但其诗的激情与善于思考的理性因素，已在作品中萌动。1951年，他出版了第一本诗集《歌唱北京城》，18岁的邵燕祥，把一篇篇滚烫的诗作献给了人们，献给他所陶醉其中的社会。20世纪50年代初，中国社会发生了翻天覆地的变化，他和成千上万的人一同，被卷入中华人民共和国建设的狂欢中。那时写的《到远方去》《五月的夜》《我们架设了这条超高压送电线》等，是从苦难走进光明中的赤子纯然的微笑。那些诗颇类似早期苏联诗歌的调子，除了理想主义与殉道感外，几乎看不到多少悲哀的影子。《到远方去》简直像一曲圣歌，那纯粹的献身精神和高昂的人生歌调，如今看来，确是那个年代人们精神的写照。那时候的何其芳、艾青、胡风，甚至像丰子恺这类文人，都同样被中华人民共和国的成立所陶醉。青年邵燕祥的歌声，也照例充满了共产党人的神圣感。生命的天空被照亮了，到处是欢乐与吉祥。他歌颂到边疆去的青年，他礼赞隆隆机器声中的英雄，他呼唤着汽车在中国的公路上出现。邵燕祥的精神完全被中华人民共和国建设的图景所吸引，我从他的诗句中读出了郭小川式的咏叹和快意。人注定无法超越时代，尤其是红色革命给人类带来巨变的岁月。那段全新的日子，甚至连西方资本主义社会的文人也惊叹不已，邵燕祥与中华人民共和国的许多诗人一同，为中华人民共和国的诗歌史，写下了梦幻的一页。

但他毕竟不是工农出身的诗人，他的骨子里带有浓重的知识分子气质。20世纪50年代的诗尽管是浪漫的，但不可避免有着属于个体的"我"的声音。我觉得他对生命本身的敏感，有时也超过了对社会的感知，那些描述己身的文字，常可以看出他多情的内倾风格。外在的理念尽管笼罩着他的思维，但他的本能中，具有不羁的激情。这激情绝不会把自我定位在单一的思维基点上，那里也有冲动，有惶惑，有哀叹。这一因素，使他注定不会成为一个过于盲从的人。尽管他照例有过些过激的冲动，但诗人的不谐世俗的一面，使他最终难逃"右派"的命运。

他的精神天空，从此失去了蓝色。

1959年，他写下了《传说》《无题》这样的诗篇，那时他已是"右派"了。在这两首诗里，他的忧郁和感伤已渐渐抬头，虽然也仍带有先验理念的余韵，但调子毕竟已开始悲楚，内蕴也有了不和谐的颤声。"谁追寻古老的传说的岁月／但相信忘我的灵魂永生。"在经历了历史的那一次深切的变故后，他依然带着信念诉说着心中的情愫，但这时候的邵燕祥，已开始了他人生的重要转折。

而这一转折是缓慢的，至少在20世纪50年代末，他的思维照旧沿袭着理想主义的旧迹。他的精神虽然被古老的历史与多变的现实所困扰，但内心仍被一道激情所缠绕着。他还乐观地相信："而我将做一个不速之客／突然在你的意外归来"。诗的意境并不隐曲，艺术上与艾青那代人，确有一定差距，但对一个开始承受生活厄运的青年人而言，还能唱出这样的歌儿，除了一如既往的激情使然外，还会有什么呢？

三

从 20 世纪 50 年代末到 70 年代末，邵燕祥和许多文人一样，消失在历史的隧洞里。

对那一段岁月，王蒙、从维熙、李国文、张贤亮等，已用充满感性的文字，在小说中再现过了。邵燕祥似乎不擅长小说，亦无理论演绎的功底。当他重新出现在文坛的时候，依然是凭着那些富有质感的诗句。但那时他已人到中年了，最初的诗，明显带有多年搁笔后的生涩，诗中理念痕迹犹存。他不像复出的艾青那样，把富有画面感的诗句昭示出来，他的诗还被历史的旧影遮拦着，悲愤多于快慰，自语代替了情致。《北京鲁迅故居门前》《春歌》等记录了他当时的心境。20世纪 70 年代后期的邵燕祥，重新调整自我思路时，还依然带有 50 年代养成的责任感和憧憬精神。他的诗的痛感，显然不及当时的小说那么具有撼动力，但思想比先前更富有理性。我几乎没有读过他的关于自身不幸的呼天抢地式的诗文，传统文人的忧患天下的情怀，依然在那儿流动着。《假如生活重新开头》《中国的汽车呼唤着高速公路》，这些理念很强的诗文，是他对人生与社会的一种带有使命感的咏叹。唯美的、朦胧的东西，在他那儿是看不到的。他的作品中，照例流淌着理性的歌哭。与当时刚刚崛起的"朦胧诗"相比，邵燕祥在诗的本体的探索上，显然是滞后的。他的意象结构方式，也缺少新鲜的吸引力。但邵燕祥的兴奋点不在那里，他的精神依旧被自身之外的社会所吸引，很少退到本我那里，去静静地顿悟，忘情于自然山色之中。他太传统了，当站在汨罗江边，以及云南驿站时，他的情怀与心境，竟和屈原、杜甫之类的忧患诗人，重新叠合在一起。他没有像北岛那样把生活的黑暗抽象到一种荒谬的结果上去，而是依然带着旧式知识分子的感知方式，究天人之际，思考着宇宙万象的终极真理。这使他不可能与现代主义融为一体，而在本质上，还原到"五四"以来的人文传统上。读70年代邵燕祥的作品，你觉得他既不属于艾青那一类诗人，也不同于北岛、舒婷那一类诗人。他思想上的成熟与艺术达成方式的稚嫩，使其创作发生了一定倾斜。除了《假如生活重新开头》《中国的汽车呼唤着高速公路》在理性的层面带来相当的影响外，在艺术自身的探索上，他是保守的。他那一代人知识结构的尴尬，在创作中很快就显露了出来。

但他艺术上的滞后，并未带来气质上的委顿。他毕竟是在水火中九死一生的人，那种在生活底层形成的特有的认知世界的方式，渐渐地在作品中表现出来。20世纪80年代以后，他的思想开始趋于成熟，浪漫的歌调在风尘中也一洗而净。邵燕祥似乎并不关心艺术本身的价值，维系他内心的仍是对人生、对社会强烈的参与意识。他很少写唯性灵式的作品，田园的与乡土的小腔小调，对他而言是陌生的。而对生存的疑惑，对良知的内省，成了他在某一个时期内思考的主题。1980年写下的《谜语》，很能代表他后来的风格。这种哲理式的独白，是形成其"杂感的诗"的开始，其中已不再精心于诗境的营造，而是多有生活哲理的归纳。作为诗，它失之于浅；而作为杂感，却有着内在的韵味。此后，邵燕祥的诗大致沿着两种思路发展着，一类是类似《谜语》那样，在感性很浓的对现实的陈述中，讲述生活的感慨与哲理；另一类是独语的方式，开掘自己心灵的激流，把对生活的某些确切性的感悟，以优雅的调子写出。1980年创作的《等待》，是他写得很优美的作品。在这里，枯燥的理性独白隐去了，内中增加了几许感伤而幽愤的情调。《等待》大概是他后来诗歌创作的重要起点，从那时起，他的精神哲学与诗情被定格到一种较为成熟的模式中。他有时把两种思路的优点糅合在一起，使诗的杂感因素加大了。人们在他的作品中，越来越被其锋锐的现实精神所震动，他在对艺术与人生的双重理解上，达到了自己创作诗的最佳状态。

这个时候的邵燕祥，其作品是苍润淋漓的。他已没有了任何外在枷锁的桎梏，内心被自由的激情所驱使，他或悲慨于历史，或歌哭于现实。一个成熟的邵燕祥、悲剧感的邵燕祥，更为形象地呈现在读者面前。在"杂感的诗"中，他试图以通脱的艺术形式，把人生的悖论，昭示给世人。在这里，他以异端者的声音，撕毁着世间的假象，内心的纯净与世俗的卑劣，人道的神圣与传统的陈腐，在诗中被渲染着。《断句》写道：

走在

秋天的田野上

我问老托尔斯泰：

一切

成熟了的

都必须低垂着头么？

这已不是简简单单的诗，而成了哲学的盘诘。而在《青海》这首诗中，大悲剧之调浑然升起，它仿佛是从滚滚的沙海深处传来的古老的咏叹，把历史的悲慨与忧患苍凉地撞击在一起：

　　　　这是一个高寒的地方
　　　　又是一个紫外线强烈照射的地方

　　　　一个干旱而渴望云霓的地方
　　　　一个孕育了大河与长江的地方

　　　　一个满身历史创伤的地方
　　　　一个肌腱有如青铜的地方

　　　　一个山鹰折断翅膀的地方
　　　　一个骏马放蹄奔驰的地方

　　　　一个亿万年前的珊瑚成为化石的地方
　　　　一个千百年来的血泪沉淀为盐矿的地方

　　　　一个囚禁罪犯的地方
　　　　一个流放无辜的地方

　　　　一个磨砺你为宝剑的地方
　　　　一个摈弃你如废铁的地方

一个诈称有过亩产小麦八千八百斤的地方
一个确实看到小麦亩产二千斤的地方

……

一个老死流刑犯的地方
一个呼唤开发者的地方

一个使弱者望而却步的地方
一个向强者捧献高山雪莲的地方

一个过去与未来相会的地方
一个沉寂与喧哗交响的地方

一个在往事的废墟上悲歌往事的地方
一个在希望的基地上铸造希望的地方

青——海——啊

在这里，邵燕祥没有丝毫的矫情，那是生命之中的一处喷泉，是真我的祖露，是智者自我意识的奔涌。我读着这带泪的诗，忽然感到了他博大的胸怀。与那些执迷于小我而乐于人生小玩意儿的诗人相比，邵燕祥实在是出色的。

这是杂感的诗，是哲理的诗，是由几代苦难的中国人的血与泪凝成的诗。

四

当时光把体内的青春悄悄带走，把中青年的憧憬慢慢卷走后，邵燕祥的诗越来越趋于苍凉和浑厚。写作已不是情感的单一闪烁，反省式的沉思在他那里形成了一个长久的话题。他的诗完全停留在认知的层面与深沉的精神咀嚼的层面，没有神秘的低语和多层意象的交织，在他那里，你看不到任何形式化的东西，而悲郁、雄浑的独语，越来越浓重起来。《五十弦》《长城》比以往任何时期的诗，都要更为悲怆，更为沉重。我觉得在他这一代人中，他晚年诗中的思考，更为典型地表现了一个中国知识分子，在经历了诸多苦难后，彻底与昨日决裂的勇气。《五十弦》的韵律是圆熟了，在这儿，自然地把自身与社会的复杂冲突表现出来。如泣如诉，翻动摇滚，寒气袭人……那是怎样令人震撼的旋律！他的艺术目光由现实转向历史，由历史转向人，视界伸展了，歌调拉长了，对人自身的意义的拷问，也多了几分形而上的迷蒙。《五十弦》是他生命与智慧的优雅结晶，此后他很少再写过如此回肠荡气的诗文。这里的意象渐趋幽远，幽愤比以往更为浓厚，而韵致也达到了出神入化的境地。邵燕祥以大悲苦之心，在吟着中国历史可怕的一页，在吟着人类无奈的昨天，在吟着人生的苦楚与荒谬，但没有颓废，没有超验，反而更加重了传统中国文人的使命感与人格理想。这使他没有走向现代主义乃至后现代，也没有简单沿袭艾青以来的传统。《五十弦》完全是一支哲人式的交响曲，它的古典式的旋律中，包容着一个生命的半个多世纪的梦幻与苦痛。我读着它，与其说被其艺术的力量所征服，不如说被其思想的力度所惊异。在诗的王国里，在邵燕祥那代人中，我从未谛听过如此激越沉郁的歌哭，那个不安的、跳动的灵魂一直在游荡着，没有宁静与冷寂，亦无嬉皮士式的玩世不恭。它是怒吼的，是紧张的，这种以欲哭无泪式的低语为主旋律的诗歌，与更为年轻的那一代人的诗歌比，虽然艺术上尚缺独创性，却有着更多的血色，更多的泪水，更多的亲历与思想的真诚。一切唯美主义与形式主义的歌吟，均无法与这类历史的咏叹相媲美。在他那儿，我仿佛又听到了鲁迅当年在《呐喊》中所发出的异样的声音。邵燕祥在冷静的反省与生命的冲动中，把自己的声音，与"五四"那代人的声音，重新叠合在一起了。

这确是他思想成熟的标志，只是在写作了《五十弦》之后，我读出了他比以往更为动人的心灵图景。他的意象达成方式虽然有时显得生涩，不及一些诗人那么清秀，但我对其思想的独语所延伸出的张力，抱有深深的敬意。这是那一代人最动人的歌哭，从早期的理想主义到晚年冷静的精神拷问，这其实也正是中国文人精神史的一次动人的复写。邵燕祥的诗，记录了这一历史的痕迹。这痕迹在艾青那代人中没有被完整记录下来，在郭小川那代人中，也未被完整叙述过。而邵燕祥，以他的胆识和智慧，终于写下了这一悲剧性的一页。对其价值的认识，将在文学史上，被不断印证。

一个站在废墟上，不畏寒冷而执着地歌唱的人，这是邵燕祥留给我们的形象。这是一个爱憎分明的世界，一切温暾与暧昧，均在这里没有地位。他以纯粹抗争世俗，以纯真直面虚伪。他越来越习惯于对暧昧的挑战，对轻浮的乌托邦的嘲讽。他那么无情地袒露着自我，也把别人袒露出来。当一个追求纯粹而终于无法证明纯粹的诗人幡然醒悟到人生的无奈时，我们便可以从他的追问中看到屈原式的绝望。他曾写过《我是谁》，对自我的双重复杂性进行过勾勒，那种反问虽不及鲁迅的《野草》深邃，但已显露出相近的体验。此后关于社会人生的诸多思考，进一步加剧了这种悲剧感。但这种悲剧感不仅仅是一种绝望，在叙述者的口吻里，照旧有一种英雄情结，它实际是以一种英雄化的口吻，在述说着荒诞的人生。这更加重了作品的悲剧感，而毫无虚无的混沌。也许，这就是他那一代人对悲剧意识极致性的表达方式。他与北岛之不同，与后来诸多现代主义诗人之不同，就在这里。同样是深刻地揭示了人生的悖论和无奈，邵燕祥作品的背后，却站立着一个终极的真理，一个正义的精神形象，这，大概是他的独特性吧。

<h1 style="text-align:center">五</h1>

但真正使人震撼的，还不是他的诗，我觉得他的灵魂最深沉的一隅，在他的杂文里。

为什么要选择杂文？他的晚年何以把精力都转向这一棘手的领域？也许，在诗的世界里，那种过于直白的思辨，确实使他的作品在意象中没有恰当的喷吐口。我觉得诗的形式似乎无法承受他汪洋恣肆的思想，他要诉诸笔端的，不是那些潜意识之流与梦幻之影，而恰恰是他对人生确切性的认识。

20 世纪 80 年代开始，他陆续发表了大量杂文，刚一出手，就显示了当代许多杂文家少有的锐气。那完全是用诗与理性凝成的文字，少了诗人无节制的冲动，多了对生命的深刻审视。这时候的邵燕祥，显然比作为诗人的他更为冷酷。80 年代后期，他的杂文已经十分成熟了，他渐渐形成了"诗的杂感"的风格，在冷峻的思考背后，是一首诗的激情。"诗的杂感"已比"杂感的诗"更切近生活、切近现实。尤其到了90 年代，他的文章渐臻化境，对世俗的揶揄和理论的论辩力，均达到很高的境界。

鲁迅式的杂文，经过了 50 年代的风尘，60 年代的扭曲，70 年代的复苏，到了邵燕祥等人手里，才真正开始还原了它固有的光辉。

邵燕祥对杂文的理解十分简单，那不过是"根据常情常理常识发议论、讲道理的文字而已"。这至少使他不会像鲁迅那代人，从古文与外文的多年修养里，从对文化的不满转向对现实的不满。他恰恰相反，是由对现实的不满转向对文化的不满。他几乎无暇沉浸到古代和域外的文化中，以学者的口吻去陈述真理。邵燕祥是战士式的诗人，是第一线的与生活紧贴的杂文家。他要做的，正是学者们所难以做到的更为实际的文化判断与生活判断。除了诗歌写作外，他几乎把一切精力，都投入杂文的创作中。每一个失态的社会事件，每一件牵动民心的琐事，每一种落后、陈腐的文化观念，都在他笔下被迅速地映现着。他甚至比新闻媒体更快地对生活的负面因素做出反应。他抨击官场时弊，讥讽贪官污吏，议论世态民心，大至文化历史，小至日常起居，人生百态、诸多景观，尽入笔端。文章开门见山，议论三言两语，单刀直入，毫不温暾。比起诗的创作，他在杂文的写作中显得更自由，更富有生气。我觉得他的生命形式，差不多都外化在了漂亮的文体里。他没有明人小品文写作的那些雅态，也无"五四"后闲适美文的悠然调子。他追随的，依然是鲁迅以来，左翼作家社会批评的风骨。从 20 世纪 80 年代到 90 年代，中国社会发生了翻天覆地的变化，其中的泥沙与污垢，历史足音下的不和谐旋律，许多都弥散到时间的空洞里去了，而邵燕祥，却以自己的胆识和气魄，留下了历史的痕迹。知识分子的不幸，他描述过了；世俗的众相，他描述过了；"神圣者"的丑陋，他描述过了；历史的误区，他描述过了……要在文学界成就伟业的作家们，是不屑于这些烦琐的流水账式的工作的，但在我们这个时代里，这类作品又是怎样的稀少啊！一个没有直面人生的作家的文坛，是可怕的，不管这种直面程度如何，是否是一种真理的流动，正是因为有了它，文坛才不至于走向单一与浅薄庸俗。邵燕祥的骨头是硬的，80年代以来，他写了大量杂文，把我们这个时代的正义之声留了下来，把未曾泯灭的知识者的良知留了下来。仅此，他的生命便获得了特有的价值。

在他的众多的作品里，响彻着一种浑厚的声音，这便是对虚伪的唾弃。他撕碎了无数伪君子的伪饰，将其丑态，露于世间。他对横亘于观念世界的诸种病态理性，毫不客气地直陈其弊。吴祖光与"国贸大厦"事件，人们三缄其口时，他出来讲话了；佘树森不幸早逝，人们漠然视之时，他出来讲话了；有作家被诬告，且法院判作家败诉时，他出来讲话了。邵燕祥短小的文章，不断在诸种报刊上冒出来，把动人的声音传递出来，在他的眼里，虚假的"圣化"已失去光泽，他以犀利之笔，还原了这个世界的本来面目。我读他关于皇权思想的文章时，关于反省"文化大革命"的随笔时，关于"名言""入党动机"的文字时，心中被一团炽热的火烤灼着，这是一个怎样纯真的灵魂！那语言与观点，也许在重复着"五四"时代的声音，在境界上虽不及鲁迅博大，但在20世纪末，它那么鲜活地存活在文坛之中，使人感到中国文人人格的不朽魅力。它如同邵燕祥众多的诗歌一样，奏着一首首心灵的"圣曲"。在世道浇漓的岁月，它显得更为动人和弥足珍贵。

《画蔷小集》曾经写道：

> 诗人敏感于春风秋雨，春愁秋思，风花雪月，草木虫鱼，山色有无，城郭今昔。
>
> 小说家敏感于人情世态，兴衰炎凉，宫闱秘事，市井繁华，英雄气短，儿女情长。

音乐家敏感于黄钟大吕，宫商暗换，曲终人杳，绕梁三日，如泣如诉，如怨如慕。

政治家敏感于战略战术，纵横捭阖，笼络人心，自塑形象。

金融家敏感于出盘收盘，行情变幻，银根头寸，市场风云。

官僚政客敏感于靠山后台，枕头裙带，实力消长，羽翼丰薄，耳目心腹，密折敌情。

奴才皂隶敏感于主子眼色，一謦一咳，门包轻重，关系亲疏，盛时门庭，衰时后路。

妓女敏感于嫖客的笑谑，扒手敏感于行人的荷包。

古往今来，富贵贫贱，盖无往而非敏感人物矣。敏感是正常的，过敏是异常的，由神经过敏而神经衰弱，则属病态，或流于痴，或濒于狂，渐失清醒，幻象环生，就非一般心理咨询所能解决，须即刻就医彻底诊治了。

我十分感动于他的这些智慧的文字。这是诗的，也是哲学的。一方面系着诗人的童真，另一方面带着思想者的理性。这些都是在精神与物质的废墟上茁壮成长着的一簇簇绿色。邵燕祥的杂文布满了荒凉中的生机。读他的文章，会感受到两种力量的夹击，一是现实的困惑竟如此深厚，一是诗人的性情是如此高洁。这两种力量交织在一起，令人在肃杀之中领略到一种强劲之力。20世纪末，有谁像邵燕祥这样，如此广泛地对世俗社会，进行过如此的解剖与批评？有谁那么切实地深入生活前沿，把世间的诸种不和谐的声音，如此形象而深刻地再现出来？邵燕祥以诗人的纯真与战士的勇气，为我们这个时代的知识分子立下了标杆。

六

也许，这便是 20 世纪中国文人的宿命。

鲁迅死前，曾希望自己的文字能够"速朽"。然而它依然存活着。到了邵燕祥这一代人，从事的仍是希望"速朽"的文字。他们没有可藏之名山、传之后人的皇皇巨著，亦无巨大的、足以耀世的纯艺术的长卷。这一代的许多人，不会把目光伸向"纯粹的唯美"，他们思考的，仍是中国人的生存权利。在废墟上，容不得人们做缥缈的梦，而需要的是重塑灵魂的战士。邵燕祥由诗人而变为杂文家，或许是社会与人生过程的逻辑的必然吧？

他其实也爱做诗人的梦，笔触时常也涌动着不羁的激情。他也爱古老传统闪光的一页，如果读他的《夜读抄》《索溪峪记》，亦有书卷气很浓的文人风骨；他写历史断想式的文字，文笔之老到，也不差于"五四"时期的一些文人。

我常想，如果他真的隐居起来，这类优雅的"书话"体，会写得更好些的。但他毕竟是一个战士，他的自我意识的深层，有着本能的参与现实的内驱力，而且毫无回头是岸的逃避。他的杂文，我是当成诗与史来读的。每当人们沉浸在世俗的狂欢与无我的陶醉中时，邵燕祥便常孤独地站在生活的一角，向人们传来警钟般的声音，使人们知道，天底下还有这类纯净的存在。而且那里不只有纯净，还时常涌出警世的预言与可怕的咒语。它回荡着，回荡着，给我们这个世界，带来阵阵冷冷的风。

这便是在邵燕祥的纯情与博爱中，也不免带出的几许"刻毒"，他对世俗的嘲弄有时是毫不留情的，甚至有着鲁迅式的冷傲。显然，这种冷傲不是来自尼采的"超人"，亦无卡夫卡的"虚无"，与魏晋文人的洒脱也多有不同。他的文章是析理与感悟的产物，但其基点却不是培根式的哲理散步、卢梭式的精神漫思，而是"一事一议"式的扫描。对邵燕祥来说，直面人生沉重的一面、黑暗的一面，比浪漫的书斋自娱更为重要。他对社会丑陋的敏感，超过了对风花雪月的玩赏，所以，你绝不会在他那儿看到林语堂、周作人式的雅致。他把诗人的愤怒、战士的勇气融在了自己的世界里，乃至于在作品中显露出毫不造作的庄重与冷酷。《我们将亡于教育吗？》《官场心态》《滥杀无辜》，读起来激越而严酷，他把人心与世道非常态的一面解析出来，其挖苦之深，在同代人中是少有的。《杂文作坊》中谈"新贵族现象""事后诸葛亮""假话和伪证"颇为深刻，在情致上很有鲁迅的反讽之味。《这个与那个》，对"大人物与伟大人物"的分析和拷问，让人似乎感受到他寒气袭人的目光，它可以把卑鄙榨出，把丑陋挤出，把阴险揭露出来。对恶的存在，不该有丝毫的柔情。邵燕祥无情地鞭挞着人的灵魂中阴暗的一隅，鞭挞着社会陈腐的积习，其神志，与鲁迅是多么相近。杂文在他的手里，变得异常锋利和沉重了。

而经常地，在他的随笔中，更多读到的，却是杜甫式的忧患情感。虽然在本质上，邵燕祥属于现代，属于人道主义者，但他对苦难的特有的领悟方式，对众生的悲悯之情，与中国古代传统文人，有着十分相似的一面。他写农民，写工人，思索如何解救贫困者，思索人的权利，感慨之中，多悲怜之心，仿佛一个佛性很强的智者，把抚慰之情施于人间。

从一名诗人，到思辨性与战斗性较强的杂文家，其间留下了邵燕祥和他所生存的时代的崎岖的印痕。他把生命的最为迷人的光热，弥散到这宏阔的艺术时空里。诗人写杂文，或流于偏激情绪，或多掺杂非理性的直觉，所以传统的观点对诗人的理性能力是怀疑的。但邵燕祥杂文的出现，说明好的诗人，真正的诗人，其认识事物的能力是不亚于理论家的。诗人超常规的情感和切入现实的视角，常可以发出别样的见解。读邵燕祥的杂文，就觉得其思辨力甚强，对荒谬的、反逻辑的现实事物的认识，很是特别。他的文字越来越接近鲁迅《准风月谈》《伪自由书》《南腔北调集》的风格，有很强的生命质感。例如，对"文化大革命"的反思，对办报的理解，对启蒙的思考，都让人耳目一新。他写文章不空洞地呼天抢地，亦不强加于人地说教，而像聊天与自语，像慢慢剥树的皮，从现实表象入手，一层层地剥，直到把本质还原为止。有时他似乎漫无边际，但突然峰回路转，露出奇想，让人击节叹赏。有时他也很真诚地叙说，把自己的缺点毫不留情地暴露给读者，如怀念聂绀弩的那篇文章，就让人服气得很。这让我想起巴金写悼念胡风的文字，敢于忏悔自己的弱点，这在当代文人中，并不多见。仅仅凭此，他的文字，便足以长立于世间。

这是 20 世纪中国的又一忧患的灵魂。读了他所有的作品，除了敬重、深思外，我们还会有什么呢？ 20 世纪的中国，从新文化运动，到马克思列宁主义的传播，到抗日战争、"文化大革命"，再到 1978 年开启的改革开放，中国知识分子所承受的，是比任何一个国度的文人都要沉重得多的负荷。逃避苦难，躲在书斋是一条路；参与变革是一条路；既参与变革又孤独地直面苦难又是一条路。这造就了各种类型的文人。或冲淡洗练，或忠诚无我，或激越孤傲，或有介于三者之间的，精神是多元的复合体。邵燕祥是执着的，他自觉不自觉地成了继承鲁迅传统的一员。社会结构可以慢慢改造，而人的心理结构的改造，却是艰难的。拯救灵魂，这一直是 20 世纪中国许多文人坚持不懈的工作。鲁迅以来的传统，便这样一代又一代被接受着。需不需要鲁迅？我们的文坛，精神的清道夫是不是过少？缺少纯艺术的作品，是文人的悲哀吗？邵燕祥的存在，至少提示着我们，中国文人的苦路正长，奋斗之路正长，信念之路正长。这条苦路上的一切探索者、思想者，都是我们民族的脊梁。倘若没有脊梁的存在，我们精神的天空，会是何等苍白！

文体家的小说与小说家的文体

———— ◎ ————

　　当代小说家称得上文体家的不多。小说家们也不屑于谈及于此，大约认为这是一个不是问题的问题。近三十年来的作家最早关注文体的，是汪曾祺先生。他的看法是，汉语的表达日趋简化，作者的笔下少了美感。与汪曾祺看法相似的是木心先生，他在美国公开谈文体的价值，且自己一直从事着这种试验。木心先生认为，没有文体的文学家是有缺欠的。这个看法，无论是创作界还是批评界，应者寥寥，有人讥之为精英者的独语。不过我自己觉得汪曾祺、木心的观点，是对流行许久的文学观念的挑战，也切中了文坛的要害。在文风粗鄙的时代，批评界不谈文体，好像是一种习惯。其实也可以证明，我们的时代的书写，多是那些不敬畏文字的人完成的。

　　木心批评人们随意对待母语，亵渎文字，并非夸大之谈。我觉得他的文体观不都是审美的追问，而有着审美伦理的意味在。精神的沦落，必然导致语言的沦落，其间的连带关系，真的颇值一思。

　　我曾好奇地打量过木心的生平，觉得其是一个以美的精神对抗平庸的行吟者。木心大半生在忧患之中生活，五十五岁去美国，七十九岁回国，离国的二十几年，形成了一套有别于各华人群落的独立的文风。其文字有先秦的气脉，内含六朝之风。他几乎不谈政治和人际的是非，把哀怨与憎恶抛于脑后，独于文字间穿梭往来，大有逍遥之乐。讲究文体的背后，是对母语故乡的思恋，是对汉语功能简化的忧虑。他的文章虽然有点儿做作，但是有意识地进行文体试验是无疑的。他熟读旧的经典，对西方小说颇有感觉。也因为是画家，作品的画面感和历史的情思亦隐含于此。文章讲究，吝啬笔墨，精彩的时候连一点奢华的余墨都不留。文体家大概是注重词语之间的连带关系，表达时浓淡相宜，比如留白，比如藏墨与藏拙，会控制文章的起承转合。木心先生在《鲁迅祭》一文就讲：

> 文学家，不一定是文体家，而读鲁迅文，未竟两行，即可认定"此鲁老夫子之作也"。
>
> 在欧陆，尤其在法国，"文体家"是对文学家的最高尊称。纪德是文体家，罗曼·罗兰不是。
>
> 鲁迅的这种强烈的风格特征，即得力于他控制文体为用。文体，不是一己个性的天然形成，而是辛勤磨砺，十年为期的道行功德，一旦圆熟，片言只语亦彪炳独树，无可取代，试看"五四"迄今，谁有像鲁迅那样的一支雷电之笔。

木心把文体看成后天修养的产物，即章法和内蕴的多维的表达。这里有声音、色彩和幽玄之思。语言倘若能够出现日常语言没有的功能，大概才能具有成为文体家的可能性。

他自己是自觉地走文体家的路的，走得有些刻意，但是内蕴是好的。有的表达，已非今天的作家可以企及。比如他说：

生命树渐渐灰色，哲学次第绿了。

平民文化一平下去就再也起不来了。

现代之前，思无邪；现代，思有邪；后现代，邪无思。

回来时，走错了一段路，因为不再是散步的意思了，两点之间不取最近的线，幸亏物无知，否则归途上难免被这些屋子和草木嘲谑了。一个散步也会迷路的人，我明知生命是什么，是时时刻刻不知如何是好，所以听凭风里飘来花香泛溢的街，习惯于眺望命题模糊的塔，在一顶小伞下大声讽评雨中的战场——任何事物，当它失去第一重意义时，便有第二重意义显现，时常觉得是第二重意义更容易由我靠近，与我合适，犹如墓碑上依着一辆童车，热面包压着三页遗嘱，以致晴美的下午也就此散步在第二重意义中而俨然迷路了，我别无逸乐，哀愁争先而起，哀愁是什么呢？要是知道哀愁是什么，就不哀愁了——生活是什么呢？生活是这样的，有些事情还没有做，一定要做的……另有些事情做了，没有做好。

——《从前慢》

这是一种修辞式的文体，玩的是小聪明。许多人不喜欢这样的表达，以为是一种自恋的外露。不过，这样的游戏笔墨，不是人人来得。他后来写小说，这种小聪明不用了，显得异常洒脱与漂亮。小说要靠情节和意蕴来表现生活，那么就不是词语间的搭配，而是意蕴的连缀。这需另一种笔法，用古人的话说，是以气为之。木心写小说，走了两条路，一是鲁迅的路，一是博尔赫斯的路。前者是民国风俗的勾勒，后者乃智性的盘绕。因为小说写的不多，才气刚一露出就终止了。这是很可惜的。

能体现其小说独特性的是小说集《温莎墓园日记》。其中多篇乃文体家的灵光闪现，可驻足关顾者多多。他在《寿衣》里，有意模仿了鲁迅的韵律，但又放弃了主题的暗仿，形成了自己的特点。《温莎墓园日记》那一篇，则是另一种格调，隐曲的故事与回环的迷宫，是感性显现的另一种象征，但却没有西洋的味道，很民国，或者说很精致了。

考察《寿衣》，能够窥见其文化理念和文字表达的用意，可谓爱意深深。小说写江南水乡的佣人的故事，作品开篇平凡地起笔，很放松地出进，语态平缓，韵律暗布。陈妈醉态里关于缠脚的苦的吟哦，很有乡土气味。刻画主人公的样子，用的是白描手法，但色彩感却那么强烈，明暗之间，人物形态飘然而出。

小说里的陈妈，很像祥林嫂，为了逃离家庭之苦，到"终年平静得像深山古寺一样的老城旧家来做佣人"。作者写陈妈曾先后经历了三个丈夫：

> 第一个是童养媳年代便夭折的，受不了公公的猥亵、婆婆的打骂，她逃，讨过饭，还是想死，从桥上跳下去，桥脚下一个摸蟹人，把她拖上岸，那人便成了第二个丈夫。去年发大水，他在抢修堤坝时，坍方淹毙——是那个瘸子出钱买棺成殓，事前讲定，事后，她便归瘸子所有，全不知那瘸子是个贼，在外地行窃被打坏了手脚，换窝来到了他们的乡间。

陈妈的苦命，在叙述者"我"的眼里，没有《祝福》的"我"那么沉重。小说的"我"是个孩子，成人的感受被消解了。童心与世故的对比，在此生出诸多玄奥之思。小说中孩子的语言、乡下人的语言和江湖算命者的语言交织在一起，有奇音的流布，殊为感人。孩子恶作剧式地引出算命者的谶语，也使小说从鲁迅的语境走出，有了木心自己的表达方式。作者对世态炎凉的勾勒入木三分，非深谙俗谛者难能为之。陈妈被诬告的时候所表现的坦然、决然，令人动容。

鲁迅写鲁镇，隐藏着寓言，对儒道释的余绪与人的关联，思考得很深。木心无鲁迅的冷酷与肃杀，但写人情与风俗，有真俗对比，清浊对比。乡土的梦，生死之变，人的幻想与虚妄，衔接着一个古老的梦。可怜的陈妈，死前知道自己竟也有好的寿衣在，颇为欣然。在叙述者"我"看来，陈妈在没有意义的地方找到了意义。

《寿衣》的文字，是鲁迅式的沉郁，但也带有木心式的机敏和玄机。他有意放弃了只有在俳句里才有的那种华贵与明亮，竭力控制着自己的情思。旧小说的意味和谣俗里的神曲都盘绕其间。他的用词，是简朴而有质感的。小说一开始的韵律，就是典型的民国风，词语是旧白话的流泻，调子缓缓的。一个远离喧嚷的乡下小镇，原也是暗流涌动。人与人的隔膜与对立，生与死间的男男女女的苦乐，都仿佛水墨画般被描摹出来。木心找到了对应那种灰暗生活的文体，他从鲁迅那里衔接了一股文气，又参之自身的体验，文字苍老浑厚，又有民俗写意的余韵，读之如品老酒，暗香浮动，是颇为传神的。

新一代作家也有写那时候生活的，苏童、刘恒、李锐都是。他们要找的就是这样的语言，有的颇为真切。木心是旧时代过来的人，自然知道写那样的生活该如何出笔。他的文字保留了20世纪40年代的委婉、清静之味，寻找到了属于自己生活的线条与色彩。是鲁迅召唤了他沉眠的意识，使之发现自己的记忆里有神异的存在。这么说来，文体是自己经验最恰当的诗意的表达，该是对的。

《寿衣》整篇是一曲挽歌，是一个善美的女人不幸存在的缩写。民间的复杂的声响和童真且无染尘埃的美的流盼，使作品在一静一动间滑动。词语都很平白，没有他写随笔时的玄思和回旋。但那不动声色的喷吐，其实暗含着一种无奈的歌哭。人在无所不在的法网里，看不见自己，只能在幻影里慰藉自己的灵魂。这样的无声的表达，是沉浸在夜色里的无奈的苦思。但起承转合间，我们看到了作者诗意般回忆里的一丝释然。这样的表达，其实也把自己囚禁的记忆放逐到历史的时光之洞了。

　　我在这里谛听到了作者的心音，这是没有流行调的歌调。和从旧时代过来的人不一样，他回到了民国的世界，拒绝了世间的文本。茅盾曾有过这样的文体，后来废掉不用；叶圣陶亦有此类经验，此后也放弃了。木心以为，我们的时代，在表达上被一种趋同的力量所使，小说与散文都出现了问题。他说，"'五四'迄今，文学的发展过程是：一种文艺腔换另一种文艺腔。初始是洋腔，继之是土腔，后来是洋得太土、土得太洋的油腔。"木心不喜欢这些腔调，他的文字含着生命的切肤的痛感，又有出离痛感的智者的飘然。那些词语是在乡音与童谣之间的，还带着中古文人式的清峻，有知其不可而不安之于命的突围。那里的哀婉与惆怅，像江南绵绵的雨，带着无尽的忧思。他要寻找的是这样一种生于江南，又不属于江南的语言。他贴切于那个古老的存在，却否定了那个存在。于是小说在一种不同于流行色的文体里，伸展出另一种人生的图景。这是对一个过去的存在的诗意的瞭望，在那里，作者否定了那个世界的一切，却把悲悯和爱留给了读者。这样的小说，不仅仅是故事的交代，也是一种表达的交代。只有这样的表达，才能够使其内心得以安慰。那种语言之下的世界，才有了他灵魂安顿之所。

　　在许多文章里，木心表达了对独立的文体的渴望。他对中国文坛的讥讽，都非幽怨式的，而是哲学式的追问。《琼美卡随想录》时常唱出新调，都与文体之梦有关：

伟大的艺术常是裸体的，雕塑如此，文学何尝不如此。

中国文学，有许多是"服装文学"，内里干瘪得很，甚至槁骨一具，全靠古装、时装、官服、军服，裹着撑着的。

人的五官，稍移位置，即有美丑之分，文章修辞亦当如是观。

时下屡见名篇，字字明眸，句句皓齿，以致眼中长牙，牙上有眼，连标点也泪滴似的。

把文学装在文学里，这样的人越来越多了。

"文学"是个形式，内涵是无所谓"文学"的。

有人喜悦钮子，穿了一身钮子。

这里的基本点是，文学的真正功夫，在文学之门的外边。而文章的好坏，并非取决于词汇的华贵，而是气韵的贯通，是人的境界的外化。文坛已经不太纯洁，语言亦是。只有甩掉外累的人，文字才能得天地之快慰。

当代小说家讲究文体的有多位，但是否是木心所说的文体家还值得思考。我的眼里，汪曾祺、孙犁、贾平凹是，许多知名的作家恐怕还不是。许多作家是有语言的自觉的，但和民国文人比，语言上自成一格者不多。汪曾祺的小说，有明清笔记的特点，加上一点儿书画和梨园里的调子。孙犁的文字是从鲁迅传统和野史札记中传承过来的，故是另一番存在。至于贾平凹的文字，是古风的流转，泥土气里升腾着巫气，有着古代中国禅音的余响。不过上述几位，和鲁迅比，缺少一种多种语汇的交织的维度。鲁迅文学是把日语、德语的元素和母语嫁接在一起，六朝与明清的气韵也保存其间。如此看来，当代小说家有此种功底者不多，也就是没有暗功夫。按照木心的理解，文体家都要有暗功夫。曹雪芹如此，张爱玲亦是。只要看他们在诸多领域的修养，就知道其出笔不凡的原因。汪曾祺自己深味此点，晚年多次言及语言的问题，其实细细品味，乃对小说家独创的文体的期待。这个话题，后来的小说家有的注意到了。比如王安忆，她在《天香》故意以明人笔法为之，确是一种语言的自觉。但许多人认为，文体是修辞的表现，或一种另类词语的衔接。大概并非那么简单。汪曾祺在《中国文学的语言问题》一文中认为语言有内容性、文化性、暗示性、流动性。他说：

> 世界上有不少作家都说过"每一句话只有一个最好的说法"，比如福楼拜。他把"宜"更具体化为"言之短长"与"声之高下"。语言的奥秘，说穿了不过是长句子与短句子的搭配。一泻千里，戛然而止，画舫笙歌，骏马收缰，可长则长，能短则短，运用之妙，存乎一心。中国语言的一个特点是有"四声"。"声之高下"不但造成一种音乐美，而且直接影响到意义。不但写诗，就是写散文，写小说，也要注意语调。语调的构成，和"四声"是很有关系的。

汪曾祺的话，和木心的感受，几乎同路，只是说得比木心更具体和明白。木心的文字以修辞胜；汪曾祺的作品，美在句子与句子的搭配关系。看似平白，实则多味，那是闲云野鹤式的游走，得大自在于斯，多的是平民之乐。木心的平民感的背后，有种贵族的东西，故更带一点儿玄学的味道。这是他们的不同。不过，在我们这个时代，有几个老人从凡俗里出离，走出别样的路，确给我们诸多的惊讶和喜悦。以民国文人的性灵与智慧对抗着我们文坛的粗鄙和无趣，写出好看的小说来，真的算是幸事。文体家的小说和小说家的文体，我们先前研究得不够，倘于此多花些力气，则对我们文学史的枝枝叶叶，会有另外的打量。

但文体其实是思想体的一种外化，故意为之似乎还是一个问题。孙犁的文章讲究，但没有夸张和刻意，意境是好的。俞平伯当年意识到文体的价值，因而过于用力，便有做作的痕迹。沈启无当年模仿周作人，自己的声音没了，也多是一种教训。木心的文章好，是水到渠成。他在美术与古典文学间的游弋，在西洋小说和日本俳句间的穿梭，渐有风韵，多含妙态，独步于书林之间，那是快慰无穷的。我们今天的作家不敢谈文体，实在是没有这样的实力，或说没有这样的资本。小说不是人人可以自由为之的，其间有看不见的内涵在。即便是文体，也非一两句话可以说清的。

略谈《白鹿原》

————○————

十几年前就读过陈忠实的作品，对这位带着泥土气的作家，我有着特别的印象。他写农民，真是太像了，就如同罗中立的油画《父亲》一样。那些可爱的人物，似乎要从书中活生生地走出来。

现在，陈忠实把一部沉甸甸的作品又献给了我们。《白鹿原》刮起的旋风，使往日那些发红发紫的作家们黯然失色。只有读了《白鹿原》的人才会感受到，什么是中国自己的长篇艺术。尽管它还明显带有旧的写实主义痕迹。

我在读这部小说的时候，惊喜地被其叙述的逻辑方式和认识事物的角度所吸引。从茅盾那一代人开始，中国的长篇小说，太注重外在的理性了，无论是《子夜》还是后来的《青春之歌》，小说创作的构架，多少受了先验理性的影响。中国古人的"意在笔先"的观念，被转换成"主题先行"的意识方式。《子夜》在解释中国的性质论争问题时，虽不乏巨匠之笔，但其观念化了的吴荪甫，是茅盾给现代文学史留下的一个遗憾。这种艺术失衡，给当代许多杰出的小说家们，带来了痛苦的记忆。

《白鹿原》不像以往的长篇小说那样单纯地叙述故事，它呈现的是一部带有宗法社会和民俗社会特征的历史长卷。陈忠实也受到旧的叙事方法的影响，但他却特别专注地把自己的思路拽向一片新野。由家族文化推及社会，而不是由社会走向家族文化。旧的意识，被我们的作者颠倒了，我们看到了一个原始、神秘和充满宿命的世界。不会有人相信这是一幅臆造的怪图，陈忠实艰难地在观念的天地里跋涉着，最终努力地把自己引向中原文化的土壤里。仅此一点，小说的内蕴就增大了。它开始承载着一个古老民族因袭的重负，在那些善良忠厚、圆滑世故的人物之中，外在的道德尺度，都丧失了其判断价值的能力。白嘉轩、鹿子霖、黑娃、朱先生、小娥等人，给人带来了无法理喻的困惑。悲喜交加、美丑互渗的人生原型，浓缩成了一部近现代中国儿女的精神史。而对这一精神现象的解析，已脱离了先验理性的模式，它是血腥的体悟和生死挣扎后的大彻。回到农民的心灵中去，回到近现代中国儿女半是图腾、半是禁欲的精神意象中去，给这部作品带来了混杂迷离的文化色泽。

陈忠实似乎特别欣赏巴尔扎克的那句名言："小说被认为是一个民族的秘史。"的确，他是把《白鹿原》作为一部民俗长卷来写的。那些恢宏的场景，血淋淋的画面，漫长时光冲击下的古老的传说，都在作品中具有非同小可的意义。中原农村最具有代表意义的文化语言，以及隐喻符号，几乎都在作品中呈现出来。寺庙、书院、中药堂等，这些古老的实体在作品中具有很深的表意价值。而多难的村民的一切，又几乎都与此密不可分。陈忠实大概觉得，这样才找到了表达国民心态的文化底色。因为，在封闭的乡村社会里，维系村民灵魂的，恰恰是这些古老的东西。如果忽略了祖先观念中的最基本的儒学价值走向，我们就无法把握国民心灵最实质性的东西。小说对白嘉轩执着的信念、耿介而近于愚拙的个性的把握，可以让人感受到中国农民非凡的忍受性、自律性、中庸性、顽强性等悲剧性格。白嘉轩是集大难、厄运于一身的人，是在祸福之中辗转拼命的人，他的生命之根，一直延伸到儒道释的悠远的梦地。对于在封闭的乡间土生土长的乡民来说，社会的变更、外来观念的侵袭，似乎丝毫没有改变乡土社会人的心灵本质的东西。因为，已被几千年古文明固定下来的这种先验模式，不仅可以同化外来的精神形态，而且几乎任何力量都无法改变其顽固的稳定形态。陈忠实看到了文化心理的长恒性，这或许是他改变传统长篇小说的庸俗的社会学观念的原因吧？拨开了这一层价值之网，中国农村最隐秘的东西就昭然于世了。白嘉轩的世界，让我们省悟到中国人内心的文化纽结的内蕴。他生动地表现了农民的文化性格和乡村的"文化集结"的特性，其认识价值是不可忽视的。《白鹿原》试图从两个家族的交错盘结、晦朔相间的历史演进中，去把握那一段辛酸的历史。而这段历史的外在过程，即大文化背景下的风风雨雨，统统被作者一带而过。重要的不在于外在的社会思潮如何如何，而恰恰在于，面对社会变革的混乱局面，在血腥中挣扎的中国百姓们，如何生存，如何做人。自律、变态、畸形……在不可预知的强大社会风潮袭扰下，国民们被莫名地推向血腥的角斗场。《白鹿原》写的是一曲雄奇、悲怆的渭河平原的交响乐，它把中国国民的文化性格，很逼真地解析出来。这高度，不是一般长篇小说所能达到的。

现代中国小说，除鲁迅的《阿Q正传》外，很少像《白鹿原》那样冷酷地审视国民心灵的深处。陈忠实或许不具有鲁迅那样的大手笔功力，对国民心灵典型因素的挖掘能力，也缺少强大的文化穿透力。但，仅仅是白嘉轩这个形象，已经很能证明作者的实力了。虽然白嘉轩的许多地方写得较为模糊，但我以为，这一形象的意义，已超越了闰土、老通宝、小二黑、梁三老汉、"弯弯绕"等艺术典型。在白嘉轩身上，凝聚的因素委实太多了。他的为人之道、治家之道、应变之道、信仰之道，是古文明在现代农民身上的悲剧性的演进。白嘉轩心目中的"神圣""合理"性的事物，恰恰是中国人精神的最压抑人性和悲剧化的存在体。那篇写着"德业相劝""过失相规""礼俗相交"的《乡约》，那些因背叛《乡约》而受白嘉轩罚跪、鞭打的触目惊心的故事，是乡村文化中的神祇性的象喻。中国农民心目中的"天地人格""不违天命"的观念，有时是夹带着宗教色彩的。无论生活中发生了什么，内心有了什么追求，一旦与这神圣的观念发生冲突，都将遭到道义上和肉体上的惩罚。这个罩在人们头顶的灵光，是至高无上的。但陈忠实通过曲折的故事告诉我们，无论是恪守信念还是目无法规的人，都在生活中付出了昂贵而惨重的代价。中国乡土文化的理性内核，已丧失了维系村民的凝聚力。这既是白嘉轩那一代人的悲哀，也是文化的悲哀。明于此，我们才会懂得，改造乡村在中国是多么艰难而重要的文化课题。

我觉得《白鹿原》的重要价值在于，它开始真正独立地对农民进行文化的透视。单一色调的价值审视在这里是看不到的，作者把对农民的认识，还原到浑浊的生命嘈杂中。田园的、纯情的小调消失了，处处是不和谐的、相悖的精神冲突。小说在对宗法观念、天人观念、政治观念和性心理观念的阐述上，为当代人展示了多层次的精神图景。白嘉轩、鹿子霖、朱先生、黑娃、孝文、兆海、兆鹏、白灵等，联系着中国现代社会各种精神脉络。这是一个从原始走向现代的纷纭复杂的舞台，在这里，人的天性在瞬息万变的社会风云里扭动着、变异着、发展着。小说的故事是动人的，但这动人的故事的背后，恰恰形成了一个富有寓言价值的意象结构。而这个结构，在我看来，是全书最富魅力的东西。陈忠实在小说里，找到了一种与社会、与人生、与中国乡土文化对话的艺术途径。这便是写他们的日常生活、家族秩序以及原始的生命冲击与人格价值的冲突。陈忠实对战争、匪患、党派之争的描写，是以世俗文化的分化、流变为起点的。在天灾与人祸之间，作者看到了中国文化心理最动人、最沉重的图画。当他以平静的笔触去描摹这些现象时，他实际上是把矛盾、悖论的精神，无情地抛给了人们：在天伦地道的交错、糅合及轮回的过程里，我们能逃出文化上的宿命吗？如果生命的过程难以达到自我超越的目的，那么被实践理性困扰的农民，是不是自然而然地要承受厄运的捉弄？在作者的叙述口吻和人物命运的指向上，我隐隐地感受到，一种苦涩的文化悲观主义在这里滋长着。陈忠实太爱陕西乡下的农民了，唯其爱得太深，才在作品里融入了太多复杂、失望的情感。在对主人公数次丧妻的描写里，在对霍乱横行乡里的表现里，在对干旱与兵乱的惊恐的描摹里，我们几乎可以听到作者近于残酷而痛苦的心声。那个对乡人求雨的祭礼的描写，是何等压抑又神奇啊！读了这段文字，我们差不多可以感受到民俗文化中撼人的力量。中国人是通过对一种绝对理念的膜拜而确立自身的，而这种确立自身的原始企图，是生存欲。在白鹿原，男人与女人，老人与孩子，族长与平民，其正常合理的生存欲，却被一股不可抗拒的外在精神所摆布着。令人窒息的社会理性使每个人都成了受虐者，而在某个时刻，受虐者又成为他人的施虐者。人们进入了自我戕杀、相互否定的轮回里。我们的作者从中国农村破落的文化现象中，看到了古老文明非人道的一面。小说以一种文化批判的认知视角，去贴近乡人的心灵底蕴。作品完全是从带着泥土气息的中原大地中蒸腾出来的，它凝重，它混沌，它怪异。东方世界特有的神异的境界，在陈忠实的拷问下被形象地烘托出来。

在中国当代的小说家中，陈忠实是一位厚重型的写实派代表。他缺少莫言式的诡谲多变的感觉，也没有贾平凹那种弥漫古文化气息的雅士品位。王蒙的智慧、汪曾祺的老到，离陈忠实的世界是遥远的。他的笔力与先锋派的作家也有很大的距离。但上述作家们，却很少像陈忠实那样有沉重的生活质感。作品的画面、结构、人物、底蕴，都不是靠聪明的灵感和哲理的演绎才有的。陈忠实的朴素、平实，使他走了另外一条道路，这就是把自己深深地埋在故乡的文化之中，并从较高的现代人文主义视线里，去咀嚼历史。陈忠实的作品丝毫没有书卷气和贵族化的吟风弄月。他踏踏实实地站在地平线上，但又不同于赵树理、柳青、浩然诸人。他并没有满足于对情同手足的农民的生活上的认可。倘若他仅仅醉心于对乡土文化的体味，那么，《白鹿原》很可能变得单薄起来。陈忠实是老老实实地在选择中认同，在体味中反省，他把近半个世纪以来，人们对农村变革进程的认识，从阶级或政治的层面，转向了文化的层面。但这种转变，不同于莫言的取于意象，贾平凹的重于韵味。陈忠实的步履是沉稳的，他从事的差不多是对风俗文化的价值批判。这不是一般意义上的文化反省，而甚或说是带着抉心自食的苦涩。只有真正了解农民世界的人，才可能懂得什么是中国的历史。陈忠实尽心竭力地提炼生活的真义，所要向人们传达的，大约就是这一点吧。

《白鹿原》引起的轰动，在我看来，得力于他从传统手段中翻出的新意。"五四"以后的中国小说，叙述逻辑基本上是从俄国和法国的批判现实主义文学那里继承而来的。叶圣陶、茅盾、巴金、沙汀等人的表现方式，差不多与俄法小说形神相合。近十年来，旧的现实主义叙述模式，最早在中短篇小说中被打破了。王蒙、莫言、马原等人，撕碎了现实主义小说单一的时间历程，空间也随之扩大了。但在长篇小说中，叙述方式的革命，是艰难的。它因民众的阅读习惯的拒绝而受阻。中短篇小说有时可以随意为之，但长篇小说，需要一种冒险和胆识。不占有历史的时空，就难进入自在自为的自如境地。实际上，当代的一些优秀中短篇小说作家，在长篇小说的尝试中，屡屡受挫，这不是别的，而是思维空间的单薄所致。陈忠实似乎不热衷于先锋派的尝试，但他在传统的叙事之中，又借鉴、采用了当代中短篇小说所具有的突破性的表现手法。诸如对风俗、图腾的描写，对性与梦的表现，对宿命观与占卜意识的思考等，在传统中点缀一些现代的因素，这造成了小说结构自身的某些张力。倘若没有这种叙述方法的变化，陈忠实在艺术上，也许会陷入旧途径的尴尬境地。实际上，我从《白鹿原》的许多地方，看到了马尔克斯和莫言的某些影子。尽管总体上，小说有时还显得有些笨拙，语句缺少变化，文体有些沉闷，但必须承认，它的叙述文体和结构方式，比传统小说要丰富得多，漂亮得多。

《白鹿原》给人的启示是多方面的。我觉得它给当代小说家的一个最大的刺激是，它使人们看到了传统写实主义无限的潜能和可以超越的多样途径。陈忠实从单纯的白描中挣脱出来，在写实之中叠印着水彩式的朦胧意象。在这些朦胧的和意象化的艺术空间里，他消解了旧的写实手法——线性因果的时间观念。这结果是，形象突破了观念，诗意超越了人物。《白鹿原》的人物形象有时隐没在了作者编织的文化荒原里，这既是一个遗憾，又是一种突破。陈忠实或许还不能很好地调整旧的叙述传统和新的话语方式，这使他不时显示出一种拙气。但是，在长篇作品中注入一种底色、一种意象，这是对自我、对中国旧的小说模式的挑战。可以说，中短篇小说的进化，已开始融入长篇小说的天地里了。

莫言：与鲁迅相逢的歌者

————————◎————————

一

　　关于中国乡村的记忆，在民国的文人那里是寂寞的。除了萧索和宁静外，几乎没有狂歌的篇什。而我们在无数学者的著述里看到的乡村社会，多是温存而儒雅的存在。自从鲁迅创作了鲁镇和未庄，乡土社会的色调才变得混杂起来。这新生的调子是森冷的，精神被黑暗压迫着，沉重得让人喘不过气来。鲁迅那代人飞扬的只是个体的自我意识，描述乡下的景象时，笔端却被寂寞缠绕起来，叙述者和对象世界有着一定的距离。后来的孙犁和汪曾祺都有点儿这样的意味，置身于乡土，却又不属于乡土，民众的激情被作家自我的情感所抑制。当莫言的作品出现在我们面前之后，这一现象被改写了。20世纪80年代问世的《透明的红萝卜》《红高粱》，给了我们一种喧闹的声音，乡间社会内在的轰鸣被焕发出来了。这个社会内在的色彩、气味，远比文人的想象要复杂。随着拉美文艺的引进，人们看到了叙述的另外一种可能。广袤的土地上的杂思终于被激发了出来，流行了多年的叙述模式，被更年轻的一代人绕了过去。他们在寻找新的田间乐谱。为什么不能唱出前人未唱的歌呢？

初读莫言作品的时候，吸引人的是过于主观的叙述视角。我的第一个感觉是他找到了中国乡土社会的颜料，汉语写作也终于有了梵高那样令人眼花缭乱而又高远美妙的景致。《红高粱》《狗道》《球状闪电》《爆炸》，完全是乡民自己的声音。他们眼里的色彩和旋律，连通着无数灵魂的悸动，闪耀着贫瘠群落的生命的光。山野里的百姓不再是沉默的被描写者。他们自身成为主体，描述着身外的世界，看着五颜六色的天地。于是，拉伯雷式的狂欢出现了。寂寥的秋夜，无边的高粱地，漫天的酒气和血腥，还有无数冤魂恨鬼，就那么纠缠着世界。一切典雅之美和静穆之美都消失了。人世充塞着不和谐的躁动、仇恨、反抗、流血、死亡，以及血色的爱欲、混沌的诗情、无所不在的悲悯。莫言不是观念简单地勾勒着世界，他燃烧的是生命的火，凭着飞动的灵魂穿越了精神的盲区。与其说是思想的解放，不如说是艺术上的自我放逐。其中生成的力量，比同代作家的作品更令人长久回味且难以忘怀。

初期莫言的文字表现出良好的质感，那是没有受到儒家文化暗示的粗野的、原生态的艺术。他那代人在教育上没有经历过传统的熏陶，其优劣均集中于此。莫言一开始就没有向传统求教，也没有向流行色低头。他借着马尔克斯的模式，找到了属于自己的叙述原点。在一片混沌和荒原里开始了自己的旅程。教化、学问远远地去了，小说腔、散文腔远远地去了，铜臭气、庸俗气远远地去了。他凭着生命的嗅觉，找到了自己的精神底色。那是很不易的跋涉，一切完全缘于自己的良知。在"红高粱"系列里，在随后完成的诸多乡村题材作品中，他走出了一条别人无法重复的道路。

而且重要的是，随着《丰乳肥臀》《檀香刑》《生死疲劳》的问世，中土世界的狂欢的场景终于从域外叙述的桎梏里解放出来。那里已远远摆脱了马尔克斯的怪影，是土生土长的中华文明里的魔幻。这魔幻我们只有在汉墓的造像里、敦煌的天地鬼人图里略微可以考见。汉代人写物写人，神异鬼怪，来往于天地之间。汉代之后的小说，虽有志怪的遗音，但大多是扭捏的舞步，很少看到乡俗里的潇洒了。而莫言的出现，衔接了一个消失的精魂，并且放大了力量。大江健三郎等人对他的认同，其实是惊异于这种天马行空式的状态。那是不是鲁迅遗魂的另一种表达？在我们古老的东亚，久矣没有这样大气磅礴的惊魂了。

二

当年读萧军的《八月的乡村》，看到对东北山野的血腥描述，便想起了苏联作家绥拉菲摩维奇的那部《铁流》。鲁迅在为萧军作序时，肯定其写了前人未曾写到的气象：红红的高粱、茂草、蟋蟀、野鸟、蒸腾的血气等。那是和苏联文学碰撞的结果吧。莫言和这些前辈绝不一样。他在吸收域外小说的时候，没有像萧军那样停留在对外部命运的扫描上，而是进入了人的内心世界。他拥有着萧军那样空阔的气势，不同的是，又显现出惊人的心灵的内觉。这是前代作家所没有的东西。他在气质上接近苏联作家和鲁迅的某些地方，阴郁而残酷，并且将之不断地放大，诗意地前行着。以往所有关于审美的概念，似乎都无法解释他的艺术走向。他学会了苏联作家宏阔的笔触，也沿着"五四"文学感时伤世的路，写出灵魂的深刻。

莫言不是靠故事取悦读者，他的吸引人的地方乃是描述了乡村社会的一种状态——心理状态和社会状态。想一想我们的前辈展示乡土社会时的那种静谧的笔触，以及安详之美，莫言的出现，把人间的另一番景象还原了。他的深刻在于写出了残酷，而且升华了残酷之中挣扎的气色，在极端酷烈里，精神之美升华了。这美掠过我们苦寂的意识王国，摇落了一切空中楼阁，犹如一只惊夜的夜枭，叫出了乡民几个世纪的悲苦。那些在士大夫气、官僚气、奴才气的文本里自怜的人，在他的奇崛之风里，显现出自身的苍白。

　　大约经历过精神死灭的人才会对此有耐心地咀嚼。鲁迅当年写《野草》，就是颓废后的坚韧和率真使然，历大艰辛，经大磨难，对待死亡才会那么从容。《金发婴儿》《狗道》《天堂蒜薹之歌》《檀香刑》《生死疲劳》都写了难忍的死灭。莫言在这些作品里，记录了中国社会最为惨烈的景象。他的直面的勇气和非凡的目光将人世间最被忽略、最被遗忘、最使人难以启齿的瞬间，统统还原了。最早的《透明的红萝卜》还带有单线条的审美意识，似乎只是悲悯的吟唱，但到了《檀香刑》和《生死疲劳》，莫言找到了自我的表达方式。一切思想的闪动都内化到无言的色调里。作者对乡下世界的爱怜完全不同于一般作家，他不满足于对乡俗的打量，且远离着士大夫式的情感，在大量的作品里，反复穿越着各类乡土的神话。在他那里，没有对乡间文明的文雅的礼赞，那些虚伪静穆的山水图在此崩解了。莫言不喜欢文人的诗情画意，认为那些书斋里的墨香含着自恋。他拥有的只是苦民的歌谣，那些扎在泥土里的、含着冤屈和伤痕的谣曲，自始至终响在他的小说里。许多文人写古老的乡曲时，是古董式的展示。而莫言笔下的猫腔却是惊天动地的吼叫与喷吐。莫言使宁静的乡野真的动起来了，似民谣里的摇滚，滚动出大爱、大恨、大狂、大悲、大暗、大冷的情思。我在阅读这些文本时，第一感受是空前的痛快，仿佛蒸了桑拿，毒气被驱走了大半。第二是感到以往的书生式的作品中的虚假和伪饰。我们这些自认为是读书写作的人，在莫言那里是不是显得小气而荏弱？至少是过分的自赏了。现当代的一些文人，当指向黑暗的存在时，笔墨往往滑落下来，似乎不忍也无力承受沉重。与灰色的记忆搏杀，且吞咽着苦水，是要有比魔鬼还要严酷的目光的。

在诸多的文本里，我们几乎看不到那些先人的观念的镶嵌，莫言不属于哪个主义的布道者。他厌倦了各种思潮的你争我夺，他的基本思路是从生命的体验里，从精神的直觉力中升腾的。一切瞒骗的文字和谎言，在他的野性的文气里都失去了光泽。《红高粱家族》《酒国》《檀香刑》《生死疲劳》是那样地酣畅淋漓，我们只有在读庄子、李白、鲁迅的文字时，才有过这样的体验。莫言没有学者的温润的语体，少见鲁迅那样哲人式的驳杂，但却融合了民间说书的咏叹，旷野里歌人的高吼，杂以俚曲小调，弹奏出与《逍遥游》《梦游天姥吟留别》《野草》相近的韵律。我们这个萎缩、矮小、单色的文坛，因为有了他，不再显得寂寞了。人们有时厌恶文人的自娱自赏、酸气与戾气，总觉得少了什么。在鲁迅、莫言式的文字里，一切都改变了。在读厌了书斋味的酸朽之文后，莫言给我们打开了一个人的血气腾腾的窗口，它通往到自由人的灿烂的王国。在我们这个世上，文人者也，有时不过是无聊世界的点缀，从心底除却圆滑、伪态、虚幻，是"五四"那代文人开启的风气。我们在莫言的著作里，可以发现其精神的某些源头。

三

鲁迅走进莫言的视野，是在 20 世纪 70 年代。那些暗含的精神对他的辐射是潜在的。近几十年的文学缺乏的是个人精神，莫言那代人缺少的便是这些。我以为他真正地理解鲁迅还是在 20 世纪 80 年代后期，一段特殊的体验使其对自己周边的环境有了鲁迅式的看法，或者说开始呼应了鲁迅式的主题。《欢乐》里散出《白光》的意象，《十三步》在有些地方像《故事新编》。到了《酒国》这样的作品问世，其实已经把"五四"中断的流脉衔接上了。《酒国》改变了当代小说的平庸的格局，它的分量足以和以往的任何一部白话作品相媲美。较之于 20世纪 80 年代的集体主义的歌唱，《酒国》《檀香刑》等让我们看到了一个清醒的中国作家对已有的文明和周围世界的态度。风情与俚俗社会是一切精神的土壤。莫言看到了旧有的遗风、"吃人"的现实，所以在对正人君子的描绘里，透露着几多冷峻。《酒国》在表面上看是传奇式的作品，故事的离奇和多变，场面的惨烈和揪心，在以往的小说里是少见的。作品的内在激流，是深切流淌着的。那其实隐含着对无数无辜生灵的大悲悯，其血泪之中系着托尔斯泰和陀思妥耶夫斯基的情怀，只不过是用侦察员式的故事掩人耳目罢了。

在那些炫目的、混乱不堪的生活碎片里，作者记录了各种病态的人生。看客、流氓、恶棍、强盗、雅人，在吃的风俗、生死的仪式、拜鬼的套路、节日的秩序里，非人的一面、可笑的一面都上演着，且是一部没完没了的长剧。作者直面那些熟悉的生活时，不是安静地沉下去，温存地咀嚼，而是搅动着古老的宁静，让沉渣泛起，一切隐性的罪过和恶习在善恶交错里浮现着。他学会了鲁迅拷问黑暗的笔法，也多了一种鲁迅身上没有的东西。正如他说的，不仅写了看客心理，重要的是还写了刽子手的心理。看客是麻木的、丑陋的，而刽子手则是魔鬼的翻版，其险恶和凶残非沉默的大多数看客所能比。鲁迅当年描述乡民和小知识分子时，对奴性的揭示是触目惊心的。奴性的背面是酷吏性。莫言似乎对酷吏更感兴趣。所以我们读《酒国》《丰乳肥臀》《檀香刑》，看到的是酷吏的遗风，在血淋淋的屠杀和暴乱里，正有着我们文明里罪过的留音。想一想当年巴金、丁玲刻画旧家族的"吃人"性时的那些笔墨，还是太老实了。莫言从鲁迅的悲壮里走来，不仅给了我们精神上的悸动，也留下了生理的苦楚。那些让世人惊异的文本，甚至超出了读者的忍受极限。即便是在但丁的《神曲》里，我们承受的生理刺激也无法与《酒国》《檀香刑》相比吧。

莫言的语态是相当繁复深邃而又带有光彩的。他粉碎了各式的叙述枷锁，美丑的界限有时也模糊了。他是彻底的唯美主义的颠覆者，在叙述的路上甚至比鲁迅走得还要远。鲁迅说文学里最好不要描写大便和苍蝇，但莫言却描述了它们，偏偏给人以久远的不快。鲁迅直面死亡时，写的是心理的惊异和精神的盘诘，而莫言却耐心地雕刻着死尸、人肉宴以及性虐待。我们从那些历史记忆里，读到了正史里没有的东西。在《丰乳肥臀》里，暧昧的乡间风情罩在血肉模糊的刀光里，苦民的复杂灿烂的内心世界在升腾着，述说着乡村社会苦难的根由。《酒国》是《狂人日记》的另一种书写，那些"温文尔雅"的历史文本，在这类叙述中失去了维度。暗夜里的死灭和平静里的戕害，是勾魂摄魄的。作者大概在这样的癫狂里得到了快感。有什么能比撩开世界的遮羞布更让自己快慰呢？

在无序和混沌里，才能瞭望到世界的另一个角落。所有从道德角度品评莫言的人，大概都不会明了其在审美上的深意。我承认许多人在阅读他的作品时也有各类的不适：语言的过于喧闹，感官的过于反射，情景的过于主观……作者在后期甚至放弃了早期的温润深幽的笔墨，习惯于焦墨式的涂抹，少了耐心的打磨和吟咏。他的文字本来有含蓄和美的韵致，那些可以反复吟咏的句式也被扬弃了。许多小说被太满的色调填充着。莫言的独特之处也在这里，他何尝不知道绵密、细致、柔婉的文字有着典雅的一面，但那是士大夫的东西，不属于来自高密东北乡的后代的语体。我们的作者要做的，就是前人和今人不屑做和不能做的事情。

四

苏珊·桑塔格在描述欧洲作家的作品时，强调了艺术不是真理的助手，无论是特定时期的真理还是永恒的真理。她还说"艺术作品自身也是一个生机益然、充满魔力、堪称典范的物品，它使我们以更开阔、更丰富的方式重返世界"（《反对阐释·论风格》）。莫言的世界里有着苏珊·桑塔格所讲的那种充满魔力的意象，其实也是鲁迅传统的另一种表达。有一次他到鲁迅博物馆来演讲，谈的就是小说写作与鲁迅的关系。他直言自己受到了鲁迅的影响，且一直对其恭恭敬敬。鲁迅之于莫言，是一个巨大的存在。这存在完全是精神气质上的。林贤治、王得后、钱理群等人的走向鲁迅，是一种精神的探寻，说其在依傍着那个灵魂也不为过。莫言的赞叹鲁迅，其根本点是人生境界的渴望，比如直面惨淡的人生、独立的个人立场、非道学的无拘无束的游走，还有那些惊世骇俗的想象。莫言身上没有贵族意味和脂粉气。他像《透明的红萝卜》里的孩子，表现出天然的美丽和浑厚的气韵；而且描绘死亡时那么残酷，其拷问的笔法是不亚于鲁迅和陀思妥耶夫斯基的。一个长期无声的民族，一个在苦难里久久挣扎的国度，如果没有鲁迅和莫言那样的作家存在，该是多么不幸。

鲁迅文本中的血色和鬼魂，乃一段历史的隐语，其对生前与身边的环境的勾勒，呈现着悲恻之状。他在故土的血色和阴暗里，看到了似人似鬼的图景。在鲁镇和未庄里，人的存在完全被颠倒了。在描写这些的时候，他像悲悯的佛，俯瞰着苍生，为每一个受伤的灵魂歌哭。莫言的高密东北乡，则是荒寂和裸露着贫瘠的存在。不同于鲁迅的是，他是乡土社会的一个歌者，是那个村落里普通的一员，或者说就是其中的一个亲历者。当年鲁迅面对的是儒道释的鬼魂，其拼杀极为血腥。而莫言身边缠绕的是凄神厉鬼，是与那些粗野荒蛮的灵魂的角斗。《生死疲劳》里亦人亦鬼的农夫、亦真亦幻的生死场，是一个古老民族悲情的写真。蕴藏于国民心底的恶魂和苦思，是戕害我们躯体的毒源。莫言的笔直指这些，摇山撼地，以摧枯拉朽的气势，将一些流行的谎话荡平了。

从《丰乳肥臀》到《檀香刑》，莫言不断向着人的审美极限挑战，喊出的正是恐怖的夜枭声。我在这些书里体味到了历史叙述的另一快感。我们的作者在历史的反顾里，有着太多类似鲁迅的笔法。且不说是有意模仿还是潜心创造，在这里，民间记忆的伟岸诗情爆发了，弥散在山东大地的反抗异族统治的歌咏，残忍到超出生理极限的刑法的勾勒，在流血和惨叫里的人生命运，和野史里的记忆何等相似。鲁迅就曾引用过明清文人的野史杂乘，讲到《蜀碧》《立斋闲录》里似人非人的杀戮，感叹专制之下的国度所能生长的都是些什么，而历代文人将屠夫的凶残都化为一笑了。软软的戏腔，绵绵的爱语，还有那些雅士的京白，我们的文学多的是风花雪月、皇权道白、庙台学理，有谁还原了人间的血色与昏暗？左翼文化是曾有这样的传统的，可是后来直面苍穹的只剩下几个孤独的斗士。莫言写义和团时代的生活，充满飞动的灵光，是漫天狼烟，四面血水。那些苦楚的时光与情欲、往昔的灾难与空幻，再一次被唤起来了。我们只有阅读鲁迅的作品时，才会有着类似的激动。许多年过去后，当鲁迅消失于喧嚷的尘世的时候，莫言以赤子之心，续写了鲁迅未完的一个章节。对读两种文本，莫言相比之下显得粗糙、简略，甚至没有远致的韵味，但鲁迅的个性主义的火种，在这个山东汉子的笔下复燃着，《呐喊》《彷徨》里的恢诡谲怪，悲怆之气，获得了某种延续。

五

只有经历了乡村生活的人，才会了解古老的图腾在乡民世界里的意义。蒲松龄当年谈神谈鬼，以玄怪之笔勾勒天下悲欢，是进了生民的内宇宙的。鲁迅说我们中国没有俄国的基督，君临百姓头上的是"礼"。陀思妥耶夫斯基的战栗是来自心灵和地狱的恐惧，所以他的残忍就有了宗教的意味。莫言在描述中土的生活时，从来没有宗教的冲动。他创造了华人世界的魔幻，亦阴亦阳，亦神亦鬼，亦明亦暗，这是在俄国作家那里看不到的。莫言是试图回到原点的叙述者，佛道的隐语和儒学的礼教，在他那里都绕过去了。凭着一种本然和冲荡，他独自闯进精神的禁区，飞翔的思想恰恰是从这空漠的地方开始的。

俄国作家茨维塔耶娃在讲到普希金和普加乔夫时，感叹那作品是施了魔法的，因为那里像梦一样迷离而玄奥，隐曲而朦胧。我猜测这些与俄国的传统多有联系，而且应当是超越了斯拉夫语系的某些传统。在阅读莫言作品的时候，我想到了这个中国作家的魔法。《十三步》里的阴阳之变，火葬场内外玄妙的故事，人世间的善善恶恶，只有在这个魔法的变换里，才这样让人心动。《生死疲劳》的主人公变牛、变猪、变狗的奇异历程，把生存的背景和精神荒诞化了。古老的乡下残存的妖道、黄鼠狼式的巫风，在《生死疲劳》里变成恍惚朦胧的神曲。

那是泥土里升腾的俚俗之歌，人间的一切逻辑化的叙述统统断送了。莫言对恶的嘲讽极具煽动力，他的酷烈超出了我们的想象。而他用写实的笔法时，我们只能感觉到他道义的力量。比如《天堂蒜薹之歌》，悲怆得催人泪下，那是价值判断的东西，乃文人的愤懑之作，似乎不及"红高粱"系列那样灵动。而一旦进入魔法的世界，呆板的写实所带来的沉重就被飞扬的气息所代替。许多年来他一直以癫狂的笔触去写家族的故事，回望昨日的历史。先前的那些历史叙事在他眼里似乎没有什么力量，而平铺直叙的调子把精神的色彩掩盖了。莫言相信，在变换无序和多声部的合鸣里，才可发现人间的丰富性。直觉可以还原一切，而这样就必须打破逻辑。文人们在逻辑的镣铐里，几乎无法飞翔。

当年鲁迅对历史的反观，用的是尼采和安德烈耶夫的笔法。他后来又从汉画像拓片和西方版画里，得到了深广的底色，乡土的气息和知识分子的情思融为一体。莫言的表达方式较之鲁迅显得具有泥土气，他借用了六道轮回之说，扩展了精神背景。我们觉得鲁迅有地狱边上的惊恐，而莫言给我们的则是魔道里的闪光。

域外鬼神精神对中土艺术的渗透，已有上千年的历史了。唐以后的神怪小说，是深受佛教的影响的。台静农先生在《佛教故事与中国小说》一文里，讲到地狱、金赤鸟、神龙等意象时，分析了中国作家进步的原因是受了佛教因果报应的冲击。不过中国文人对地狱等意象的使用，是从儒家或道家意识入手的，似乎没有佛经里的语境那么纯净。仙人的、礼教的东西都有一些，躲避不了享世文化的浸泡。第二次大规模引介外来意识的是"五四"那代人，但丁的、尼采的、陀思妥耶夫斯基的都进来了。那时的译介乃为了思想革命，也夹带了启蒙的东西，但不同于汉唐，文人们有了自我。到了莫言这一代，与马尔克斯等人相遇，想法又大大地改变着，要在精神的炼狱过程中，重写人间的图景，呈现人的多样表达的可能性。在这里，他照样未能逃脱另一种价值态度，那就是借着魔幻文本对现实进行颠覆和批评。静观的因素是微薄的。创作乃是对生命的态度，这是不错的。莫言知道其间的得失。鲁迅与莫言都写到了彼岸与今世，但又不是宗教徒，使笔下的世界与读者间有着一定的距离，他们的叙述态度是美学的，而非信仰的。我们在这些神奇的文本里，发现了个性书写者创造的欢愉。

六

鲁迅之于后来的文学，是存在着一个逻辑线条的。中国文化的单色调性，酿造了悲喜剧的单色调性。一切突围者的拼杀，在根本点上表现了其特色的相近之处。其实细读历史，魏晋风流和晚明气韵，都有怪异的狂放气，不过那时文人的狂放，还没有鲁迅式的恢宏，旧文明的枷锁还是清晰可见的。以明末的傅山为例，就主张艺术"宁拙毋巧，宁丑毋媚，宁支离毋轻滑，宁真率毋安排"，在姿态上让人倾倒。但思维的深处，还没有形而上的灵光。到了民国初，不少有狂气的文人，也无非如此，章太炎、钱玄同的异类风格，都无法和西方康德以来的思想家媲美。只是到了鲁迅这里，才有了对存在的本然的追问，实有与虚无、有限与无限等问题，深藏于底处。较之于明清文人的士大夫形象，鲁迅那里是完全个人的气质，和儒道释的渊源没有本质的联系了。莫言欣赏的恰是这一传统。他讨厌圆滑、老到、中庸、清流一类的东西，在野路上的颠行给了他诸多快乐。他学会了鲁迅式的独行精神，这对他而言已是足够了的。他自知没有古风里的儒雅气，也失去了士大夫的软绵润，可这不正是鲁迅那代人的一种渴望吗？

莫言的创作只是对鲁迅的气质和个性的呼应，他和诸多鲁迅的认同者走的不是一条路。比如孙犁暗仿鲁迅的清寂，多是个体的悲凉感；木心看重鲁迅的奇崛与沉郁，文字有千回百转之韵；陈丹青文字里透着《且介亭杂文》的风趣与好玩，温润里也是暗含幽愤的；邵燕祥的杂感是从《二心集》《准风月谈》里流出的，他会同着自身的经验，偶也能露出匕首与投枪的力量；汪晖把鲁迅与现代哲学联系起来，使现代文学具有了与欧洲文化对话的文本。鲁迅的复杂并不比卡夫卡、加缪、萨特差，甚至流动着更为激越的哲思。每一个人面对鲁迅时，都呈现出不同的姿态。莫言选择在更为宽广的天地间，把自己的个性凸显出来。他代表的不是书斋里的文人，也非文化精英，而是土地上的千万个农民。

这个选择是自愿的，我相信不是来自鲁迅的启发，而是他自己心灵的召唤。莫言是与鲁迅相逢的人，而非亦步亦趋的"鲁迅族"。他在与鲁迅对视的瞬间体味到了神秘的一隅，那一瞬他被击中了。鲁迅那一代人背负着更为沉重的东西，因袭的重担和反叛的怒吼，使其文字流动着无尽的意象。文而野，野而文，多样的文化之光在闪动着。鲁迅在反抗旧文明时，更多是抗拒自己身上的鬼气，所以书的字里行间，有历史的长影。莫言这一代，抉心自食的惨烈被新的东西置换了，历史咀嚼的长度超出自我拷问的长度，他的兴奋点集中在乡民社会的漩涡里，处处显示了单纯的恢宏和浑浊里的伟大。他穿越了鲁迅的影子，将一个简约的、混沌的世界明晰化了。

在一个远离鲁迅的地方和鲁迅相逢，看起来是不可思议的。我们今天的文化语境与"五四"的背景越来越远了，没有古典艺术背景下的当代文学，能再现曹雪芹、鲁迅的意象吗？莫言清楚地知道，历史远远地去了，这一代人有自己的笔墨世界。而不幸的是，文人在切入社会的深处时，忽然发现，不得不与鲁迅的主题重叠。龚自珍当年曾感叹历史的轮回，以为无法超然于杜甫之上，人们现在歌咏的，多在杜甫的绿荫下。有什么办法呢？这是历史进化的迟缓，还是智慧进化的迟缓，已不是一个文学的话题。我们当代文学只是在这个层面上，成为丰富传统的一个媒介。莫言在文学史上，不是孤零零的独行人。他的前后，都有亲近的伴侣。

一个时代的文学突围

————— ◎ —————

一

　　莫言是我们这个时代一个标志性的存在，现在已经没有人怀疑了。他的价值，在于把泯灭的文学良知从泛道德的世界里打捞出来，进入了人性的本源。而这些，受益于 20 世纪 80 年代的语境，我们讨论他，不能不回溯到那个精神蠕动的时代。我最初阅读的莫言作品是《透明的红萝卜》，被其内在复合的、多色的文本所吸引。后来读到《红高粱》《爆炸》《断手》，惊异于他笔下冲荡残酷的画面。左翼小说的传统是对底层人的关注，这种表达在后来的实践里出现了问题。生活的复杂性被单一的精神之剑切断了。莫言的文学世界里，左翼因素有着不可替代的位置，但他对生活的理解却与之颇为不同。20 世纪 80 年代小说面临的，其实是新路的拓展。对于他来说，召唤内心多彩的感受，才是自己写作的应有之义。

　　他的文学表达有一种本能的喷吐，气质弥漫着原始生命力。早期的莫言写乡下的生活，注重的是命运感的表达，《白狗秋千架》《透明的红萝卜》《红高粱》就代表这样的精神。这里有恶的存在对生命的冲击，美丽的心被无边的苦难吞噬了。《白狗秋千架》有对少年的女友命运的描述，有对叙述者"我"的谴责，也有对苦楚的环境的冷观。一个美丽的女性因为意外的事故而失去自由生存的空间，只能嫁给残疾人，而养育的孩子也意外地都是残疾者。小说在巨大的反差里，衬托出命运对人的戏弄。这个经验，鲁迅在《故乡》里也表达过。鲁迅的叙述，有对文化秩序的思考，莫言则是带着对宿命世界的拷问，文化的解释被天命的无奈感代替了。原始生命感受的气韵笼罩在他的世界里，清晰的理论模式被置换成模糊而神秘的网。小说处处有奇笔，那些存在只有感觉可以印证，而左翼文学的模式对他已经不再是唯一的参照。

在《透明的红萝卜》里，黑孩的形象是苦难记忆的一种多旋律的展示。我印象最深的是作者对色彩的把握，完全是多维的、灿烂的意象。那光景，没有传统写实主义的单一，他呈现的是一般写实文学所不能实现的存在。底层社会原始的遗风和不可名状的心性之美飘然而出。小说对工地苦楚的生活的描绘，有浓彩大墨之处，乡下人的麻木、善良、无聊都在一种紧张的旋律里涌动。可怜而可爱的孩子在火光的映现里，弥漫生命力的气韵淹没了苦楚之境，让人感到气韵竟如此强大。

在最初的写作里，莫言一直关注的是表达的突围。他觉得传统的技法和自己内心丰富的体验相比，还是有很大的冲突。《断手》《三十年前的一次长跑比赛》，写的是不幸的人在乡下的遭遇和其顽强活下来的旧事，寓意已经偏离主流的审美习惯了。《红高粱》就淡化叙述的逻辑线条，把家乡的生活图景和历史的多彩浓缩在一个奇幻天地里，有一种印象主义绘画的痕迹，也使人想起肖斯塔科维奇雄浑的交响曲。到了后来，关于家乡历史的展示如《丰乳肥臀》《檀香刑》等作品里，叙述的丰富性更为浓烈。他在文字里不断释放着一种野性的真情。而这种野性，是美丑难分、交织一体的。儒家温情的道德话语被颠覆了，作者呈现了一个混沌无解的原生态的世界，但不是颓废与逃逸，而是力量感的表达。在这里，精神的冲荡之气渲染着耀眼的诗篇。

20世纪30年代，鲁迅在推介《铁流》《静静的顿河》《土敏土》的时候，就注意到多声部咏叹的美学效应。但那时候的左翼作家还无法意识到在混乱驳杂里呈现存在的意义。中国的作家只学会了对确切性的勾勒，却不幸把存在的荒诞与不可知性遗漏了。莫言唤回了这些东西，他知道那些存在的价值，在回望生命的过程中，神灵与魔鬼在同样的空间舞蹈着。20世纪30年代后的作家，形象思维越来越单线条化，而莫言终止了这样的滑动。他重回到鲁迅的世界，回到曹雪芹、蒲松龄的世界，开始了陌生的精神之旅，但又不放弃左翼传统的闪亮的光泽。精神内核的热能便在一次次爆炸之后辐射到读者的世界。

使莫言找到自己的表达方式的，有阅读经验的积累，其实也有自我生命经验的积累。他记忆里的饥饿、流血、死亡，都成了一种不尽的源泉。20世纪80年代的写作，受到诱惑的话题很多，但他却因为忠实于记忆而找到自己。他描绘了那么多的苦难，却在叙述里表达了刚烈之色。在最不安定的生活里，依然有热情的喷发。20世纪90年代后，他的创作井喷般地出现，规模和意蕴已与先前不同，有了肖洛霍夫式的苍茫和陀思妥耶夫斯基式的残忍。《酒国》的惨烈之笔，却有不羁的悲悯之情的涌动，《檀香刑》是一唱三叹的文本，《天堂蒜薹之歌》有冲破禁忌的放浪形骸之美。传统的左翼小说曾对不幸的生活的揭示有诸多描述，但很少关注左翼自身的悖论和信仰之外的存在。莫言对各类对立的元素的排列，有宽容之笔，亦多善恶的互衬。但在他那里，美丽与丑陋是在一个空间并存的。他对一些不能入文的丑陋存在进行入木三分的描述，成为一种非传统式的表达。这不仅是儒家的禁忌，还有不合于左翼传统的杂音。那时候他受到一些批评家的挑剔，表明了其审美意识与环境的巨大差异。

正是在这种叛逆的抒怀里，他和时代的流行色告别了，也和旧我告别了。那时候许多作家意识到了这一点，都有不同程度的探索意识，刘索拉靠的是西洋语境的荒谬感开始了自己的突围，阿城回到旧小说的氛围里，韩少功走到一种寓言的模式中。但就精神的阔大与维度的宽广而言，莫言似乎比谁都要更为果敢，这一点和王小波十分接近，不仅以嘲笑的口吻面对自己，也在狂欢式的宣泄里亵渎着神灵。我们阅读他的作品时常常要笑出声来，但接着就有无言的悲伤涌来，觉出世间的可怜。作者在真实的画面里衬托出我们世俗眼光的短浅和无聊，这也招惹了道学家不满，攻击和诅咒曾不绝于耳。但他远远地走在前面，带着屈辱和果敢之心，无畏地走着，把那些恶言和嘲笑都踩在了脚下。

二

在莫言后来的写作里，无所顾忌的放浪形骸越发严重，形成了一种语言的喧嚣。他的行文是天然的流露，没有丝毫的扭捏和做作。一是远离文人腔调，口语里有泥土的气息；二是无数意象的纷繁叠加，制造出一种张力；三是以富有力量感的词句刺痛读者麻木的神经，流动着一种自审的自觉。这些不是从古文里来的传统，也非当下流行的传统。印象深的是乡村的表达，传统叙述的经验越来越多，歌谣、民间小调给了他一种快意的图景。他善于在传奇里以俗音的流布而暗示精神内力的伟岸。但即便如此，也没有回到"五四"以来乡土世界单一性的景观里，既没有赵树理那样的简洁，也没有孙犁式的寂寞。莫言的乡村常常是轰鸣的，蛙声、水声、死魂灵声、高粱叶声都在一个空间鸣响。他喜欢歌谣体的表达，这就避开了文人腔，避开了观念化的逻辑。在俗语俗调里，他把人间难以表达的存在表达出来。《丰乳肥臀》在混浊、血腥里有童真之梦的飘动，故乡混乱秩序背后的强力扭动了苦楚的时空。《生死疲劳》以六道轮回的意象，表达了生活的荒谬。笔法越发有民谣体的特点，但狂放之意不失，更有本土的气息。《会唱歌的墙》在五味杂陈的声音里，听到了神灵般的心曲：传说、梦幻、自然之舞，汇聚成乡土的神异之美。广大无边的天启般的神谕，与其说是他发现的，不如说是他创造出来的。

在这里，他改造了民谣，也改造了白话文的思维。他和那些羞羞答答的文学书写完全不同了。莫言在一个缺少个性的时代表现了自己的个性。这有他对自己的生命感受的尊敬，对乡间经验的尊敬。他在回望历史时，不掩饰自己对人间多色彩的好奇与全景的打量。在他看来，旧的语言的表达似乎不能切中感知的要害，原始意象的神秘体验覆盖的空间比道德思维涉猎的存在要广阔得多。

他的语言的运用，经历了一种自觉变化。起初是清晰、有弹性的，一下子衔接到"五四"式的感受里。后来越来越靠近民谣的韵致，民间的朴素与幽默的词语不断进入他的笔下，以致有些无法控制，这破坏了小说的结构。大俗与大雅，惊恐与宁静，以自然的方式成为一体。他不喜欢文人腔，书面语的叙述习惯在他那里被遏制了。他的词语富有色彩，带有轰鸣的、摇滚的特点，一方面是文不雅驯的土语的流溢，一方面有绘画感与音乐感的词语的跳跃，但那些都是大地的精灵的舞动，是直面苍天后的一种神灵的互动。这里有《三国演义》式的纵横捭阖，也有《聊斋志异》式的诡秘，但更多的是高密东北乡的谣俗之调的流转。他借用了梵高式的零乱不规则的画面感，从带着土地的气息的词语里找到了个人生命的感知方式。

但这种选择导致了其文字的粗放、紧张和无序。莫言表达的非雅化与无所顾忌惹来了批评与不满。有人指出其对人性的描述背离了"五四"以来的传统。他写爱情，绝不躲躲闪闪，根据人性的复杂性去考量问题。他描述了许多病态的人格，对潜意识的表达也很明显。有意思的是他对死亡、性、战争的描绘，完全不在意儒家教条的任何规范，以至在乡村图景的表现里，放荡不羁地释放出生命的诸种元素。那些关于历史与现实的顿悟，都意味深长，比如对主奴问题的勾勒，对土地与农民的关系的思考，把死后的灵魂的独白和常人的隐私以多姿的形态呈现出米。在这里，乡野的哲学超出了文人暧昧的伦理。在他看米，前者的价值在于比后者更为鲜明、有趣，且有着隐秘而玄奥的含义。

并不是说作者的一切乃天外来客的凭空起舞。中国白话小说描绘复杂性的不乏其人，只因时代的原因而未得发展。路翎的写作有过这种倾向，可惜被遏制了。茅盾的《霜叶红似二月花》迟迟不能续写下去，因为审美的走向遇到歧途。莫言在鲁迅的传统小说里找到参照，意识到文学有别样的可能。每个人的路都不可能与别人的重复。鲁迅给他的体会是，生活有着语言所无法穷尽的意象，人只能以敞开的胸怀直面那些消失在作家视野里的存在。而陀思妥耶夫斯基那种在迷乱和痉挛里的智慧喷吐，对汉语世界而言也并非没有可能。他内心对于那些夭折了的前辈的文本的叹息，也一定是有的。

三

从《透明的红萝卜》开始，莫言小说一直有一种色彩感。到了

《丰乳肥臀》，这种印象派绘画式的语汇在作品里四溅，达到了眼花缭乱的程度，以致批评家面对其文本有一种表述的困难。

《丰乳肥臀》是对伟大的母性的歌哭。众多女儿一个儿子的故事，不同命运的孩子是现代中国各种元素的辐射，政党之争、民怨之变、民族之战等，都在这里以反逻辑的方式展示着。一个家族背后的故事所承载的寓言，已经无法以儒家思维和革命思维简单述之。我们在此看出了马尔克斯、福克纳式的艺术画图。

他的小说到处可以读到病态的庄严：无论是从牧师、猎人、强盗、恶商、江湖艺人身上，还是从日本入侵到土地改革，从"文化大革命"到20世纪90年代经济大潮等时代大事件中。凝固的土地下奔流的精神之河，卷着污泥浊水变成时间之维，中国土地的生生死死，演绎出人性的悲喜剧。那些不同光泽里的受难者与挣扎者，有史学家很少关注的细节和隐喻，书写的恰是大地的灵魂。

《丰乳肥臀》这部小说是莫言精神成熟的开始。他的史诗的意念与混浊冲荡的气韵把审美引向一个反世俗的空间。作者对历史和人性的多样化的理解，已经不再是乡土式的温情或伦常里的泾渭分明。邪恶背后的温情与美丽背后的残忍，不可思议地涂抹着历史的空间。母亲的善良与多难，爱欲中的神秘体验与鬼怪的命运，都不能简单地以道德视之。小说中"我"的近乎病态的视角与遭遇，写得巫气弥漫，神意冲天。灵幻的天地刻满生命的谶语，历史的记忆在另一种思维里焕发出奇异的姿容。

作者写现实的残酷，却以童年的眼光为之。世俗层面的尺度消失了。这里容纳了太多的元素，但都在一个巨大的空间以雄浑的旋律为之，有了立体的美。宗教、异族入侵、谣俗、革命、饥饿、天灾，都在童年视角里以奇幻的色调表达着。我记得小说写送葬的场景，天地之色大变，魔鬼般的乌鸦的合唱，有诸多巫气。在庄重里增加一种玄奥的元素，就把死亡的痛感与命运的无常以怪诞之笔完成了。在村民苦难的一刻，莫言超越了悲愤之情，竟有戏谑之笔出现，虚妄的意念和冷视之光遍布华林。所有的正经的场景都有不正经的声音在，莫言看到了苍生的渺小和可爱。人的动物性和神秘性都以诙谐的方式呈现着。

在母亲对故乡的叙述里，传奇与志怪式的笔意笼罩在作品的上空，故土的人与事，都以非理性的方式衍生着苦意。大姐的私奔，相亲的哑巴的受辱，都有邪气的流转，乃精神气质的一种诗意的表达。我们在这种魔幻的叙述里，看到了有形与无形的存在。而那些无形的存在在现实人体里的跳动，就把空寂的乡村世界历史化与精神化了。

乡村的歌谣在小说里的呈现也令人惬意。小说对三姐在猫腔的演出里呈现的摇滚式咏叹的勾勒，完全是一种神音的跳跃。那种悲苦无奈而酣畅淋漓的吼动，绝不亚于秦腔和汉调，那些弥漫着悲壮之气的音符，有地域传来的阴冷和上苍的灿烂之色，仿佛鲁迅《女吊》里所写的不屈的鬼魂的高叫，叫出了千年来土地下的冤魂的颤音。这些我们在《檀香刑》《生死疲劳》里看得更为清楚了。

传统的读书人描述乡村，要么是田园的，要么是死的。莫言却贡献了一个翻腾摇动的神幻的世界。那里没有仙气，没有静穆的泥土，所有的空间都是精灵的舞动之所。这里有乡下泥土气的哲学和萨满教式的巫歌。卡尔维诺的小说有过类似的奇玄和不可思议，略萨作品的眩迷之气也带有类似的特点。莫言知道这种表述符合自己的本意，乃一种放逐与逍遥，人只有和非人的存在体相处的时候，才知道自己的世界在什么地方。

有意思的是，高密东北乡并非一个封闭的世界，历史的痕迹刻在水里、土里，西洋的调子也进出其间。这里有瑞典传教士的身影，有德国殖民者的遗存，有日本兵的铁蹄。世界以丑陋和无序的面目出现在莫言的笔下。而反抗者的内心和行迹，也被多色的精神之光所缠绕。在不幸和畸形里，爱欲却火一般燃烧着，照着灰蒙蒙的河谷和小路。在《檀香刑》里，反抗者的身影和恶的歌谣彼此交织，不知孰黑孰白，而精神的不灭之火，却依然闪烁着。传统的乡土文学多是封闭下的谣俗的闪动，而高密东北乡则完全在世界的版图里，莫言在故乡的脉息里，听到了现代性的足音。西方与东方文化的折射，添加在小说的意象里，形成难以理喻的内涵。

如果只停留在家乡的记忆里，《丰乳肥臀》的意义便简单化了。小说描述了作者生活的时代，20世纪八九十年代的乡村生活，也漫画般地呈现出来。他对当下的判断，有很强烈的悲情，绝望的目光在人物的左右跳来跳去。改革开放之后的高密东北乡，经济利益下的人的丑陋，欲望之海的浊气，和着亲情悖谬地黏合在一个空间。莫言描述当下，没有记忆里的生活灵动，但他以反讽的笔触描绘世间，有着笑对天下的冷意，但不安与失落的温情，我们何尝感受不到呢？

在这里，历史的魔影像遗传一般在当下荡来荡去。国民性并没有因为时代的到来而变化。人们依然在看不见的历史推动力下，上演着悲欢离合的故事。看得出作者对身边环境的失望，但他的精神却依然在飘扬着。在母性的伟岸的躯体里，他知道孕育了什么，生长了什么。自己也恰是这混浊世界里的一员。他似乎也在追问：在污泥和浪涛里，除挣扎与搏击外，可走的路何在呢？

这是一个民族记忆里的歌哭。我们在此甚至能够读出《圣经》般伟岸、神气的东西。莫言并不满足在文本里面袒露隐私，他站在了文本的外面，以上帝般的悲悯俯瞰芸芸众生，获得了穿透人性与时间的双眸，将一切鬼蜮和不可告人的阴冷悉收眼底，世界的颜色已不再是几种或数种，灿烂的与隐晦的都有无尽的神态，魔幻般地在我们的眼前晃来晃去。小说不但告诉我们生活是什么，而且也告诉我们，它本来就不是什么。

四

显然，莫言的突围意识是建立在智性和想象力的基础上的。他自知自己这代人的欠缺，他和现代教育的知识谱系的距离是忽远忽近的。唯一体现其能量的是想象力，他是以不规则的感性思维而弥补知识不足的人。与姚雪垠、茅盾这类作家比，莫言的学识有限，但他却以良好的想象力超越了知识屏障，显示了其感知世界的原始的力量。这种想象力漫溢了精神的疆域，把人从庸常的思维引向神奇的世界。精神延伸的方式也完全改变了。

引起人注意的是莫言小说里的声音。他写作的时候一直伴随着各种轰鸣。那多是故土的猫腔的歌咏，这在《檀香刑》《生死疲劳》里尤为典型。《檀香刑》是莫言叙述转变的一个重要标志，他逐渐放弃早期语言的油画般的感觉，而向乡村的戏曲靠拢。对白、陈述，都是猫腔的翻版，且保持了乡下野性的力量。那些粗俗的、反雅化的表达，是一种乡村版的摇滚，被遗忘的乡野的艺术元素以反讽的方式激活了。

《檀香刑》是一部传奇，许多章节的叙述都以第一人称为之，作品都与咏叹相关。这里对家乡戏曲的戏仿，照例有过去的雄风在，是莫言式的高蹈。小说的粗放的歌咏，是乡民智慧的幽默的表达，恨得痛快，爱得痛快，死得痛快。男声部与女性的调子虽然不同，而爽然的感觉如秋风般撩人。小说以浪语、狂言、傻话、恨声开头，接着是刀光剑影的世界，杀声与嚎叫在天地间回响，最后以放歌与绝唱收尾。整体是一部中国式的乡间歌剧。

概括说来，莫言在高密东北乡里发现了民腔、官腔、匪腔、鬼腔。每一种腔调都有特点，音符里有不同的色泽。他写官场上的对白，和民间的狐怪之音大异，而女人温柔而野气的声音绕梁三匝，回旋不已。土语的使用也很奇异，俗词俗语都非道学可以容忍，是下里巴人的宣泄。这里心灵的密语以幻觉的方式放大了，有时带有地狱般的阴冷。猫腔里的歌吼，如天风旋转，唱出大地的哀凉。这些声音在莫言的小说里是混杂的，我们被其特别的旋律所裹挟着，进入了一个精神迷宫。思想被震颤着，精神被一次次洗礼着。他释放的音量含有被压抑的岁月里那种种心灵的苦楚，民族的不可言说的隐秘似乎都可在此找到。作者在《檀香刑》的后记坦言自己对声音的感觉：

二十年前当我走上写作的道路时，就有两种声音在我的意识里不时地出现，像两个迷人的狐狸精一样纠缠着我，使我经常地激动不安。

第一种声音节奏分明，铿铿锵锵，充满了力量，有黑与蓝混合在一起的严肃的颜色，有钢铁般的重量，有冰冷的温度，这就是火车的声音……

第二种声音就是流传在高密一带的地方小戏猫腔。这个小戏唱腔悲凉，简直就是受压迫妇女的泣血哭诉。高密东北乡无论是大人还是孩子，都能够哼唱猫腔，那婉转凄切的旋律，几乎可以说是通过遗传而不是通过学习让一辈辈的高密东北乡人掌握的。

莫言谈声音，以颜色绘之，真的如钱锺书所说是通感的作用。借着声音，人物的性格、命运、思想都联翩而至，历史的场景流动起来。强悍的吼叫，委婉的吟哦，幽默的轻抚，绝望的呼喊，轰鸣中让人想起马尔克斯的鸿篇巨制，嘈杂的流韵里，世间不可言状的存在被一一点染出来了。

宗璞曾说，小说家的写作是有旋律的。这是许多人的体验。"五四"后的作家，在其文本里能够读出旋律的不多，许多是暗藏在文字的背后，不易被觉察到。汪曾祺的小说有京剧的元素，明清士大夫的节奏也含在深处，那是暗功夫，一般人不太具备。贾平凹的作品是陕西人魔道，古风的飘动里乃玄学的晃动。莫言文字的声音，是剔去了士大夫之语的狂放之音，和老去的古音不同。就像老舍改变了北京话，莫言也改造了猫腔，精神里注入了狂士的元素，沉默的土地里涌动的岩浆，喷发出的是无边的热度。

在《檀香刑》里，奴隶之声、流氓之声、斗士之声、死亡之声，千姿百态，各臻其妙。眉娘的独白温柔里带着强悍，女子的大胆和精明里有奇气闪烁。赵甲的话语逻辑有乡土的简单和匪气的弥漫，那声音里我们看到了血色。小甲则是一种傻言式的低语，孩提式的呆滞和乡村的平庸生活交织在一起。钱丁在官场上的装腔作势，以及私人密语时的真情实感，则看出官吏多面的形影，江湖的明暗历历在目。小说放弃了文人的话语方式，莫言也许以为，士大夫的语言，和乡村社会的生灵没有关系；中国的百姓，向来的表达都是被士大夫蔑视的，进不了大雅之堂。莫言写了那么多声音，并无厌倦的样子，甚至还带着一种欣赏和品玩的意味。这些不同声音的设置，在强度上是超群的，作者在对这些底层的表达里感受到了文化生生不息的元素。他看重这个元素。这些活生生的词语缔造了一个智慧之所，我们在此可以聆听到大地的精魂的自语。中国文化里另类的精神，是蕴含其间的。小说轰鸣的声音里，也注解了中国社会变迁的缘由，后来这片土地之所以发生革命，似乎也可以找到民间传统的依据。

鲁迅曾说，中国是无声的，大家都在沉寂里慢慢地死去。但莫言却写了有声的中国，一个不断发出不满和哀苦之声的中国。那是边缘地带深处的轰鸣，读书人未必注意。在这个意义上说，他的小说是左翼文化的一部分，而又超越了左翼。从左翼出发而又回到个人主义的世界，以创造性的歌咏面对人生与历史，其意义，是非传统的诗学理论可以概括的。

五

这就是我们的莫言。在审美领域，他带来的惊喜是众多的。但所有的一切都在颠覆我们的日常感觉。我注意到他善于体现的是一种悖反的、反道德话语的逻辑，或者说是一种反逻辑的逻辑。这不仅与鲁迅有相似之处，和卡夫卡、卡尔维诺也有交叉的地方。他对人性的复杂化的理解，是超出常人的，其中受益于前人的文本的地方，我们大致也可以见到。许多小说对人物的描述，以行为的反常和多样化为之，不是在"对""错"之间。这是模糊性与对立一体性的一种表述。比如对地主的看法，对流民的认识，他都没有道学的痕迹。悖谬里的人生，才是真的人生，社会是语言无法分解的存在，而无奈的是，我们不得不以分解的方式表达和认识它们。

无数的场景和人生，江河般涌动到他的笔下。那么多弱小的、无辜可怜的存在，邪恶的和丑陋的人生，在神鬼交杂的世界呼吸和舞蹈着。他的写作里，总离不开对恶的描述，而且有时显得耐心、从容，使我们分不清此岸与彼岸，现实与幻觉，大家都在一个大的染缸里。这时候，会感到叙述者无法掩饰的悲楚的流动，他哀怜的不仅是弱者，其中也有那些俗不可耐的恶人。这在《酒国》《四十一炮》《十三步》《檀香刑》《生死疲劳》《蛙》中都得到了体现。他十分欣赏鲁迅《铸剑》的审美意图，在那里，善恶混沌，处在一个空间里，这个世界没有胜利者。一个善人可能是恶的事物的随从，而那些怪诞的群落又在推动事物的运转。这也是卡夫卡、鲁迅都有的心得，巴别尔、博尔赫斯的文本也透露了类似的意念。这种悖谬的表达，是一种认知的逻辑的延续，诗人与小说家都喜欢在非道德话语里展开自己的精神之旅，我们已经不再觉得奇怪了。在一次对话里，他对采访者说：

> 受刑之苦，无法想象。看客之昏，难以忍受。执刑之人，心中之苦，不亚于受刑。因此，三种人都不要去当。其实，每一个人身上，都具有受刑、施刑、观刑这三种属性。这三种角色是可以互相换置的。只有在写作这部小说时，我既是受刑人，又是施刑人，也是观刑者。
>
> ——《写小说就是过大年》

这是对中国社会苦楚记忆的另类表达，而且是入木三分的表达，也有国民性内涵的隐喻。这样的话，鲁迅说过，在贾平凹的意象里未尝没有，阎连科的小说也涉及了这些。不过，莫言在此表现得尤为惨烈，他在拷问别人的时候，自己的内心也在流血，这是真的。

许多次谈到自己，他都有一种失败的感觉，当荣誉到来的时候，他的荒谬感可能比一般人要更为强烈。小说《牛》写一个孩子在人群中被忽略和被奚落的场景，可能与作者的早期记忆有关。他在"文化大革命"期间，在部队里遭遇的挫折，一直像影子一般跟随着他，精神的跨度再大，也依然有自卑的情感。这些是他写作时不能够回避的存在，也恰是这样的存在，使他知道小说的价值乃是一种呈现，而非布道，自己不是、也不可能成为真理的化身。乡村世界的一切告诉他，我们的世界那么丰富，又那么可怜，写作者要揭示的内容，其实就包括这样的可怜。他说：

> 一个作家要有爱一切人，包括爱自己的敌人的勇气，但一个作家不能爱自己，也不能可怜自己、宽容自己。应该把自己当作写作过程中最大的、最不可饶恕的敌人。把好人当坏人来写，把坏人当好人来写，把自己当罪人来写，这就是我的艺术辩证法。
>
> ——《土行孙和安泰给我的启示》

小说家在自己的世界里既要表达亮色的经验，也要写出黯淡的经验，而那些不可捉摸、难以理喻的存在，才是我们生命最可珍视的遗产。莫言的感受是穿越时间的，尤其是现实里的各类人物的存在，他感到难以理喻者多多。自己早年的错误与失败，其实也是一种财富。恰是这样的印记，成就了他的写作。这些和卡夫卡的意识，在深层里是相近的。他曾说，作家应意识到自己的遗憾，可惜许多人满足于一种价值观，被一种虚幻的意识召唤着，但那些不断正视遗憾，与遗憾搏斗的人，大概才会进入精神的深广的领域。这个体验，我们在鲁迅那里听到过，在陀思妥耶夫斯基那里也听到过。莫言知道，在强大的惰性里的人们，是不太愿意分辨它们的。

于是他义无反顾地回到人性的深处，在强大的政治话语里，看到了那些转瞬即逝的存在。一切都要过去，包括自己的生命，但那些曾经闪耀的精神之火，却温暖过暗夜里的存活者，他们记忆里的一切才是真实的，并且珍藏在大地的文脉中。人性大于政治性，这是他突围到新世界的一个信念，这个世界上我们所无知的存在多矣，作家所能抵达的地方，仅仅是几个岛礁，世间的海，我们所历不多。莫言知道自己的有限，但他以精神的狂奔，跨越了这种有限。这个来自乡村的作家，使我们看到了精神伸展的无限的可能性。

今天的读者分享着莫言的荣誉，他一夜间被更多的人所知晓，变成了一个民族的符号和一个时代的符号。那些世俗层面的一切正在遮掩着他的真正的价值，这恰是莫言要踏倒的存在。真实的莫言其实咀嚼着苦果，他的巨大的忧伤与内省很少消失过。他在文字王国里以笑的方式和狂欢的方式面对尘世，其实是为了驱散内心的魔影。这个怀着大爱和悲悯之情的人，以孤独换来了喧闹的赞誉。但他需要这些吗？在诺贝尔文学奖的背后，他更认清了世俗的存在，而我相信，他意识到的还有着陌生的领地在期待着自己去耕耘。在苦难与不幸还在的时候，文学的突围之路，仍是长的。我们和他一起，还在没有完成的途中。

刘恒的隐喻

———— ◎ ————

　　直到现在，还很少有人像刘恒那样，如此耐心地咀嚼着常人难以吞咽的文化禁果。读他的小说，你必须忍受着一种重负的挤压，忍受着残酷之美的折磨。最早读到《伏羲伏羲》时，我就感到了这种异样的冲击力的震动。我那时想，刘恒或许受到了什么伤害，他对人的潜意识的描写，有时大胆到人们无法忍受的地步。但你又不得不承认，他绝不是神经质地或耸人听闻地编造离奇的故事，他写的就是中国人某些原型的东西。无论你接受还是拒绝，刘恒的小说，的确把人的精神世界深层的东西，惊奇地剖示给了当代的读者。

　　我近日找来了他的大量作品，对其产生了浓厚的兴趣。《白涡》《虚证》《教育诗》《伏羲伏羲》《冬之门》《苍河白日梦》，篇篇都好。刘恒不是那种趋时的作家，他的作品，一直拒绝世俗而又毫无贵族气。许多年来，他一直冷寂地与历史、与当代无数人的灵魂默默地交流。他写知识者、写农民、写古老中国儿女们悲惨的过去。尽管他很少重复自己，但只要稍加注意，就可以发现，他实际上表现了逻辑上的某种一致性。他在苦苦地寻找着人的生命与周围世界不和谐的根源，他在一种深切的体验和懵懂里，进入了神奇的，甚至是宿命的状态之中。

刘恒的抑郁色调给读者带来了无穷的快感和困顿。从《白涡》到《苍河白日梦》，他深刻地悟到了人的欲望的无限性与行为的有限性的冲突。人几乎无法摆脱这种精神上的宿命。读他的大量作品，可以感受到这位作家自身痛苦的灵魂给人带来的惊悸。他在作品中绝不仅仅是一味地停留在对命运的无奈的慨叹中，实际上，他一直用一种刺人的目光，拷问着人的心灵最隐秘的东西。《白涡》的男主人公行为与心灵的冲突，《伏羲伏羲》中近于变态的性心理描述，以及《苍河白日梦》中昏暗的生命镜头，给人的压迫感是强烈的。他笔下的人物，说不清楚自己何以被卷入莫名的苦闷里，灵与肉的分裂，情感与道德的冲撞，成为他作品中难以摆脱的暗影。我在读《苍河白日梦》时，越发感觉到刘恒无法宣泄的精神郁闷，历史与生命的时空被不透明的冷雾占满了。《苍河白日梦》中所有的人，都被拴在一根无奈的绳索上，人们什么事情也干不成，除了梦，除了心灵的骚动，人差不多已失去了一切自主性与能动性。生命的过程被烦琐、无聊所包围。刘恒在写这部长篇小说时，内心是极苦的，有一次他告诉我和另外几位朋友，写《苍河白日梦》时，曾多次难以进行下去，他甚至连跳楼的心都有了。我想，除了艺术形式对他来说是挑战外，更主要的还是精神上的冲突所致吧？苍河上下的人们，被无情的命运之风卷动着，也卷动着刘恒怅惘的心。你在他那里，绝对找不到温馨的笑意，除了失望的痛楚外，几乎别无所有。

刘恒在这里陷入了一种深切的矛盾。他视野中一切优雅的仪态、神圣的情感，统统在阴郁中消失了。他进入了一种残酷的精神折磨之中。我有时很奇怪，他何以如此不近情理地去写人阴暗的东西，那些超常规的性困扰、醌醍的心理交流、非道德的冲动，竟被他详尽、认真、有韵律地表现出来。刘恒的大量小说，常常进入严酷的隐秘世界，《伏羲伏羲》中对性的描写，比郁达夫和张贤亮要粗鄙得多，但它给人的震撼，却不是单纯的抑郁的美和含蓄、优雅的美所可比拟的。刘恒在他的天地里不断释放着灰冷的气息，以致让人尴尬不已。在《苍河白日梦》中，老爷喝童子尿、吃胎盘等场景，有时读得难以入目，可刘恒却通过叙述者"我"，有滋有味地描述着。类似这种场景，我们在他的其他小说中，经常可以看见。刘恒，是不是进入了一种失常的状态？是不是有意在审丑中表现生命的另一内涵？他在许多方面，很像郁达夫，但他不像郁达夫那么浪漫。郁达夫只是表现了青春期的躁动，而刘恒却看到了与生俱来的对生命的困惑。在另一方面，他又接近于鲁迅，那种对人生的无情的剖示，和鲁迅的反省一样森冷到让人战栗的程度。残酷，残酷，还是残酷，刘恒把笔下的人物，都赶到了那片洪荒的沙漠上。

但刘恒的矛盾与残酷，并没有使他走上感伤主义的道路，他的细腻与孤独的深层结构，具有当代作家少有的形而上的意象。刘恒并不看重故事自身，而隐藏在生活表象后的那个终极的存在，对他有着特别的意义。他在小说中，一再向人们暗示存在的难以理喻性。《白涡》的价值指向，《教育诗》的深广象喻，《冬之门》的画外音，是颇带哲学式的诘问的。正因如此，刘恒把自己与平庸作家的距离拉开了。他进入了鲁迅式的精神主题里，存在与消亡，实有与虚妄，意义与空无，在他那里成了永恒的话题。

我一直觉得，了解刘恒的钥匙，恰恰不是那些引起过轰动的作品。如果要真正体味他的世界，不可不读《虚证》。可以说，《虚证》是刘恒目前最有魅力、最富形而上意味的作品。那里才是他真正的世界，那里有他的哲学。《虚证》无论在精神的博大，还是在艺术的精湛方面，都可称得上当代小说的杰作。它在韵律和意绪上甚至超过了鲁迅的名篇《孤独者》。主人公郭普云在抑郁之中的死亡和叙述者"我"

对死因的追踪，与鲁迅式的拷问简直太相近了。作者看到了主人公在挫折中绝望的心态，看到了人无法把握自身时的窘境。郭普云不幸的恋爱史，高考的落第，事业上的自卑，导致了他精神上的崩溃。除了死还会怎样？郭普云像鲁迅笔下的魏连殳一样，是一个清醒的无奈者。他什么都看得清，可偏偏摆脱不了自身的焦虑。刘恒在设计此篇作品时，一直把主人公走上绝境的心理因素，放在小说的幕后，让读者随着阅读去体味、思索。他既把主人公的苦难昭示给读者，同时又把跨越生死极限的精神痛觉隐蔽起来。这种悬念造成了神秘的张力，使人意识到生与死之间难以理喻的难题。郭普云的悲剧是令人心碎的，但值得回味的不仅仅是郭普云自身，在我看来，叙述者"我"沉闷的旁白，恰恰是最具艺术力量的因素。刘恒完全是以一种审视的目光，挑剔、解析、玩味着对象世界。他在超常规的精神秩序中，探究着人的死亡情结。没有什么比死的困境更让人难以捉摸的，刘恒把笔触伸到对人的存在意义的审问之中。他视野里的人，被自卑、忧郁、绝望所包围。刘恒在小说中，很少把自我的情绪同化在人物那里，"我"一直与对象保持着距离。一面是无边的苦海，一面是冰冷的"我"，这构成了一个互为反差的二元世界。作者刘恒永远与主人公保持着距离，正是这种距离感，才使他的作品越发变得冷酷、残忍、惨烈，以致令人窒息。刘恒的生活态度和艺术态度，大概存在于这样一种模式中吧？

不过，刘恒并不像某些非理性作家那样无节制地表达幻象。他在骨子里，是一个清醒的理性主义者。他拥有极细腻的情感，对人的行为细节和心灵深处的感知，是冷静的。读《白涡》等小说，你处处可以感受到他的节制，他绝不满足于对人的潜意识和非道德化冲动的控制，而是表现出一种较为冷静的人文主义态度。刘恒从不回避对"性"的描写，他有时甚至也大胆到常人不敢接受的地步。但他并不贪婪于对猥亵画面描述的快感里，他实际上是在审视着文化现象之一的人的下意识的行为。《虚证》中对男主人公性无能的描写，《伏羲伏羲》中扭曲的乡下人的性生活，在刘恒的视角里，无不呈现出一种文化的悲剧。对"性"的认识和表现，最可以看出作家的文化态度和修养层次。《金瓶梅》中的大量污秽动作的渲染，绝看不到对健全的人格态度的渗透，反而表现出以男性为主体的世俗社会卑污的文化品位。而刘恒对人的"性"的思索，是交织着现代痛苦的理性主义之声的。《白涡》的主人公在情网中的心灵角斗，恰恰体现出作者对婚外恋这一社会现实入木三分的穿透力，他看到了社会结构、家庭结构与人性的偏离和天然的冲突。这是作者与旧时代文人对"性"现象的认识迥然不同的地方。在《苍河白日梦》里，"性"文化的图景是黯淡可怖的，作者从男女主人公的不和谐的、充满痛楚的性生活里，昭示了在旧文化下人的生存窘态。刘恒的超常规的描述，是在叙说着他对苍凉世界的无奈感。我从他半是思考、半是体验的文字里，感受到了他与其他人不同的人生视界。他的不安和悸动，浮现着现代人文主义者最为深刻的精神主题。

刘恒对人的生命之外的世界的描绘，大多是出奇的压抑。他的天空，绝少朗照，常常是苦不堪言的郁闷。《冬之门》是他的一部奇怪的作品，它的调子在刘恒的小说中可以说是很低沉的。我第一次读它时，曾惊异地觉得，他何以选择这样遥远而悲苦的背景来勾勒自己的故事？《冬之门》中的主人公谷世财灰冷的世界，被狰狞、昏暗的气氛所充塞，在爱与无爱之间，在企盼与冷漠之间，在人与非人之间，谷世财痛苦地挣扎着。刘恒在主人公的生存空间里，看到了太多的不幸、太多的暗影。人的正常的、合理的情感，却以丑陋的、变形的方式呈现出来。生存本身，或许就是一个错误，而一切错误，或许就是生命的真义。在《冬之门》那里，人陷入了近于野蛮的折磨，刘恒从人物命运与社会习俗中，看到了存在的不可把握性。对他来说，重要的不是表现生活应当怎样的问题，而是生活本来是怎样的问题。所有的书生式的幻想，在他那里是看不到的。他写北方的农村，大多是一片荒寂的存在体。在那里，野蛮与禁忌，原始的生命冲动与世俗文化的怪影，无情地折磨着人们。《伏羲伏羲》中的悲剧，正是植根于人性世界的中国古典文化与现实人生冲撞的结果。刘恒看到了这样一个事实：旧文化形态下的乡下人，实际上生存在一个无法自救的精神荒原里。世俗精神不仅无法使人真正确立自身，反而在与人性的冲突中，把人推向死灭的大泽中。刘恒不仅否定了世俗文化的可信性，同时也无情地否定了中国古代儿女可以确立自身价值的可能性。这种冷静的否定判断，使刘恒作品的分量，变得异常沉重了。

我翻阅他的大量作品，被他难以理喻的宿命意识困扰着。《伏羲伏羲》最典型地展示了他对人自身的惶惑。在杨天青与王菊豆那里，自然的生命欲求遭到了禁忌的压迫，合情合理的生命冲动，在他们那里却被罪感的心理囚禁着。当杨天青在自己亲生儿子和爱人面前无法正式确立他们之间的关系时，谁能说清这是文化的悲剧还是人的悲剧？杨天青的生命过程，是一个无我的自戕过程，爱的结果不是幸福，恰恰是罪感的升腾。一种无法解脱的报应，把他和菊豆扔进黑暗的峡谷里。类似这种境遇，在《苍河白日梦》中表现得更为明显。二少奶奶与路卡斯的野合，也没有带来自我的欢愉；相反，却把他们逼向更为苦难的道路。《伏羲伏羲》对人的宿命感的揭示还囿于单线条的直观上，但在《苍河白日梦》中关于宿命的表现已具有了更深的文化意蕴。这部长篇小说对奴才"耳朵"的表现，在当代小说中是绝无仅有的。通过奴才的视角，我们看到了近代中国人心灵最为灰冷的人生图景。

奴才"耳朵"的真实、变态的心灵世界，是近代中国文化形态下小人物命运的写真。在奴才的身上，系着贵族与贫民之间最为典型的精神形态。奴才眼里的高贵者与卑贱者，同样被不可思议的欲念纠缠着。他们的梦幻无论怎样玄妙、美丽，但最终都被绝望所吞噬。《苍河白日梦》是一部意象性极强的作品，在这里，人生的状态被抽象为一个无奈的悲苦，没有什么力量可以改变人的这种窘境。曹光汉从法国留学归来，振兴家乡工业的梦，被现实所粉碎。妻子与友人，家庭与社会，几乎成了自己的陷阱，他最后被绞死的一幕，使人领略到人类的残忍性。而妻子郑玉楠的投河自杀，洋鬼子路卡斯的被害，暗示了厄运的不可抗拒性。二少爷曹光汉曾对奴才"耳朵"说："我是个废物，什么事也做不成。我生来是给人预备着毁掉的玩意儿，摆在世上丢人现眼，做什么用！我想做的事情一件件有多少，哪一件做成了？我算什么东西？要在世上受这个苦？我为旁人操心，是操心了和我一样的废物，长着人脸人牙，全是两条腿儿的畜生！你让我怎么办？畜生横行世上哪儿来的公平，要公平有什么用？没用的东西何必让它搁在世上，我要弄碎了它！我是天下第一个没用的东西。"曹光汉的喟叹，是《苍河白日梦》宿命意识的主旋律。它的悲观的调子，给作品带来了迷蒙的色泽。刘恒竭力渲染着人生的不可把握性，他用浓彩大墨，写着人生的苦寂。但这种苦寂，不是佛家式的，而是带有半是理想主义、半是悲观主义的审丑咏叹。在《苍河白日梦》中，无论是求长生不老的陈腐幻想，还是积极入世改变生活的变革者，他们的行为自身，最终成了自己命运的否定者。在这里，刘恒不自觉地陷入自虐、自贱、自卑、自嘲的文化讽喻的迷津，灰暗得深刻，阴冷得透彻，构成了小说扑朔迷离的神秘景观。

正是这种宿命意识，才真正昭示出刘恒作品颇具哲学余韵的风采。

但他又不是一个布道者，他的写作意图深深地隐藏在审丑的拷问里。刘恒是什么？他的奇异性在哪儿？是什么决定了他的精神走向？他为什么在小说里不厌其烦地展示着人性丑陋的一面？全面地梳理他的走向，也许是困难的，但是，有一点至少是清楚的，他是一个文化隐喻的设计者，他把对现实的理解，完全意象化了。他几乎很少刻意地追求画面的真实，而是探寻精神意念的真实。他关心的不仅是故事自身和现象界的外在过程，还一直在凡人琐事里，体验着理性无法制约的那个情欲的世界。他跨越了一切道德的藩篱，在丑陋的、梦幻般的潜意识里，寻找着支配人行为的那个神秘的原驱力。刘恒也关注文化问题，但他一向缺少一种文化的认同感。无论是文体还是情趣，他远离传统的话语方式，有一种精神的漂泊感。在刘恒的视野中，生命的过程与文化的限定，是对立的。人创造了文化，是为了发展生命，但古文化的许多东西，恰恰是导致人走向悲剧的原因。非理性的生命内驱力，是蔑视文化外表的；人的悲哀就在于，你既是一个有血有肉、有生命欲求的生命个体，又是先验文化的载体。先验理性是无法解释和满足人欲的。这是人的悲哀，也是旧文化的悲哀。刘恒作品的深处，弥漫着、散发着这种不可遏制的文化悲观主义。他的深刻性与矛盾性，也正体现在这里。

认真地品评刘恒是一件十分复杂而有趣的事情，他的作品给我们带来的命题，已够深奥了。解读其作品，也让我们和他一样，遇到同样的文化难题：是为了个体的发展而蔑视文化呢，还是恪守既定的文化而克制自我？我们会不会因个性的张扬而跌入无法自救的死谷之中？刘恒没有回答这个问题，但实际上，他把一个文化的隐喻，暗示给了我们，这也就足够了。

神实主义下的写作

———— ◎ ————

　　米兰·昆德拉在《小说的艺术》一书中引用奥地利小说家赫尔曼·布洛赫的观点说："发现唯有小说才能发现的东西，乃是小说的唯一的存在的理由"[①]。证之于他的作品，不能不说是经验之谈。这位捷克的小说家在书中一再提及卡夫卡的作品，其实是在印证自己的这个感受。卡夫卡的作品流布的时候，批评家对于其文本的新奇是有过各类评语的，其中主要是对于其审美结构的惊异，因为他发现了被人类遗忘的精神一角。通过卡夫卡，人们猛然意识到自己的无知，这种逆俗的表达在西方文坛所引起的震动，不亚于尼采当年在文坛的出现。对于小说家而言，没有什么比对陌生化体验的昭示更为重要的了。

　　那些小说家的敏感是刺激批评家思想流动的缘由之一。在中国，批评家很少推动一种思潮的涌动，因为他们对于生命的体察往往后于

———————————

① 　[捷克] 米兰·昆德拉:《小说的艺术》，董强译，上海译文出版社 2013 年版，第 6 页。

作家的世界。即以 20 世纪 80 年代的文学为例，寻根文学、先锋小说，都是作家们苦苦摸索的产物。而对有些作品的出现，批评家有时无法找到一个确切的概念与之对应。倒是作家们在自己的表达里，托出己见，一时被广为传诵。汪曾祺、张承志、韩少功的文学批评，对于审美的丰富性的表达都非那时候的批评家的文本可以比肩。

不满于流行的文学模式，希望从精神的流亡里走出思想的暗区，需要几代人的努力。王朔、余华、莫言当年的选择，都与挣脱自己的苦楚有关。他们觉得在茅盾式的写作中，自己的生命是窒息的，那原因也就是小说简化了对生命的解读，"存在最终落入遗忘之中"①。2011年，阎连科在《发现小说》里谈到"神实主义"的时候，其实就是对这种遗忘的一次反抗。那时候的批评家回应阎连科者寥寥，多以为是一个难以成立的概念。我自己的第一个反应也是犹疑的，因为内心还没有相应的理论准备。一个作家自造的概念，能否被批评界承认，的确是个问题。就一般的审美理念而言，阎连科的思想与常人岔开，谈论的是我们逻辑里鲜为涉及的存在。他背后积叠的隐藏含义，我们似乎未能察觉。而那种试图从根本上颠覆我们话语逻辑的话语方式，也是溢出一般人的思维框架的。这些，与昆德拉给人的感触极为接近。

有趣的是，后来在中国人民大学、复旦大学、台湾师范大学、杜克大学的研讨会上，人们渐渐接受了神实主义的概念。阎连科努力勾勒的审美范式，以其作品的幽深而打动了读者。人们从其作品里才真正理解了思想深处的独思，而那些作品都以脱俗之气注释了神

---

① ［捷克］米兰·昆德拉：《小说的艺术》，董强译，上海译文出版社 2013 年版，第 23 页。米兰·昆德拉指出："人类处于一个真正的简化的漩涡中，其中，胡塞尔所说的'生活世界'彻底地黯淡了，存在最终落入遗忘之中。"

实主义的要义。

阎连科所反复阐释的神实主义，是其对 20 世纪文学经验的心得，卡夫卡、鲁迅、马尔克斯的写作使人意识到人的内在宇宙的无限深远。神实主义乃"探求一种'不存在'的真实，看不见的真实，被真实遮掩的真实"[①]。这是与"五四"以来倡导的写实主义文学完全不同的概念，与 20 世纪 80 年代诞生的先锋小说亦有区别。与诸位先锋派作家不同的是，阎连科是从更为幽深的生命体验里开始考虑自己写作的转向。先锋体验可能过多地停留在形式主义的层面上，精神的形而上的表述还十分薄弱。阎连科更看重对于精神深处的盲区的打量。不过他与先锋派写作的相同点是，都认为写实主义的概念可能无法生出新的艺术，这正像徐悲鸿的理念遮掩了绘画的灵动的视觉一样，以茅盾为代表的写实的理念压抑的就是文学的另一种表述空间的生成。80 年代的伤痕文学、改革文学之所以转瞬即逝，是因为叙述逻辑还在旧有的逻辑上。阎连科很早就意识到其间的一些问题。《受活》问世的时候，他就这样写道：

> 自鲁迅以后，自"五四"以后，现实主义已经在小说中改变了它原有的方向与性质，就像我们把贞节烈女改造成了娴熟雅静的妓女一样，使她总向我们奉献着贞节烈女所没有的艳丽而甜美的微笑。仔细去想，我们不能不感到一种内心的深疼，不能不体察到，那些在现实主义大旗下蜂拥而至的作品，都是什么样子的纸张：虚夸、张狂、浅浮、庸俗、概念而且教条。

---

① 阎连科：《发现小说》，南开大学出版社 2011 年版，第 181 页。

我们对比茅盾的《夜读偶记》里对于写实文学的原教旨化的表述，看得出阎连科行走之远。与陈忠实、路遥这类作家不同的是，阎连科要寻找的是一条另类的路。他觉得就自己的生命感受而言，茅盾的传统无法使自己达到精神的彼岸。当批评界将茅盾式的选择当成重要的不可错的参照时，他以为这种想象剥夺了属于每个有个性的人的想象的空间。

当他勇敢地告别那条路径的时候，背后的自我批判的元素清晰可辨。这期间可能遗漏了写实主义的要义，写实不是不可以拥有自己的成就，问题是精神的写实还是行为的简单化写实。路遥就散发了写实主义应该有的温度，冷却的文字被燃烧了起来。而莫言、阎连科则寻找着更适合自己的路径，那就是从主体世界开掘被遗忘的美质。就阎连科而言，我们在《日光流年》里已经看到了他对于流行的写实主义的偏离。在他之前关于乡村的小说多是苏联文学理念的一种变形的表达。《暴风骤雨》《山乡巨变》《创业史》《艳阳天》都是先验性的一种书写。20世纪90年代初期，《白鹿原》的问世，就从《创业史》的路径里解放出来，但依然能够看到茅盾式的史诗意识。阎连科在这里看到了本质主义的模式的怪影，他觉得那样的写作还不能把人们带进心灵最为宽广的所在。因为人的心灵的丰富性话题，多少被压抑了下来。

如何避免写实文学里的僵硬的话语，阎连科的目光投射到内心的经验中，《受活》的写作，以变形的方式，将寓言体和写实体交织在一起，形成了一幅不同于以往的画卷。这些在中国旧小说中很难见到，许多意象的组合显然受到了现代西方小说的暗示。他以滑稽、荒唐的笔法，完成了一部悲剧作品。我们在扭曲的时空里看到了存在的本然之所。按照一般写实主义的理念，小说的故事不能成立。一群贫穷的乡下人要把列宁遗体购置到山里，建造纪念堂，不过是一种臆造。而残疾村落和残疾团的演出和日常生活，在民间的村落里极为偶然，是几乎难以见到的现象。但我们阅读它的时候，接受那种荒诞里的故事，且被其曲折的情节里荡出的情感吸引，在极端的感受里甚至流出泪水。从小说的抽象化的景色和立体化的概念，可看出他对于传统小说写作背叛的程度。

这种写作在后来的《风雅颂》《炸裂志》《日熄》里都有展示，且越行越远。他在一种变异的节奏里，弹奏出魔幻般的舞曲。这里他遇到了几个难题。一是我们固有的资源没有类似的模式，可借鉴者不多，我们的神话与志怪传统很弱，尚无丰厚的土壤。二是在面对记忆的时候，如何跨过话语的禁忌或穿越这些暗区，白话文提供的经验十分有限。三是将卡夫卡、陀思妥耶夫斯基的意象引入作品的时候，怎样避免余华式的翻译体的问题。这里能够给予其参照的，或许只有鲁迅。

《受活》的文本是反写实主义的一次大胆尝试，他充分调动了自己的内觉，从乡村社会寻找到自己的话语结构。他在故土的元素里找到了一种对抗流行色的底色，给我们视觉以不小的惊异。《风雅颂》则面对的是知识分子的话题，在反雅化的路上走得很远。在这部作品中，不可能变为了可能，阎连科发现了属于内心的那个神秘的一隅。他驻足于黑暗之地，咀嚼着其间的苦味，且把古老的幽魂唤出，让它们现在日光之下。我们仿佛随着他在梦中起舞，有时沉潜在无名的黑暗中。那些久眠的、无声的心之音一点点发散出来，扭动着我们麻木的神经。在其剧烈的冲撞里，隐蔽的暗河开始在人们面前汩汩流过。

在这个尝试的过程中，阎连科不是讨好于读者，而是冒犯着每个与其文字相遇的人们，以难堪的和枭鸣般的颤音，搅动了世间的宁静。他善于调动逆行的思维觉态，在窒息的环境里点起微弱的灯火。那些被遮掩的感觉和诗意一次次走向我们。死亡和寂灭，在岩浆般的光照里被聚焦着，在我们的眼前晃来晃去。在这里，精神辽远的星光开始与我们蠕活的灵魂交流，那些被涂饰的存在和埋葬的冤魂，与读者有了对话的机会。阎连科用了多种元素把不可能的表达变成一种可能。而这时候，写实小说所没有的审美效果就真的出现了。

在某种意义上说，阎连科的气质有着卡夫卡、鲁迅式的内在的紧张和灰暗。他丝毫没有儒家意识里缠绵、中庸的元素，也没有庄子那样的逍遥。他的文字乃鲁迅式的苦楚和悲凉，既不遁迹于过去，寻什么缥缈之梦；也非寄意未来，梦幻着乌托邦之影。他是面对现实的冷静的思考者，而且把现实背后的历史之影一点点找出，晒在日光之下。《炸裂志》的问世，可以看出他的情怀。但这些现实性极强的作品，却以另类的方式呈现着，较之余华《第七日》的现实透视，阎连科却给了我们超视觉和超听觉的陌生的感受，且于此完成了一次寓言的书写。

神实主义的最大可能是在颠倒的逻辑里展开审美之旅，那些概念是以感性的心灵律动写就的。《受活》有一些符号化的东西，但他被一种无形的感性之潮包裹，几乎没有先入为主的呆板。茅盾的小说是希望从人际关系和人物命运告诉我们世界是什么，而阎连科则在简化的、情节的、无序的感觉流动里告诉我们世界不是什么。他甚至以极端化的死亡体验将乌托邦之神拉下神位。那些被凝固化的思想既不能再现生活，也无法再造生活。在阎连科看来，"再造是根本的，再现是肤浅的；再造是坚实的，再现是松散的；再造是在心灵中扎根，再现是在腾起的尘土中开花"①。这种看法是对于"五四"写实主义的一

---

① 阎连科：《写作最难是糊涂》，中国人民大学出版社 2013 年版，第 6 页。

次扬弃。因为在写实主义者那里，他们自认对世界已经了然于心，是生活本质的表述者，或者说在为存在代言。但是在卡夫卡那里，人无法认清世界的本原，人所表达的只是自己心灵里的那个东西。这倒像契诃夫所说的："写东西的人——尤其是艺术家，应该像苏格拉底和伏尔泰所说的那样，老老实实地表明：世事一无可知。"①阎连科在审美的深处，和这些思想的异端者有着诸多的共鸣。他笔下的人物，有时都在没有出路的选择里，那些全能的感知世界的视角，都在此受到了遏制。

从世俗观点看阎连科的作品，荒诞感和不适感的出现是显然的。他承认自己对于世界的茫然，那些古老的知识和域外文明里有趣的存在，自己了解得有限。面对鲁迅的遗产，他就发出过诸多的感叹。鲁迅之外的中国白话文学让其心动的不多，他知道那些流行的思想，与自己的体验和感知的世界的样子迥异。在精神的辽阔之野流转的风云，自己尚可捕捉一二，而陀思妥耶夫斯基和卡夫卡的写作，就是对于自己内心的一种忠诚。文学不是社会学的复制和呼应，而是一种感性的表述的延伸，他思考着我们未曾注意和打量的存在，而那些存在恰在我们自身的命运里。阎连科从底层的命运和外在的话语世界里，发现了自己的基点何在，而写作，不是对存在的确切性的定位，而是一种对存在的无法证明的证明。

当专心于《炸裂志》写作的时候，阎连科遇到了难题。他在幻化的场景里，其实想求证一些什么。这种意图其实与神实主义的理念有许多冲突。不过他试图以特别的方式消解其间的冰点。我在阅读此书

---

① 张大春：《小说稗类》，广西师范大学出版社 2010 年版，第 71 页。

时，感兴趣的是他对于欲望的描述体现出的一种智性。阎连科从极端化的人生中看到人性里的灰暗与险恶的成分，那些恰恰是鲁迅批判意识的再现，而他将其进一步深化了。这部作品可以说是《受活》的姊妹篇，但更具有精神的爆发力。想象的奇崛和感受的丰盈，已经扭裂了词语的格式，世间不可思议的人物与事件，在魔幻里呈现出异样的色彩。不过，他与卡夫卡不同的是，隐含的主旨过于明显，反倒把审美的纵深感减弱了。但是，我们还是从中得到了一种阅读的快慰。他以自己奇异的方式面对自己的记忆的时候，告诉我们人如何在希望的拓展里开始埋葬旧我。

在阎连科作品中，确切化的表达是被一点点遗弃的，他不相信生命被格式化的时候会有真意的到来。倒是在恍惚与不可思议的怪影里，精神光亮会慢慢降临。他一直沉浸在对宿命的描述里，人无法成为自己的主人，他们寻觅幸福的时候，得到的是苦难。《日光流年》中的人不能活过四十岁，《受活》中的柳县长为残疾之乡忙碌的结果是自己也变为一名残疾之人。《日熄》里的梦游者，把虚幻变成真实，真实变为虚幻，小说里的荒冷之气和蒙昧之音缭绕，醒之昏暗与梦之清晰使人陷入绝望之泽。阎连科看到人类无法摆脱的悲剧，存在者不知道自己的路途何在，梦与现实孰真孰伪均在朦胧之中。这是一曲宿命般的歌咏，阎连科以自己的探索，终止了伪善的文学意识在自己的文本中的延伸。

从《受活》到《日熄》，阎连科拓展了小说的隐喻性的空间。《日熄》的写作延伸了鲁迅的《狂人日记》的韵致，在颠倒式的陈述里，"人吃人""人被吃"的主题再次出现。而作品又增添了流民式的破坏的意象，鲁迅关于暴民的描述也被我们的作者以感性的方式还原出来。存在被赋予怪诞之意时，词语也开始在反本质主义的方式中涌现："世界是在夜里睡着，可却正朝醒着样的梦游深处走""我也和做梦一样脑子糊涂清楚、清楚糊涂就来了"。类似的表达俯拾皆是，这种无修饰的修饰，无确切的确切，对于作家而言也是一种语言的挣扎。

在《受活》和《日熄》里都有许多古怪的句子，这些来自故乡的记忆，也有自己的硬造。但一切都那么自然地流淌出来。作品的段落常常没有主语，而名词的动词化，概念的诗化都翩然而至。正像鲁迅贡献出无数非文章的文章，阎连科给世人无数非小说的小说。鲁迅的文章是从旧的辞章过渡到新的白话语体里的，他颠覆了常规的义理与逻辑，寻出人性的极致的表达。而阎连科的写作，尽可能寻找的也恰是这样的存在。《受活》《日熄》其实是以乡村话语改造书面语的尝试，在歌谣般的恢宏的咏叹里，再次印证着神实主义的可能。即以我们陌生的、非小说的方式完成小说的使命。

中国古代小说有志怪的传统，到了蒲松龄那里，人与鬼怪的同时游动，黑夜与白昼的同出同进，舒展的是一幅怪异的画卷。至于《红楼梦》里的真假之变、虚实之形，都是小说史上的变调。文学的达成是一种没有结论的幻觉，我们压抑和消失的灵思只有在这种非逻辑的叙述里才有可能被召唤出来。张大春在《小说稗类》里多次礼赞那些不拘一格的写作天才，对于鲁迅、卡夫卡的选择充满敬意，这一点与阎连科的理念颇为接近。在《发现小说》里，阎连科一再强调历险式的写作对于精神的重要性，因为在日常生活中，流行的语言不可能发现存在的隐秘，或者那种既成的词语已经锈在经验的纹理里。人类常常在语言的囚牢里封闭自己的思维，小说家与诗人是将人们从凝固的时空里解放出来的使者。他们点燃了认知黑暗洞穴的火光，使隐秘的存在露出了形影。而当他们照亮了存在的暗区的时候，世俗社会的不适与惊异，都落在嘈杂的言语里。阎连科在中国文坛有时受到漠视，都与此有关。

阎连科遭遇的漠视来自传统的惯性是无疑的。但他的作品是一种向着未来和无知的盲区的挺进，每一次突围都远离了旧的欣赏习惯，在寓言般的图画里，告诉我们精神里被漠视的领地的深意。每个人都可以用自己的思维，接近那些冷却的部分。只有关注我们认知世界里的这些盲区，作家的意义才能够得以凸显。在《我的理想仅仅是想写出一篇我以为好的小说来》中，他强调的是"我以为"这个很主观的意念。他写道：

> 在卡夫卡的写作中，是卡夫卡的最个人的"忘我以为"拯救了卡夫卡，开启了新的作家最本我的我以为。
>
> 加缪的写作，与其说是"存在主义"的哲学的文学，倒不如说是加缪文学的"我以为"，成就和建立了加缪最独特、本我的"我以为"。
>
> 伍尔夫、贝克特、普鲁斯特和福克纳，还有以后美国文学上世纪黄金期中的"黑色幽默"和"垮掉派"，再后来拉美文学中的波赫士、马奎斯、略萨和卡彭铁尔等，他们的伟大之处，都是在文学中最全面、最大限度地表现了作家本人的"我以为"。
>
> 整个二十世纪文学，几乎就是作家本人"我以为"的展台和储柜，是一个"我以为"的百宝箱。
>
> ——《沉默与喘息——我所经历的中国和文学》

从他的上述言辞里可以感到，他对文学史有着另外一种理解。这是逆行于世的人才有的感受。"我以为"其实是一种主观的命题，主题无限性的开掘，恰是小说家不能不面对的使命。这种使命来自人们对于存在的有限性的思考，摆脱有限，于小说家而言是一种责任。文学的魅力在于从不可能的过程中诞生了可能性，而人的自我认知能力也恰恰于此得以生长。

中年以后的阎连科感到了无所不在的幽暗，他摆脱这种幽暗的办法之一是进入这幽暗的内部，自己也变成神秘精神的一部分，在体味恐惧、死灭的时候，看到存在的另一面。那些隐藏在词语背后的人间苦乐，在他那里具有了一种审美的力量。他有意刺激自我，甚至不顾读者的感受，用了极刑般的方式，敲打着我们脆弱的神经，将死亡之影里的灵魂拽出，使读者看到了人性的反面。他所有的精彩的精神暗语都是在恐惧的镜头里实现的。恐惧之门打开，诸多暗影袭来。他快意于这种惊恐的表达，在逃离不掉的灰暗里，人间的本色方能一一彰显。

同样是欣赏卡夫卡，各国作家的着眼点颇不相同。格非在考察域外作家接受卡夫卡的时候，注意到思维的重点颇多差异。他发现"奥茨曾把卡夫卡称为'真正的圣徒'。这一评价不管是否妥当，至少产生了一个副作用，它所突出的是卡夫卡的内心世界的痛苦，受制于忧郁症的文化视野、内在的紧张感，以及他对于终极问题（比如罪与宽恕）的思考，对存在的关注，甚至对未来的预言。我们慷慨地将'天才'这一桂冠加在他身上，往往就将他艺术上的独创性和匠心忽略或勾销了"。[1] 格非看到了卡夫卡的叙述方式的奇异之处，这些和他自己的兴趣大有关系。我们看《望春风》对于生活的理解，迷宫般的存在可能含有卡夫卡的元素，但格非对于罪恶和黑暗的体味是节制的。而阎连科则在黑暗里走得很远，完全没有格非那样的温情。我们对比《望春风》和《日熄》，看得出中国作家在小说形式与意味间做出选择时的

---

① 张大春：《小说稗类》，广西师范大学出版社 2010 年版，第 71 页。

巨大的差异。当格非以无法找到答案的方式处理乡村经验的时候，我们看到的是无边的忧郁和感伤。《望春风》的感人之处其实就是从难以解析的困惑里寻找保存温情的方式。小说结尾的乌托邦意味，乃中国旧体诗词里动人的传统的外化。这符合格非对于优秀小说理解的逻辑。但是阎连科却发现了另一个卡夫卡，他觉得《变形记》《城堡》带来的暗示不是对于温情的保存，而恰恰是反乌托邦的突围，美在于对黑暗的颠倒，以及承受苦难的能力。他在《受活》《日熄》里，向我们昭示的就是这种无路可走的人间苦运。他在抵抗苦运时散发出的勇气拥有了一种美的能量，这些既来自卡夫卡的启示，也有鲁迅、陀思妥耶夫斯基式的遗绪。

与许多小说家比，阎连科不是以文人的方式面对存在的，而是从自己的黑暗体验里昭示生命的明暗之旅。他几乎没有染上一点儿士大夫的传统，中国文艺作品吸引他的除了鲁迅作品之外，主要是乡村歌谣。《受活》对于方言的运用得心应手，且获得了新意；《日熄》以孩子之口转述梦游的故事，则有土地里的野气。两部小说的结尾都惊心动魄，前者仿佛是远古初民的迁徙、寻梦之旅，那是六朝的志怪所没有的奇异之笔；后者乃创世式的伟岸与恢宏，在混沌未开之际，末日般的世界忽然得以神光的照耀。在失忆的民族和残疾的社会里，阎连科以夸父逐日般的神勇，穿越无边的寂寥的旷野，从生命的燃烧里，催促精神的日出。这显示了鲁迅《补天》般的原始的生命力。苦难里的搏击所闪烁的热流，恰恰照亮了灰暗的存在。阎连科在无路之途留下了血迹，这些血色里的文字告诉世人，"智慧谎骗不了灵魂"①。灵魂

---

① ［德国］尼采：《苏鲁支语录》，徐梵澄译，商务印书馆1997年版，第194页。

给予的力量具有跨越死亡暗沟的可能。

无疑的是，阎连科是我们这个时代最有想象力的作家之一，他的神实主义具有强烈的原创性，"读者不再能从故事中看到或经历日常的生活逻辑，而是只可以用心灵感知或用精神意会这种新的内在的逻辑存在；不再能去用手脚捕捉或触摸那种故事的因果，更不能实现经历或实验等行为，而只能用精神参与或用智慧填补"[①]。多年来，他的写作一直在这条道路上。荒诞、幽默、魔幻与《圣经》般的神启，从其文字间款款而来。所有的作品几乎都显示了精神的纵深感，在苦楚的尽头开始回望存在的要义。他不像莫言那样在精神的宽度和力量感上提高审美的亮度，也非贾平凹从士大夫的遗产里走进现代性的场域。阎连科描述的是我们失忆的民族心头痛感的历史，远离着所有的逃逸的灵魂，指示着我们话语的空虚。他用了反逻辑化的词语和自制的格式，抑制了我们的语言惯性。恰如戴维·庞特在《鬼怪批评》中谈到探索性的作家的意义时所说："像陌生人一样，像自我内部'异己实体'一样，像口技表演者一样，质疑我们说出的词语的可靠性，哪怕当我们在说的时候，都提醒我们，'我们的'词语始终都同时是他人词语的残余和踪迹。"[②]而神实主义之于今天的文坛，其价值恐怕也在这里。

---

① 阎连科：《发现小说》，南开大学出版社2011年版，第207页。
② 阎嘉：《文学理论精粹读本》，中国人民大学出版社2006年版，第154页。

从"未庄"到"古炉村"

———————— ◎ ————————

　　杜亚泉在论述游民文化的时候，看到了其在特定时期的破坏作用，认为游民"凡事皆倾于过激，喜破坏，常怀愤恨，视当世之人皆可恶，几无一不可杀者"。游民概念的引入，对理解中国史颇有参照。王学泰作《中国游民文化与中国社会》一书，亦多引用其观点作为参证，并因此涉猎鲁迅关于国民性问题的思路。晚清后的文人讨论流寇与暴民现象，不乏对历史轮回的忧虑。鲁迅在言及中国社会的衰败史时说，有两种力量对社会的破坏巨大，一是"寇盗式的破坏"，二是"奴才式的破坏"。这两种力量给社会的洗劫或民间风气的摧毁，在明清文人的笔记里都有记述。晚清民众已不大能够理解唐宋人的内心，那是专制下的统治尽毁前朝文明的缘故。辛亥革命前，章太炎、梁启超谈民风、民俗的重建，其实是有感于民间文化的单调。杜亚泉后来对游民文化负面因素的警惕，不是没有道理的。

　　辛亥革命后，鲁迅作小说多篇，写乡下人的变化，涉猎的也有类似的问题。我们现在了解那时候的国民心理，《阿Q正传》《头发的故事》《风波》都是不可多得的感性资料。他笔下寂寞的乡间，诗意的存在寥寥，破败与灰色把人的世界罩住，一切如旧，民心几乎没有什么变化。阿Q的命运表面与辛亥革命的氛围有关，细看起来却是历史惯性的延续，那一切不过是游民存在的新式形态，只是罩上新的革命时代的词语罢了。

关于辛亥革命，鲁迅与周作人的言论都显得平平，不及章太炎、孙中山的思想那么系统。稍早于周氏兄弟的前辈，"排满"的思绪早已辐射到社会与学林，引发了世风的变动。周氏兄弟的笔下，只是记录了那时候的感受，多形象的画面。即以鲁迅的小说为例，写的也不过是陈年杂记，而那场革命对民间文化的影响，却力透纸背。革命激发了社会阶层的变化，但对古老的乡下而言，竟是游民的狂欢，未庄的革命似闹剧，泛起的是历史的沉渣。

"五四"那代人，对辛亥革命抱有敬意，但也对其未能改变国民的灵魂而无可奈何。阿Q式的革命，不过"我要什么就是什么"，是自我的膨胀。他借着社会的巨变，表达的还是那点儿可怜的夙愿，和美的心灵生活没有关系。愚弱的国民，在奴性十足的时代，要改变自身的时候，多是"奴变"的冲动，严重者如李逵的那种心理——"杀去东京，夺了鸟位"，最终还是奴才的样子。

辛亥革命之后，中国有抗日战争、解放战争，后来又有土地改革与"文化大革命"，一个革命接着一个革命。变化不仅有文化的转向，重要的是乡下的民风，岁时、礼仪里的古风早已散如云烟，不见踪迹了。这个变化在20世纪80年代的小说里偶有涉猎，但都是社会学层面的表述，关乎世道人心者不多。

鲁迅之后，小说家写到乡下生活，不自觉地延续着国民性审视的命题，阿Q相也时隐时现。《爸爸爸》《陈奂生上城》都是。杂文家如邵燕祥、牧惠等也含有鲁迅遗风。阎连科的《受活》早已含有对民众的无奈，反讽与盘诘中，有自痛之处。对比一下"五四"人的心态，上述作品总有些相似的地方，也可以说是鲁迅意象的折射。近来读贾平凹的《古炉》，见其写陕西乡下的生活，也有意无意地延续了鲁迅的余脉，似乎是《阿Q正传》的另一种放大的版本。作者一改过去的体例，写实与梦幻相交，从乡土里打捞历史的余绪，百年间乡村人的苦乐之迹，于此历历在目矣。

《古炉》的笔法，是传奇式的，内涵比以往的乡土作品都要饱满，审美的维度也宏阔了。鲁迅写《阿Q正传》，用的是旧小说的白描和夏目漱石式的讽刺手法，贾平凹则有中国古典志怪与录异的味道了。他们都不是一本正经地叙述故事，人物是怪怪的。阿Q的形象是搞笑的，有旧戏小丑的一面，也多西洋幽默小说的痕迹。贾平凹则是另一番隐喻，好像找到了中国式的魔幻，对悲剧的理解厚重了。他们的反雅化的文本，对中国历史的解释有了另类的视角。

未庄作为一个意象，乃中国古老村镇的缩影。那里人的古音与俗调，主奴结构，非人道的生态，都是鲁迅的审美存在的外化。他以此为舞台，写人生的众生相：王胡、小D、假洋鬼子、赵太爷、老尼姑、吴妈等，乡村世界的一切都有隐含。未庄的革命是阿Q搞起来的，对村子里的上层人与下层人都有触动。造反自然是大的买卖，自己的价值随之攀升，地主豪绅惶惶不可终日。但那革命者利己的表演，转瞬间就被消灭掉了。鲁迅看到了游民文化心理的劣根性，对那样的造反有冷冷的嘲讽。阿Q走到街上高喊口号的样子颇为可笑，作者对这样的革命有着自己的警惕在，那是一场没有灵魂的造反，其实与游民的暴乱很是相似。鲁迅写到此处不惜用笑料为之，落了个反讽的效果。贾平凹也是这样，他也嘲笑，但用的是魔幻的手段。古炉村里的人生，是多样的，用作者的话说是让人爱恨交加的。贾平凹说："烧制瓷器的那个古炉村子，是偏僻的，那里的山水清明，树木种类繁多，野兽活跃，六畜兴旺，而人虽然勤劳又擅长于技工，却极度贫穷，正因为太贫穷了，他们落后，简陋，委琐，荒诞，残忍。"小说中许多片段，是人性恶的因素的显现，让我们觉得不像是人间。那些互斗中的杀戮，与晚明的"民变"无甚区别，也印证了杜亚泉当年对农村社会的精妙之论。

若说《古炉》与《阿Q正传》有什么可互证的篇幅，那就是都写到了乡下人荒凉心灵下的造反。这造反都是现代的，是自上而下的选择。百姓不过被动地卷入其间。贾平凹笔下的霸槽与鲁迅作品的阿Q，震动了乡村的现实。当年鲁迅写阿Q，不过是展示奴才的卑怯；而贾平凹在古炉村显现的，则比阿Q的摧毁力大矣，真正是寇盗的洗劫。乡间文化因之而蒙羞，往昔残存的灵光也一点点消失了。这里有对乡下古风流失的痛心疾首，看似热闹的地方却有泪光的闪现。中国乡土本来有一种心理制衡的文明形态，元代以后，战乱中尽毁于火海，到了民国，那只是微光一现了。《阿Q正传》里的土谷祠、尼姑庵与《古炉》里的山神庙、窑场，乃乡土的精神湿地，可是在变动的时代已不复温润之调。中国的悲哀在于，流行文化中消极的因素增多，乡野的野性的文明向来不发达，精神之维日趋荒凉了。从鲁迅到贾平凹，已深味其间的苦态。

霸槽这个形象，是农民造反者的化身。他的流氓气和领袖欲，潜伏在民间久矣。一旦环境变化，便显出大的威力来。《古炉》写到百姓对他的感受，是流寇的再现。他的造反，全无人性。先是烧书，毁掉文物，山门里的石刻、绘画、木雕没有幸免者。再是对异己者的酷刑，对弱小者的迫害。最后是全村卷入武斗之中，民不堪命的场景处处可见。在贾平凹看来，霸槽、开石、黄生生、秃子金等人，大概比阿Q

更蛮横、无知和凶残。阿Q没有杀人的冲动，对古老的文明虽然无知，却无摧毁之意。而霸槽的选择是摧枯拉朽，一切旧的依存都烧掉、砸掉，将历史置于空无之中。难怪村民说："狗日的霸槽是疯了，闹土匪啦！"

这样大规模书写乡村社会革命负面的作用，在小说中不多见。中国社会的农民问题，是个根本的问题。农民与土地的关系，有历史的文化积淀。那个脆弱的环节一旦被瓦解，灾难就降临了。考察霸槽与阿Q的关系，前者野蛮，后者狡诈。阿Q的革命不过是改变自己的命运，没有做大官的欲望。霸槽就野性极了，希望有权力与地位，而且一身痞气。他说希望各村都有自己的丈母娘，乱世可以谋一官半职。"要是旧社会，就拉一杆枪上山""弄一个军长师长干干"。他戴着军帽，领着水皮在村里急匆匆破"四旧"的样子，与阿Q当年"我挥起钢鞭将你打"的神态，庶几近之。阿Q之举有些可笑，并不能主宰人们的命运，而霸槽等人则不仅下流，重要的在于改变了乡下的生态，那些神圣口号下的激进的选择，一度成为乡村的主旋律，这也是阿Q所办不到的"伟业"。

鲁迅对百姓哀其不幸、怒其不争的时候，文笔有肃杀的韵味，哀怨是深藏在句式里的。也因此，背景一片冷色。他的笔下几乎没有温情的余晖。贾平凹对此亦有体验，作为"文化大革命"的受害者，内心是苦楚的。不过随着年龄的递增，反倒消解了个体的恩怨，贾平凹能以苍冷的笔墨反观那些无奈的存在，含义则斑斓多姿，有神意的幻影在。《阿Q正传》的背景是灰暗模糊的，儒道释的因素似乎是游移不定的。《古炉》则多是聊斋式的遗响，人与神鬼、上苍之间的对白都映现于此。他们刻画了一个苍老的古村，看到了民众的灵魂。比如无我、自欺、自恋和奴性。从这两个村子的对比中，我们看到了底色互为相关的部分。

无疑，现当代文学中是有鲁迅的传统的。台静农、许钦文、聂绀弩都带有鲁迅之风。莫言、张承志、刘恒的鲁迅语境也是深的。贾平凹得其一点，又自寻路径，后来形成了另一种风格。不过中国作家的宿命在于，一旦深入社会的母题，鲁迅的影子便时隐时现。这是一个民族的关口，我们一直没有迈出去。贾平凹不再满足于鲁迅的肃杀，却多了哀凉后的禅意。凄凉的乡村生活因这样的笔触，拥有了一种新造的美色。但是我们细心品读就会发现，他在远离了鲁迅的地方，却与鲁迅的苦境相遇了。

《古炉》的人物众多，涉猎问题亦杂。这是一部寓言式的新作。小说对"文化大革命"时乡下的描摹，写实与魔幻相见，实景和怪诞为伍。大凡经历了那样的生活的人，读之都有共鸣的地方，仿佛也是我们这个年龄的人相同经验的释放，没有做作的痕迹。作者写人事之危，夹着乡情，悲情流溢不已。最纯粹的人性与最黑暗的欲望的碰撞，指示着我们民族的隐痛。狗尿苔是个善良可爱而长不大的丑孩，这个形象在过去很少看到。可以说是继阿 Q、陈奂生、丙崽后又一个闪光的人物。一个可以通天地、晤鬼魂的小人物，夹缠在紧张的革命年代里。他童真的视角一面映照着现实的悖谬，而另一面也映照着泛神精神提供的逃逸之所。在《阿 Q 正传》里我们看到了鲁迅的无望的喘息；《古炉》在极为惨烈中给我们带来的是黑白的对比，乡下人善良的根性使古炉村还保留着让人留念的一隅。

阿 Q 相在《古炉》里一再显现，是贾平凹与鲁迅相通的地方。狗尿苔在两个对立的造反派之间的游弋，于他有一种节日般的满足。悲剧前的喧闹，竟给孩子以快慰，贾平凹写至此处，一定是哀凉的。派系斗争，偶像崇拜，从众心理，把乡下人的心搅乱了，小说结尾处，写到枪毙人的场景，人血馒头的章节，岂不是鲁迅记忆的再现？一方面是看客的眼光，另一方面乃李逵式的革命的表演。在霸槽这类人物那里，李自成、洪秀全的影子也未尝没有。

不过贾平凹绕过了鲁迅式的隐喻，他大概不愿意像鲁迅那样决然，心中还存有一丝幻影。鲁迅在未庄写到了人心的荒漠，小民是没有一点儿存活的曙色的。即便写到迎神赛会的背景，他也不深谈那里的意象与人的灵魂的关系。在鲁迅看来，古老的图腾对愚弱者是无力的存在。《古炉》在情感的底色里有着精神的谶纬式的涌动，似乎喜欢对图腾的寻找。贾平凹不惜在最血色的恐怖里，安排乡下文明的象征者——善人。这个人物写得颇为传神，他身在乡下，对天文地理、世道人心，都有精微的理解，像古炉村历史的见证者，精神透明而灿烂。善人的精神是维系古炉村精神生活的一个脉息，在其身上甚至有种佛老的意味，不妨说也有巫祝的遗风。布道、行善，诗文与医道皆通，乃古典中国文化的象征。贾平凹这样写他，大概心存一种梦想，那就是在乡下文化中，图腾和周易的传统不可以迷信视之，那里维系着山乡脆弱的文明。连这样的存在都消失的话，中国乡村的命运真的就万劫难复了。《古炉》写到善人对厄运的态度，写施爱之举，都揪动人心。善人临终前，说唯有狗尿苔可以救村民，其语真是庄子之声。我读到此处，觉出贾平凹的苦心，他在其间布满了自己的期许。在最残忍的画面里，还有温润的梦想在，这与巴金的《海底梦》《雾》里温柔的憧憬颇为相似。只是前者有过于文人的乌托邦气，后者则有古老道义的回响。

在贾平凹笔下，功利之徒都听不到上苍的声音。唯有那些内心宁静者才可以与神灵对语。蚕婆、狗尿苔、善人，在山水与花鸟间可以翩然游走，乃自由的存在。而被世俗欲望缠绕的人，目光里没有颜色。鲁迅笔下的乡民多是麻木者，快慰者极少。贾平凹却在内心保留了一块圣地。他在丑陋之地看流云之美，于污浊里得莲花之妙。这样的美学意念，给人以微末的希冀。作者不忍将小说变为荒凉之所，少的也自然是鲁迅的残酷。小说以怪诞和梦幻的美来对抗苦涩的记忆，也恰恰看出了作者的一个苦梦。

关于中国乡村的生态，梁漱溟、周作人、费孝通等人都有各样的描述，不过他们都还是学理式的。作家中沈从文是个例外，他以原生态的民风嘲笑都市文明，文字里是生命意志的闪动。而贾平凹则是周易与巫祝式的玄想，比沈从文更为复杂和多面。他让一个怪人与花鸟草虫对话，和动物互感，万物有灵，人亦神仙。在人祸不止的革命年代，那些无用的小人物却得以与上苍、自然互往，此乃乡下性灵不死的象征，乃中土哲学的延伸。我们在此读到了菩萨心肠。宇宙广茫而幽复，凡人的喜乐又何关焉？在无数冤魂野鬼之间，总有明烛闪耀着，照着俗世的苍白。贾平凹不再像先前，那么追求灰色中的宁静，而是有了为神灵护法的冲动。在没有宗教的地方，呈现了他信仰的天空。善人的心在黑夜的闪动，给无望的古炉村以活的姿态。

这不能不让读者浮想联翩，好似看到了审美的另一扇门的敞开。自从蒲松龄的人狐之变大行其道，我们就不太易超出他的范式。汪曾祺晚年写了一系列聊斋式的笔记小说，总体不出其格。但到了贾平凹那里，一个全新的审美意象出现了。鲁迅小说的背后有一股鬼气，那大概是儒道释的怪影，不涉自然性灵。在贾平凹那里，人与鬼、与神、与草木、与鸡狗牛羊，都有心灵互感。枯燥的山野间，万物可以舞之蹈之。狗尿苔在一个灰色时代的位置上，比阿Q多了精神的善意的幻境。这个残疾、丑陋的小孩子，不乏童心的暖色。从他和几个可爱的人物中还能够感受到乡村社会隐性的美。古炉村比未庄要苍老许多，神秘的地方一点儿不逊于江南乡下的古风。较之未庄，少了含蓄与雅致，可是多了不是宗教的宗教、不是谣俗的谣俗。这个人造的幻影，也许是作者精神逃逸的象征。他的确不愿意单一地停留在鲁迅式的黑暗里，把一个缥缈的梦拿来。不过，一种苦涩的笑，自我的安慰也是有的吧。

应该说，这是贾平凹对乡土文明丧失的一种诗意的拯救。鲁迅当年靠自己的呐喊独自歌咏，以生命的灿烂之躯对着荒凉，他自己就是一片绿洲。贾平凹不是斗士，他的绿洲是在自己与他者的对话里共同完成的。鲁迅在抉心自食里完成自我，贾平凹只有回到故土的神怪的世界才伸展出自由。《古炉》还原了乡下革命的荒诞性，但念念不忘的是对失去的灵魂的善意寻找。近百年间，中国最缺失的是心性之学的训练，那些自塑己心的道德操守统统丧失了。马一浮当年就深感心性失落的恐怖，强调内省的温情的训练。但流行的思潮后来与游民的破坏汇为潮流，中国的乡村便不再复有田园与牧歌了。革命是百年间的一个主题，其势滚滚而来，不可阻挡，那自然有历史的必然。但革命后的乡村不及先前有人性的温存，这无论如何是件可哀的事。后来的"文化大革命"流于残酷的人性摧毁，是鲁迅也未尝料到的。《古炉》的杰出之处，乃写出了乡村文化的式微，革命如何荡涤了人性的绿洲。在一个荒芜之所，贾平凹靠着自己生命的温度，暖化了记忆的寒夜。

从未庄到古炉村，半个世纪，我们从中得到的启示岂能以文字记之？阿Q的子孙，代代相传，有时还快活地存活在我们的世间。贾平凹无意去走鲁迅的路，他们的气质与学问都各自不同，情怀亦存差异。可是我们读他们的书，总有一种联想，似乎大家还在阿Q的路上。一面自欺，一面欺人，有时不免残存着"寇盗式的破坏"和"奴才式的破坏"。倘若我们还不摆脱这样的窘况，那连先前的未庄、古炉村也不易找到了。

旁观者的叙述

————◎————

　　好久以来我不太阅读长篇小说，除了特殊的原因外，对新出的作品一直敬而远之。当下的长篇要一口气地读下去，已越来越难，因为职业而阅读作品则更是一种折磨。但大量的批评文字就是在这样的折磨里产生的。起初在读《外省书》时，我打算忍受几个小时的折磨。可林建法在电话里催我一定要翻看一下它，而且语气中肯。那么好吧，我像一个学生准备作业，硬着头皮找到了这本书。

　　没有想到一口气读完了它。那是一个飘雪的日子，北京的夜静极了。我在快慰里进入了张炜虚拟的世界。"外省书"？什么意思呢？我在作者的叙述里渐渐找到了一种阅读的快感，一种神秘的东西开始吸引着我。张炜的特别或许在于他的叙述语态。我觉得他有一点儿像是在追随着鲁迅，其苍凉抑郁的笔触唤起了我的一种共鸣 ——那个世界绝无朗照，人在虚幻与自虐中苦度着。作者以边缘省份的几代人的故事，暗示了北京以外的社会生活的苦楚。刘恒的《苍河白日梦》写过类似的意象，都很残酷、寓言化，甚至带有几分哲学的幻影。我觉得若不是拉丁美洲与东欧诸国文学的引介，中国的文学不会出现类似的模式。但张炜将之变得很东方化，他的精神更像"五四"那一代人。我在这里似乎没有发现什么动人的故事与人物——在这一点上，《外省书》有许多可挑剔的地方。但他的近于学术随笔的叙述口吻，使我体味到了思想的快感。想一想，《外省书》值得一读，原因大概是在这里。

外省，是相对于首都、相对于中心的边缘地带。我们在法国文学中，经常可以读到类似的字眼。张炜选择了它，自然有自己的考虑。我疑心作者的"宏大叙事"心理起了作用，主人公在京城生活了多年，忽然告老还乡，于是中心话语与边缘生活就那么有机地成为一体了。其实我以为这有些累赘。小说人物史珂的精神背景好似印有中国半个多世纪文化的投影，但在此除了点缀外，别无什么。全能的审视虽然可能带来史诗的效果，可在这里却显得有些苍白。倒是对几个人物曲折经历的描摹，颇有诗意，结构方式亦很神奇，它弥补了小说的某些不足。张炜完全可以放下"深刻"的架势去结构小说，倘能安于"小"，将寂寞的笔触与中心话语拉开距离，沉浸在海边那片怪诞的土地上，他照样可以写出宏阔来的。

史珂以在北京多年的经验去打量外省生活，这种叙述选择其所长在于获得了距离感。但如此的叙述却破坏了小说的乡土性。外省本来是一个风土大异于京城的"这一个"，但在这里却被文人的情调淹没了。张炜感兴趣的好像是历史的抽象，他在每个人物的身上都融下了太多的时光记忆，反而将世俗中的常态人生省略了。我一直觉得人的性格是在平凡的日常中表现的，一如《红楼梦》里的各种人物那样。当然，人们也可以选择另一条路，如同博尔赫斯那样哲学化的演绎，鲁迅那样私人随笔式的叙述。张炜显然倾向于后者，他的写作与古典小说的趣味已相距甚远，和余华那样的先锋写作亦有区别。作者对历史境遇是那样的迷恋，小说富有魅力的部分，也正是对历史精神的勾勒，以及对人物命运的形而上的凝视。张炜在《外省书》里表现了同代作家少有的从容，俯视着笔下的人物，有种举重若轻的感觉，其中对人间苦难的悲悯，是那么深地流露在这种感觉之中。

不知怎么，张炜的笔触中涌动的意象有一点儿俄国知识分子的特点。我在史珂的身上好像看到了屠格涅夫的影子，虽然他未必会同意此点。小说写军人、商人、教员，情调却是资产阶级的。作者的叙述口吻与人物形态一直存在着距离。比如还乡者的回忆，比如史铭、胡春旖、马莎、肖紫薇各自的人生痕迹，作者均未融入其中，好像是个外来者看着自己久违的乡亲。"五四"以后，许多文人以这样的视角透视过芸芸众生。台静农的乡土作品，沈从文的故土忆旧，笔法都显得十分特别。《外省书》的主人公，自认为"一辈子都是个旁观者，一辈子都在看"，这可以视为张炜的写作态度。全书的情调，何尝不是"旁观者"的咏叹呢！小说写到这种程度，便可以理解作者何以从容，用较为超然的笔法描摹我们的生活，在今天并不容易。

《外省书》的叙述既是旁观式的，又带有老年式的寂寞。我在这里丝毫看不到青春的勃发、朗照与生命的冲动。即便出现像马莎这类青年，笔触依然笼罩着暮色。一切都成了难以理喻的灰暗，人生在《外省书》里已看不到光泽。无论是老一代还是青年一代，大家都陷入欲望与命运的死阵里，有什么活力、快慰可言呢？张炜笔下的人物都有些古怪，希望和绝望，在此是同一个命题。我记得在开篇引用的那句诗，可以说诉说了本书的题旨："为那无望的热爱宽恕我吧／虽然我已年过四十九／却无儿无女，两手空空，仅有书一本"。史氏家族与"老油库"里的老人，好像写着古老中国的宿命，"无望的热爱"正是主人公内心的写真。中国乡间与城镇，在这里浓缩成一个黑点，除了苦涩的记忆，以及正在进行的苦涩，我们的这片土地，亮色的存在还过于有限。

中国的读书人向来就有"告老还乡"的精神雅趣，从名利场中退下来，便去寻那静谧的世外桃源。陶潜有他的归隐之处，老来便以山光水色自悦己身；徐文长有他的"青藤书屋"；袁枚醉情于随园之中。进有进的地方，出有出的所在，人间总还有片净土。到了史珂这一代，年轻时没有政治自由的空间，晚年呢，也失去了平静的乡土之乐。一切都被功利、欲望乃至无休无止的烦恼纠葛着。《外省书》动人的地方，正是对此一悲剧的呈现。有什么安详、恬淡的地方可去？中国乡间的巨变给人性的压迫，在张炜那里是不可小视的话题。

张炜在全书的结尾，写出了无名的悲哀。那不安的语气透出他对人生的几许怅惘、几缕愁绪，像鲁迅对鲁镇的勾勒，被巨大的苦楚遮盖着：

> 河湾开始轰鸣，一辆接一辆推土机昂首挺进。到处红旗招展。从此喧声日夜不息。史珂开始考虑迁居。可是他久久看着黑乎乎的丛林……人世间真有一块静谧之地？史珂现在深表怀疑。深夜他在本子上写下四个字："我不相信"。

这是一个人的最后之梦的破灭，读到这里我不禁倒吸凉气。阅读《外省书》需要忍受某种沉闷的压迫，只有习惯于这一沉闷，才会找到其中的韵律。作者撕去了一切赖以依托的梦幻之纱，将人世的黑暗、无望乃至人性的病态，都那么无情地抛给了读者。我隐约地觉得张炜是一个宿命主义者，这让我想起钱锺书对人的比喻——人是一种两足动物。记得周作人也说过类似的话，大意是，人有时还不及动物，因为会思想的人能做出比不会思想的动物更凶猛的事情来。描述我们人类的不可能都是童话，在东方的古国里，上哪儿去寻找"黄金世界"呢？

但是无节制的苦诉和悲悯，也会带来创作上的单调。我觉得张炜的文本缺少变化，语态也有些过分苍老。为什么要扭着读者，一味地沉浸在自己的"幻象"里，而不是通过色调的调适、人物的个性演化而谋篇布局？是天然如此，还是别有深意？小说常常出现"无眠的深夜"，出现"听着时间的浓汤渗过地表的滋滋声"，以及"无边无际无头无绪的荒凉"。史珂生活在他的记忆里，现实大多是与其逆反的病态。描写这样的生活并不轻松，作者的自虐也在此呈现出来。我一直觉得中国文人一进入历史便不会像洋人那样洒脱，超然与静谧也几近荒唐。但是除此之外，作家的笔下还会出现什么？我们没有大江健三郎那样的作家，没有博尔赫斯那样的文人，想来不是没有原因的。

长篇写作的叙事方法多种多样，但我觉得找到最佳的视角并不容易。王蒙的《狂欢的季节》用的是随笔的自述体，那很适合他，可是一味地燃烧自我，又破坏了小说的疏密秩序，情绪过于紧张了；贾平凹的行文，士大夫气颇浓，其长处在于有悠远的古风气象，而缺点呢，则在于少了现代的理念，仿佛穷酸的文人，在说几句自娱自乐的话；陈忠实好像找到了自我，文辞简约，气象宏阔，但因为要一心去做史诗，便隐约透出"做作"的痕迹。张炜的《外省书》，寻找的是另一种路数，他似乎要绕开别人，篇章结构不同于以往的小说，以几个人物连缀成篇，在冷然的凝视中描摹世相。作者的语感与历史感都很有趣，旁观者的叙事给小说带来了距离感，好像老人的随笔，在沧桑的语境里透出人间几许阴暗。但又因为过于文人气，人物形象大多模糊，读了找不到清晰的形象。思想大于人物，除了可以长久地品味内中的余韵外，别无他在。我以为用白话写作以来，长篇小说一直没有像随笔和短篇小说那样，形成一种可反复阅读的文本。茅盾如此，丁玲如此，近几十年的创作亦如此。我在阅读《外省书》时，心里想的，一直是这个解不开的谜团。

什么样的长篇小说是好的？《子夜》的宏大曾给我们惊喜，但因为过于时尚和理念化，便失去了自己的丰富性；《白鹿原》呢，那气韵的豪放曾风靡一时，但现在想来，强加给读者的理念过于驳杂，其雕饰的痕迹朗然在目；史铁生写的《务虚笔记》，我们惊叹于他的玄思过人，开辟了小说新的天地，可是过于陷在苦思里，便显得枯涩、逼仄，反不及其随笔《我与地坛》那么耐读了。当代的长篇小说，常常是在某一点上颇有建树，而整体上无懈可击则尚难做到。残雪、余华、迟子建等，均未逃出此运，长篇小说的成熟之路，还有长长的距离。

张炜是我们这个时代少有的优秀作家，我曾感动于他的许多文字，但现在的问题是：仅仅有爱的冲动、忧患的冲动，以及史诗的冲动就够了吗？我们的作家，究竟在哪里出现了问题？我相信张炜这一代人的得失成败，将给后人带来许多的警示。至少是我，在阅读他的文字时，便在兴奋里思考了些什么，在不满里内省了些什么，这样的机会，不是每个作家都可提供的。

聆听者

————◎————

　　我平时看小说，遇见人神同路的文字，总有点儿好奇，但看着看着，失望的时候居多。小说能像《聊斋志异》那样易读耐读，不太容易。"五四"之后的小说家，是注意到小说的神异之美的，但那时候被现实所迫，灵异的文字少之又少。谈到灵异类的作品，女性有其专长。中国的女性作家，以爱的主题和童话的方式为文者颇多，冰心、梅志都是代表性的人物。偶有天籁式歌咏者如萧红那样的人物出现，也无非是感伤的抒怀，丁玲、庐隐都是这样。唯有张爱玲，以冷眼看世，样子是俗世的波光，绝不进入天国之中。她在俗界里却又奚落着俗物，离不开的也恰是她揶揄的世界，去往神界的路遂被关上了。

　　张爱玲是一个绝响，她之后的女性写作，已不太易出现晚清式的精致，现代的不安与苦楚在许多人那里起起落落。张洁、王安忆、残雪，都有不凡之笔，天地之色因之而变。女性审美的路子也多样起来。前几年我注意到徐小斌的作品，感受到的是完全不同的女性之音。她的小说总有迷幻的气息在，沉浸在一个神秘的世界之中。不过这种沉浸不是逃逸，而是另一种对抗。所有的诱人的表达都和对抗世俗有关。

以幻觉的存在冲击苦难，且咀嚼苦难，先前文学里的套路在她那里被改造了。

我和徐小斌是一代人，经历相近。但她走的路，和许多人不尽相同。她是喜欢进入人的神秘的精神之域与上苍对话的人。她最初的小说《对一个精神病患者的调查》就注意那些异样的青年，对人的内在世界有种拷问的视角在。后来《双鱼星座》《迷幻花园》《天籁》则是另类的声音，与同代人的小说都不太一样。作者变换着说法，向着命运的世界发出问询，一会儿是历史题材的《德龄公主》，一会儿是幻想之作《炼狱之花》，一会儿是神界与俗界间爱欲与放逐的交响《羽蛇》。她的文字很美，是萧飒与明丽之间的反转，流泻着无奈的奇音。我们读这样的文字，总觉得一个漂泊的灵魂在游荡着。这些涌动着激流的文字，为解析女性意识的变迁好像也提供了些什么。

我最初读她的作品是在20世纪90年代初，那时候北京出现了诸多试验性的小说，"新体验小说"就是那时候的一个新样式。徐小斌写的那篇《缅甸玉》是参与其间的习作，但却与那个口号有点儿格格不入。我发现她和那时候的当红作家不同。文字干净漂亮，没有同代作家的过于功利的样子。其小说完全在自己的世界里，而又非封闭的自恋，总能够看出对现实批判的态度来。但后来发现她的作品完全不像我想象的那么简单。她有自己的不能平息的焦虑在，而且在一条曲折的路途上走得越来越远。

我说那是一条曲折的路，乃因为其精神一直面临着一种困难。阅读徐小斌，总觉得是一种苦涩的跋涉。但那艰辛里也总有神灵的召唤，在黑暗里还时时闪着奇光。她写女性，有点儿残酷，常常是本原的昭示，那些外在的光环一个个脱落了。徐小斌经历过"文化大革命"，见证过20世纪80年代的文化变革，她总能以旁观的角度去审视历史。

在那些文本里，她没有逃避历史的重担，而是坦然面对，甚或与之搏击。这让我想起卡夫卡和鲁迅。其中不是模仿的问题，而是一种气质的联系，徐小斌在本质上，和这样的传统是有关的。

有一次我们谈起汪曾祺和林斤澜，她说自己更欣赏后者的神秘。我忽然觉出什么是她世界里的原色。林斤澜一生推崇卡夫卡与鲁迅，那么说他们之间有种相似的地方是对的。徐小斌有童话写作的天赋，却放弃掉那些逃逸现实的缥缈的梦，她从童话中又穿入冰冷的世界，于是真俗之变在明暗里波动不已。她绝不躲在安详之中，习惯于一种苦运的承担。而有时，她又津津乐道于对残酷的凝视，在拷问里进入自审的快感中。徐小斌在小说中制造了许多神异诡秘的空间，说那是巫的世界也未尝不对。她承认自己对神秘的存在有一种兴趣，许多写作表达了对冥冥之中的那个存在的好奇。我们在其文笔里甚至还能够听到远古的巫术之曲在盘旋，真的有些离奇和玄奥。我在想，徐小斌要通往的恰是那个无名无形的域外之域。

让我们对比一下残雪的小说。在残雪那里，哲学的东西存在着，近代非理性的意识在作品里弥漫着。徐小斌不是这样，她是回到原始的混沌里，在谶纬和巫音中与现实对话。《羽蛇》的世界里处处是这种玄音的流动，人物之路在宿命般的世界里滑动；徐小斌仿佛有了上帝之眼，俯视着我们日常所看不到的地方。再比如王安忆，其笔墨总变化着，试图寻找另类的存在。但王安忆常常有对日常欣赏的驻足，旧文人的古雅与飘然暗藏其间。徐小斌似乎厌恶这种士大夫传统，那些辞章义理都被遗漏掉了，在空白点上起飞，才是所需要的。虽然她也不断开辟自己的心路，可我们看到的却是一种不变的情感，那就是对俗界的失望和对神界的渴望。那神界的一切，不是缥缈中的存在，而恰是在对俗界的挣脱过程中才可以见到的。

徐小斌不认为自己属于主流的作家。她自己对流行的存在一直持拒绝的态度。她笔下的许多人物不谐世俗，而有的则俗不可耐。她面对那些俗态并非弃置，而是将其安置于历史与天命的时空里，将其一遍遍地透视、玩味。可怜的人间是定命于什么世界中的，在看不见的地方有我们性命的本然吗？她困惑于斯，又沉迷于斯，小说变成了漂泊者的记录。这样的实验，是徐小斌试图与同代人保持距离冷观的一种外现，热的背后的冷气，才有她的本意在。

　　神界在作家那里往往是没有烟火气的存在，但徐小斌却带着沉重进入那个世界。只有明暗的对照才有意义，美丽是因灰暗的存在才显示出光泽。这个理念在《羽蛇》里表现得十分充分。《羽蛇》是至今为止她最重要的作品，我们在此进入一个梦幻般的世界。女性的一些追求常常在天上，不易接到地气。《羽蛇》却是天上人间浑然一体的文本，人间世的惨烈之物和冥冥之中的万物之神都在默默地对话。母女的对抗，姊妹的对抗，还有与社会的对抗，伦理被颠覆到另一个天地里，世间已没有了可爱的词语。这部小说的故事是寓言与史诗的叠加，但又仿佛不是。有人在她的文字间读到巫气，那原也不错。但我以为还有20世纪80年代的文化余音在。我们再往上溯源，可以推算到"五四"。鲁迅的话语方式其实也是隐约含于其间的。

　　我有时候在她的书里能读出一丝李清照式的清峻而哀婉之调。她的文本有时会和曹雪芹式的古朴之美衔接着。但这种调子不久就被另一种情绪淹没了。一旦写到古人，比如太平天国或者慈禧太后的宫闱秘事，她的笔毫无轻松的感觉，没有飘然的神意在。她大概也染有"五四"人的积习——厌恶古老的幽魂。你看她在《德龄公主》中所表现的晚清生活，在《羽蛇》里呈现的五代女人的苦运，都非恋旧的吟哦。徐小斌在作品里呈现的是人性的恐惧，女人与女人，女人与男人，男人与男人，都在紧张之网里纠葛着。人与人间压迫性的气场，在她的作品里无所不在。这很像卡夫卡的小说的恍惚与幽玄，完全是另类的时空下的一种存在。希望的不得两全，是人间的宿命。她说人一越界便获得清醒的觉态，可是自己的本真也失掉了，无法再回到旧我之地。渴望所得到的那个存在，最终变成要苦苦逃脱的魔网，这是怎样的人间呢？如果写作是这样一个彻悟的过程，那么其倾诉的意义便也被消解掉了。

张爱玲在描写俗世的时候，失望的感觉从来没有消失过。有时候对恶的呈现，超过了卡夫卡和鲁迅。那样不以为然的打量，有着某种不可思议的冷漠。人被缠绕在死寂里，几乎不得呼吸。可是在描述俗人俗世的时候，她对服饰、建筑、人物都有精妙的勾勒，有时甚至还带着一种沉醉和把玩的心态。这是一种灰暗世界的幽光，在暮色里将死的什物旁依然存在动人的精魂。这是张爱玲的妙处。徐小斌却厌恶其所厌恶的一切，她在精心描述俗界的男男女女时，把美的刹那留给了那片上苍的流云。她总能够在迷惘和无助的时候聆听到那流云里的声音，神界的色彩如雨一般浇在灰色人间的深处，以致连魔鬼般的存在也被喷淋着。徐小斌本能地有着这种沐浴的冲动，她以纯然冲洗着人间的积垢，在那冲刷之间，你或许也能觉出她爽然的快意。

在没有美的地方，以诡异的方式呈现出一种美，可能是审美的另类途径。《羽蛇》的主人公在孤独中常常有这样的幻觉：

> 譬如我看见窗外晾着的衣裳在夜风里飘荡，就会觉得是一群没有腿的人在跳舞；听见风吹蔷薇花的沙沙声就吓得哭起来，认定是有蛇在房子周围游动。在门口那个清澈见底的湖里，在有一

些黄昏（说不上来是哪些黄昏），我会看见湖底有一个巨大的蚌，那蚌颜色很黑，有时候它会慢慢地启开一条缝。

这显然是一种巫气的弥散。在美丽的幻觉里有惊恐的存在。有时候在她的文本里能够看到人妖之变、真幻之变和善恶之变。美丽与邪恶在一个躯体里。比如主人公的绘画：

> 羽正在画那幅画，色彩浓丽得令人恐怖。大红大绿大蓝大紫到了她笔下，便成了非人间色彩。血红浓艳如凝固的血液，湛蓝碧绿又像是浸透了海水，乍看是花朵，再看又变成鸟兽。在羽的画中，自然造物是可以转换的。钴绿从玫瑰的花瓣里辨一只鸟头的时候，他同时又发现它是一只鱼头，于是彩色的鸟羽又转化成了鱼鳍。有无数的眼睛藏匿在这片彩色中，撕开眉眼便发现原来那是一只只魔鬼般的怪兽 —— 钴绿惊叹邪恶竟如此容易地潜藏在美丽之后，甚至不是潜藏，竟是中了魔咒似的可以随意变化腾挪。状貌古怪的黑女人，青铜色的魔鬼面具，霰雾般轻灵的鸟，花朵中藏着的彩色蜘蛛，失落在蓝色羽毛中的金苹果……

我认为徐小斌的审美基调大概在这类的文字里，或者不妨说，她的审美维度是从这样的片段里外露出来的。这恰是林斤澜所欣赏的存在，而非汪曾祺式的温和之所。林斤澜的身上存在着男人最美丽的一面，纯粹得让人心动，而其精神追求里流动的却是无序的、反理性的幽思。他自觉地行进在鲁迅、卡夫卡、加缪的世界，不被确切性的道统所动。只是他还存在于男性的世界，且不忍对弱小者拷问。然而在徐小斌那里，世界变了，妖道无所不在地摆动着一切。她在最纯然的女性那里也看到了不幸与恶毒。人妖之变也成了艺术的内核。在女性写作中，如此把妖性与神性一体化的表现者，确不多见。

如果深入了解她的经历，就会发现，徐小斌是那一代人里叛逆的一员。这种叛逆不仅仅是政治上的隐喻，还有对生命凝视时的虚无和无奈。她的作品里承载着一代人的不幸，所描述的那些遗存，有许多我经历过。但我们这代人的价值观是单一的。她的写作，在我看来是在对抗无所不在的价值法则，有对政治、经济、伦理法则的对抗，也有对自己和外在的对抗。她的潜意识里存在着一种对未见的文明的期待，或者说对圣界的期待。在徐小斌看来，俗世的一切差不多都被污染了。

王小波处理历史题材的时候以笑的癫狂与我们见面；王安忆有时勾勒历史明丽的一面给世人；史铁生在有限性里不断追问那个冥冥之中不可知的存在，是神学与哲学的静思。徐小斌不是这样，她似乎缺少史铁生式的盘问，也没有士大夫的雅趣和对经验哲学的偏爱。她沉浸在自己的王国里，撕裂历史之维里的幻象，且把自己神性的目光投入没有绿色的地方。这个过程是一个自我再生的过程，也是对历史的一种精神化的交代。在小说中，越是挣扎的地方，越有一种美丽的感觉。那些阴郁、绝望因这样的挣扎而黯然失色。她的挣扎绝不是无节制的倾诉，相反却是一种有目的的冥想。所以我内心感到，徐小斌其实不是在解释什么、还原什么，而是在构造着什么。她在自己的园地里构建了一个艺术的乌托邦。这些艺术不是梦想者的舞蹈，而是对抗旧梦的玄学的闪光。在没有语言的地方，徐小斌感到快慰。她用自己的语言构建了一个自己的世界。恰是那些彩色、流动的旋律，书写了词语之外的存在。而这，恰是她所需要的地方吧。

我往年读《源氏物语》，惊叹作者写女子时的精细与逼真。男人写女人总有错位的一面，平和起来不易。唯有女子面对女子，才会提供另类的心绪。中国写女子的男性作家，茅盾是一个高手。《蚀》三部曲对新女性的描画，让人叹之又叹，但未尝没有一种欣赏与品玩的元素。女人理解女人呢，不需要格外的套路，可以直指人心。张爱玲写民国的女子，味道就完全不同了，其间多了另外的东西。我读中国女性的小说，看到对惨烈的女子世界本真的揭示，觉得惊异和不安。徐小斌是直面女性的一切隐秘的。她毫不温暾地勾勒出形形色色的人与物，惊艳的与庸常的都尽入眼底。这也有张爱玲式的绝望，只是没有那种贵族式的流盼，把视界都放在楼阁间。徐小斌有历史情怀，她绝不逃避政治，而且在与俗世对抗的时候，关注的也恰是百年文化的经验。不过这种关注的方式还停留在 20 世纪 80 年代的思维模式里，她要跳出去，却有着重重障碍。徐小斌懂得，绕过这些来解释自己的经验或建构精神之厦，是极难的。

那么，神界真有摆脱苦楚的药吗？在那个看不见却可以思恋的地方，有明快的美意否？这是哲学家的话题，我们且不管它。徐小斌的情趣，大概还不是哲学层面的，她进行的是一种敞开生命的实验。或者说，在语言的跋涉里，她看到了自己所不曾看到的一种可能。因为厌恶所经历的一切，便寻找打开精神之门的钥匙。她提供的经验是，日常的逻辑已经死亡，唯有在非逻辑的另类表达里，大概才有一种突围的可能。她颠覆俗界的过程，恰是恢复人的神性的过程。这种神性不是耶稣式的，也非释迦牟尼式的，在徐小斌看来，只有听得到上苍声音的人才有救。人所不知的存在太多，我们可怜的世间，已经没有人有这样聆听的能力了。

散不掉的幽魂

————— ◎ —————

　　鲁迅生前写国民的弱点，点到为止，并不渲染。那好处是含蓄里辐射着悲悯的灵光。乡村是文人寄托梦想的地方，也是梦散之所。《故乡》之后，鲁迅就没有再回到老的家园，因为绝望于此，便到别的世界寻找别的人了。后来的乡土小说，温情的总要多于惨烈的，沈从文、孙犁、汪曾祺无不如此。鲁迅的那种没有光泽的存在，总还是无法接近的时候居多，虽然人们那么喜欢他。

　　刘庆邦早年的作品，好像并未受到鲁迅的影响，倒是让我们看到了孙犁的影子。我读他写乡下女子的文字，总有神异的感觉。《鞋》的韵致是散文与诗的，古朴的气息流动着，让人久久不忘。善意留在文字的深处，我们记住了作者的名字，且喜欢其没有杂质的文字。但后来，刘庆邦越来越带有灰色的味道，黑暗加深，苦难增大。在《神木》里，我们看到了无所不在的惨烈，矿工生活的难以想象的黑暗，就那么深切地展现在我们面前。

　　此后，他的作品《红煤》《遍地月光》，平淡一点点褪去，凝重的气息弥散在文字里。直到《黄泥地》，一个与鲁迅主题相似的存在，出现在读者的面前。

《黄泥地》写的是中原乡下的故事，好似回到辛亥的年月。时光在20世纪80年代，但我们觉得竟在百年之前。风风雨雨过去，历史留下的多是恶的遗存，那些漂亮的暖人的词语在此无效，人们信仰的是一种自然法则。刘庆邦在告诉读者，外在的关于乡下的描写多为虚幻，鲁迅所云的那些存在，至今依然"活力万分"。

20世纪30年代之后，稍留意乡村社会的人，都想寻找一个异于鲁迅的新乡土。沈从文做到了此点，赵树理也有一点儿觅新的意味。后来孙犁要在纯情的路上走，但遭遇"文化大革命"之苦，则无意中回到鲁迅的路上了。刘庆邦的创作，有这样的宿命，他在六十岁后，文字越发清寂，苦楚的东西流出，全无一点儿优雅、恬淡的样子。鲁迅意象的某些碎片，便如期而至了。

我在《黄泥地》中看到了一个面带忧戚的刘庆邦。作品不再是命运悲剧的简单演绎，而有了对于存在的入木三分的洞悉。飘荡在乡村社会上空的神异的存在消失了，思想、情感都粘连在泥土里。小说写乡下的权力与人情，人几乎都在原始性的思维里存活着，没有一点儿光明。村书记权力大到无边，百姓的生活单调得可怜。不安于统治的人物，暗中与人谋划计策，煽动不满者与有良知的人出来干预，自己却远远地躲在后面。无数嘴脸与无数声音在空旷的田野流动着。房氏家族围绕权力暗自争夺，日常生活被野蛮的气息所扰。书记的老娘骂人骂得肆无忌惮，而看客如云，似乎没有真伪对错之分。有良知的房国春为村民讨公道，却遭到不公正的待遇，上访无门，落得家破人亡。

刘庆邦早年写乡下，总有一点让人留念的东西，古诗里的韵致多少还是有的，在山水之间，盘桓着悠然之调。而《黄泥地》的世界完全变了，可以当成乡村世界的缩影。我们看到的地方已经没有宗教遗痕，民俗的美意和思想的禁忌也荡然无存。在土地改革与"文化大革命"之后，乡下世界的温情被铁一般的色泽所代替。人们没有心思关注岁时之美，也很少在庙宇间祭拜鬼神。权力下的人际布局与生态结构，还是主奴关系者为多。人只剩下欲望的躯体，面对的都是原生态的什物。刘庆邦在这个世界收获的是绝望的感觉，没有一丝明快之色。他几乎放弃了早期欣赏的牧歌的调子，进入被灰土埋葬的世界。苍冷的人与物，缺失的恰是暖人的颜色。

这种选择使他不能跳出苦楚，面对现实，一切几乎被浊流所裹挟。刘庆邦感兴趣的是草根者的哲学，那些美丽的乡村歌谣在他那里被一点点遗弃。直面恶的存在，亦能窥见人间本色。这一点他与阎连科显得十分相似，只是手法还有点儿简单。刘庆邦写乡村的劣态自有高明之处，人物大致分为几类：一是权力者；二是无权力的流氓；三是被欺辱的软弱者；四是看客；五是脆弱的抵抗者。在这几个阶层中，挣扎的是脆弱的抵抗者。这构成了其与鲁迅对话的资源。无论是有意还是无意，刘庆邦其实是沿随《呐喊》主题的书写者。

小说的故事并不过于复杂，围绕乡村政权落入谁手的问题展开的人事纠葛，一波三折。乡村人的计谋与手段，赤裸裸的私欲与假公济私的表演，写得栩栩如生。"大政权要靠枪杆子和经济发展维持，而下面的小政权主要是靠钱维持。"因为钱的原因，房户营村的人落入酱缸文化的陷阱，几乎无法自拔。房守现为了扳倒房守本的儿子房光民，四处游说，调动了全部资源，还不惜用美人计来实现自己的欲望。房光民母亲宋建英害怕儿子失去村支书的位置，便用下流手段对付自己的敌人。告状与反告状，借刀杀人与巧施妙计，上演了一出闹剧与悲剧。权力更迭，却没有换来正义的氛围，一切还是照旧，房守现的儿子"登台"以后，村里的一切是换汤不换药，照例在旧的循环里。

刘庆邦笔下的农民，人格分裂者居多，比未庄的人要更有心计和策略。作者说："别看这些农民老模咔嚓眼，表面上木头木脑，其实他们都鬼精鬼精，个个无粪不起早。"小说里的人物多有自己的如意算盘，溜墙根儿听房的恶习、霸占妇女的丑态，都在故事里浮现着。《黄泥地》中镇上一个铁窗子里的疯子，披头散发、青面獠牙，这样的疯子在农村似乎常可见到一二。但不像鲁迅笔下吉光屯的疯子，吉光屯的疯子还似乎有一点儿思想，而中原乡镇里的疯子是迷乱世界的一部分，一切都是含混的。在这里没有现代意义上的思想，只有古老的含混的生命意识，而一切都那么低俗不堪，似乎没有明快之色。

我们读沈从文、赵树理的小说，乡下总还能够看到拯救人心的图腾般的存在，可是在房户营村，乡村世界已经没有尊卑秩序，胡乱来的人可以欺压别人，老实人只能忍气吞声。宋建英骂人的场景，很有流氓泼妇气。乡村人骂人的文化在作者笔下演绎得生动至极。骂人者的狂傲，被骂者的忍气吞声，人世间已经没有公理可言。权力者以权压人，流氓用恶的手段折磨他人。乡村伦理的无序，预告了一个古老的乡村文明的终结。

但刘庆邦内心毕竟残存着一丝人性的光泽。在《黄泥地》里，唯一牵动人心的是房国春这个人物。他是这个村里老一代走出去的大学生，在县里教书。这个有精神厚度的人见村里的不正之风，仗义执言，且到上面揭发村里领导的劣迹，但却遭到权力者的家属的围攻和报复。在房户营村脆弱的生态里，房国春乃一豆光亮，然而强大的风暴还是来了。在烂掉的乡下，只有污浊，没有清流。这样的景观即便在鲁迅笔下，也是难见的。

社会学家讨论乡村文明的时候，注意到古老的乡绅文化的自身价值，但这些已经消失殆尽。乡村没有公理可言，与责任的丧失有关。小说写恶人表演，普通人作为看客的场景，在生动性上不亚于《阿Q正传》。宋建英如此不近情理，作恶多端，村民却好奇视之，观看热闹，无所用心。刘庆邦看到这些麻木者的样子，心里只能叹息。乡村文化里骂人的文化，是一道景观。这里已经没有文明的底线，乃赤裸裸的人欲的丑态的表演。以龌龊的语言摧毁他人，本是一种乡土的创造。刘庆邦写道：

> 这地方的文化传统，人们对一个人的小名是避讳的。特别是晚辈人对长辈人，提人家小名是大不敬，是犯忌的，跟揭老底骂人差不多。而晚辈人叫着长辈人的小名骂呢，它比任何恶毒都要恶毒，已不是"恶毒"二字所能概括。房国春的小名叫眼，宋建英以动物的眼作比，上来就骂了狗眼、猪眼、兔子眼、黄鼠狼眼等一大串子眼。接着，她以人身上的眼作比，这眼那眼又骂了一大堆。村里人之所以一听到宋建英骂人就兴奋，盖因为宋建英骂起人来总是能借题发挥，总是有创造性，总是能给人带来意想不到的惊喜。于是，村里这下迅速传递着一个信息：又开始了，又开始了！还有一个说法是：这一次升级了，升级了！
>
> ——《黄泥地》

恶人可以随心所欲，村民乐见表演，且津津有味，实在是一个不可思议的存在。在围观者那里，骂架没有是非之分，关乎自己的部分可以审之，不关乎自己的部分则笑之。人们看它，为了热闹，也有期待从中渔利的意思。在混战中，介入者恶气扰扰，没有介入的亦混浊不堪。房守现是这场骂架的策划者，他来观望，其实暗中希望房国春压倒宋建英。房守云来观看热闹，希望打得激烈，打得热闹，"见房国春和宋建英老是动嘴不动手，他急得手心痒痒，直转腰子"。外来户高子明看到房姓人的内乱，高兴不已，希望在乱局里改变村里的格局，自己不再受到欺负。各怀心事，观景而乐享其成，恰是村里伦理链条的写照。较之于鲁迅生活的那个小镇和乡村，民风甚或更差。

鲁迅当年写看客，有自己的特殊的笔墨。但那是暗示启蒙者的悲哀，欲要拯救苍生，却不被人们所理解。《药》叹息的是人们的麻木，《阿Q正传》表达了人们的无知无趣。但在刘庆邦这里，村民不仅仅是无知的问题，而是低下、无聊、可怕的。他直接把笔触指向村民，那些可悲、可笑、可怜的面貌，在这里一一浮现着，唱着一代人的哀歌。

房户营村的文化，既没有乡土的本原，也没有现代的文明之光，共产主义的思想被原始的部落意识置换了。权力支撑一切，反对掌权者的人，内心与在位者一样黑暗。维系村民道德水准的精神链条在此断掉了。那个有文化的房国春和远在北京的房光东，都无法影响腐烂的秩序。介入，便意味着受伤，房国春就是最好的例子。而像房光东那样远离家乡是非，与黑暗保持距离的态度，则是放弃了思想开化的可能，无是非、无丑恶、无明暗，无意中助长了生态的恶化。

作为从乡下走进城里的刘庆邦，知道自己位置的尴尬。他写房光东这样的人物，是对知识人的一种批判。中国的乡村之所以日益衰败，乃因为离开乡土的人不再热爱乡村，他们失去是非与责任，看着乡村一日日萧条、衰败下来，却没有一丝不忍和痛苦。对于离开乡下的知识人的批评，以及掉入乡村陷阱的人的同情，使小说的内蕴变得非同寻常。《黄泥地》所述中国乡村生态的绝望之音，似乎有对乡村道路的否定。我们在这里不禁要问，农民除了知道权力、金钱的重要外，还晓得什么？而都市里的农民后裔们，不仅不能给乡下带来精神之光，反而自觉不自觉地助纣为虐，参与了对乡村文明的摧毁，实在是一个悲剧的历史。刘庆邦的鲁迅式的悲凉，让我们觉出其写作的沉重。

房国春的形象在文学史里是极为罕见的。这是刘庆邦给我们当代读者的一个不小的贡献。有人说他是村里的乡绅，也有人将其看成乡村灵魂的代表。鲁迅没有写过这样的人物，萧红也没有发现这样的思想者。在刘庆邦的世界里，这个唯一可能给乡村带来曙色的人，却注定死在孤立无援的上访之路上。刘庆邦以悲怜的目光，凝视着那些社会幽暗角落里的人们，为他们焦心不已。这个失败的英雄，带来的是一种无名的哀凉。

刘庆邦笔下的世界，呈现的是农村日益荒原化的一面；鲁迅《祝福》里的环境是压抑的，但百姓毕竟还有精神的皈依之所，那是儒道释的世界；贾平凹的《古炉》还有善人的形象，那是乡贤的表达，至少在 20 世纪 60 年代，还残留着乡间文化一丝旧绪。但到了 80 年代后期，我们在乡下已经体察不到多少古老的文化之维，一切都仿佛在原始的层面下，几乎连一丝温存都没有了。茅盾先生写《霜叶红似二月花》，乡下与村镇还有古老的幽魂在飘荡，虽然压抑，但文明的种子犹在。沈从文的湘西，毕竟还存有乡村文明的美质。而在刘庆邦的乡村里，只有野性的黄泥与世间的一切含混着。所有的存在都被泥化，都在混杂里变为一种颜色。

荒原恐怖的原因，是时光的轮回，一切都在原地踏步。房光民下台了，房光金上来，村子里似乎没有变化，当年支持他的人现在觉得没有得到便宜，还不及过去。在小小的房户营村，昨日如斯，今日如斯，明日大抵也是如斯的吧。农村的斗争，不过是阿 Q 式的革命，参与者要的是利益，哪有什么精神价值。刘庆邦写道：

在联合起来反对房守本、房光民时，房守彬、房守云和房守现是一条战线，现在二人从房守现那条战线上分离出来了，站在了房守现的对立面。他们认为，在搞倒房光民的事情上，他们是立了功的。既然房守现的儿子房光金坐了房户营的江山，房光金就要对立功者论功奖赏，给他们每家一块宅基地就可以了。他们分头找到房光金，以房守现的口气，把房光金叫成孩子，让孩子批宅基地。不了房光金根本不买他们的账，说那不可能。

到此，农民的造反也好，革命也罢，其内在逻辑已经清清楚楚，那就是阿Q所言，我要什么就是什么，要谁的东西，就是谁的东西。而在以权力为核心的世界上，人心与思想都被物化在乡村的利益里。

阅读刘庆邦，我们毫不轻松。他在长篇小说里表达的意念，有意无意间与鲁迅的国民性批判吻合。从《黄泥地》看，他还没有熟练驾驭长篇小说这个文体，但其间折射出的思想，已足以让我们思之再思了。刘庆邦失望于自己的故土，他已经没有力量唤醒那块土地了。这比辛亥革命后的知识分子更为痛苦与绝望，只是他缺少鲁迅那种精神的能量，不能超人式地辗转于粘连的土地。文字背后的热能似乎并不存在，只有一种平白刻板的表现。在诗意消失的时候，我们的作者的暖意哪里去了呢？在无路的时候，作者心中的路在何方？这对刘庆邦是一个问题，对中国也是一个问题。农村是我们这个国度的主体存在，没有了这个支撑的存在，中国只能是一片废墟。而重要的是，我们如何在这个躯体内注入鲜活的血液和思想的波光，这才是今人不能不思考的难题。

第二辑

当代文学与鲁迅传统

——作于鲁迅逝世六十周年

———— ◎ ————

　　这是个很不好写的题目，但又是不能回避的话题。时逢鲁迅逝世六十周年，我把零碎的想法写出来，算是对先生的感怀，以及对当代文学一个侧面的提纲式的扫描。因为是"提纲式"的，所以便显得空泛，我希望今后会有人在这个题目下做更详尽的工作，或许，它会给人带来更切实的东西。

一

　　六十年前，当鲁迅的心脏停止跳动的时候，他的好友郁达夫，在《怀鲁迅》一文中沉重地写道：

　　　　没有伟大的人物出现的民族，是世界上最可怜的生物之群；有了伟大的人物，而不知拥护、爱戴、崇仰的国家，是没有希望的奴隶之邦。因鲁迅的一死，使人们自觉出了民族的尚可以有为，也因为鲁迅之一死，使大家看出了中国还是奴性很浓厚的半绝望的国家。

许多年来，郁达夫的话，一直镌刻在我的记忆中。我相信，没有谁的文字，会像郁达夫那样把鲁迅与他的民族、与他的身后的民族历史，阐释得如此清晰。从 1936 年至 1996 年，半个多世纪过去了。中国社会在经历了种种苦难后，发生了惊人的巨变。而十分有趣的是，在这一巨变的过程中，在中国人精神的天空，鲁迅的幽灵一直在徘徊着。从抗日战争、延安文艺座谈会、解放战争，到探索的 50 年代、"红卫兵"运动，乃至 80 年代的"新启蒙"、90 年代的"人文精神"大讨论等，我们几乎一直未能摆脱鲁迅的余荫。康德曾以他的思维方式，规范了近现代的西方文化走向，那巨人的超常的认知触觉，把人类的智慧表达式提到前所未有的高度。在这一点上，我以为鲁迅是东方的康德。他以狂飙式的气魄动摇了东方传统的思维之树，颠覆了古老的生存童话，把人的存在秩序，引上了现代之路。但鲁迅复杂的精神意象所散发出的诸种不确切性的光芒，又常常使他成为中国半个多世纪以来最令人困惑的现象之谜。"文化大革命"、极"左"者的呓语，都曾假托着鲁迅而存在。在官方和民间，在孤独的艺术家与学院的思想者那里，鲁迅被撕扯着、组合着。围绕这个已逝的长者，学者们争论着，流派纷呈，甚至烽烟四起。而在文坛上，每一种思潮的涌现，都无法绕开鲁迅。无论你是赞扬还是否定，实际上，没有谁能够离开鲁迅直面的价值难题。这便是当代中国文人的宿命，我们被困在了这漫长的历史的隧道里。在中国人精神的现代化之旅的进程中，一代又一代的人，都不约而同地与鲁迅相遇了。

鲁迅之后的中国文坛，经历了对鲁迅的肢解、还原、误读、借代几个时期。每个时期鲁迅均被涂抹了不同的色调。但20世纪中国文学变来变去，在深层的形态里，鲁迅的遗响似乎从未中断过。其实这并不是简单的影响力的问题，在我看来，鲁迅之于他后来的文学史，更主要的是一种"精神话题"的延续问题。鲁迅的杰出性在于，他在自己的世界里，创造了现代中国人的"精神话题"。这个话题的核心，便是如何在西方夹击下的"被现代化"过程中，确立中国人的生存意义。这里既有对人的本体价值的形而上的渴望，又有对生存意义的深切怀疑，鲁迅的"精神话题"便纠缠着这一现象之谜。我认为此话题的鲜活的价值不仅仅表现在其内蕴上，更主要是在它的"叙述语态"上。鲁迅创造了一种中国人的智慧表达式，他之后的任何一位作家，都未能像他那样，把一种精神结构渗透到文化的母体里，以至成为一切有强烈的自我意识的当代文人思想中的因子。鲁迅既是一种源头，又是一种实在。他矗立在那儿，仿佛是一个不尽的光源，在那周围你几乎处处可以感受到他的照耀。

　　鲁迅遗产的广阔性与深邃性，至今尚是一个文化之谜。他在对生命的深层体味与拷问中，特别是在对中国人灵魂的审视中，所产生的引力不仅是前无古人的，而且直到今天，还没有谁能够取代他。他在几个方面规范了后来文学的轨迹。一是在思维方式上，他上接德国古典哲学传统与欧洲浪漫诗学传统，旁及俄国、日本诸国个性主义文化，在根本上动摇了传统思维的时空结构。他在科学哲学影响下所形成的认知方式，其特异性与超常性，还未见到有第二个人。在这一方面，他属于世界性的巨人，萨特、加缪、波德莱尔等，在对人类苦难的洞悉上，和鲁迅是处于相近水平的。甚至连日本学者也认为，在东方，鲁迅属于"被近代化"过程中最杰出的思想者，他的深刻性在亚洲诸国，是无与伦比的。二是鲁迅发现了东方人在被西方文化强迫走向近代化过程中的心理障碍问题与本来的东西。他受美国传教士史密斯的影响，对国民劣根性进行了不懈的批判。他以形象的笔触，勾勒出阿Q相这一国民性的典型。在他以前，还没有任何人，对中国人的灵魂进行过如此深邃的、集中的审视。他从司空见惯的、已被国民漠视的社会景观中，抽象出一套沉重的人文话语。这为中国进入现代文明，做了精神内省的准备。三是鲁迅奠定了个性价值与生命价值在新文化中的地位。他彻底地颠覆了专制文化的根基，把人性的声音弥漫到精神的天地间。他的毫不中庸的人生态度，坚韧的批判意识，对敌手一个也不饶恕的胆识，显示了人的精神与尊严。无论是整理古文化遗产，还是摄取域外文明，贯穿其思想的，一直是鲜活的生命价值和人道感、殉道感。鲁迅的这些精神个性，成了他"精神话题"核心的内容，直到今天，依然在影响着人们。

当代中国文学与鲁迅传统的联系是一个无须证明的题目。但与时下那些琐碎的、不痛不痒的宏观大论相比，我更喜欢关注鲁迅"精神话题"在新近文学中的转化与流变。它是怎样被衔接的？新一代的作家如何挣脱"五四"式的无奈？还有那些孤独的挑战者为什么不自觉地陷入鲁迅在《野草》中表现出的绝境？张承志、王朔们读懂了鲁迅吗？等等。这是必须回答的价值难题。我在王蒙、林斤澜、邵燕祥、张承志、史铁生、张炜诸人的世界里，谛听到了对鲁迅的某种呼应，差异是如此巨大！共振又是如此长久！一个伟大的灵魂在经历了被切割、被分享、被他人自我化后，我看到了中国文学的一种原色。

二

似乎不必引证大量的材料，我们从几代人的思想里，都可以找到鲁迅的痕迹。鲁迅精神的鲜活价值，常常表现在思想界中。中国的思想界与文学界从来都有着相似的形态，在这些领域里，鲁迅充当了启蒙的哲学家的角色。虽然他并无真正意义上的哲学体系和思想范畴，但事实上，他给哲学、史学，乃至美学界的启发甚至超越了外来哲学。我曾在一篇文章中写过：20 世纪 80 年代中国的新启蒙运动，有三个思想的来源。一是以康德为核心的德国古典哲学；二是弗洛伊德、荣格的心理学说；三是鲁迅传统。在这里，康德启示了人的主体性学说，弗洛伊德和荣格使人看到了心理结构的轮廓，而鲁迅传统则成为新启蒙的内容。回想起 80 年代哲学、社会学领域刮起的主体论的文化旋风，至今仍使人神往。那时李泽厚诸人的理论，是以康德、荣格化的术语，表述鲁迅"精神话题"的。李泽厚曾直言不讳地谈论鲁迅对自己的影响之深，他说："鲁迅是中国近代影响最大、无与伦比的文学家兼思想家，他培育了无数革命青年。他的作品是当之无愧的中国近代社会的百科全书。"（《略论鲁迅思想的发展》）他影响巨大的《美的历程》《中国古代思想史论》《中国近代思想史论》《中国现代思想史论》，在对中国人精神原型的揭示上，显然受到了鲁迅的教益。

以李泽厚为中介，20 世纪 80 年代的文学理论，生成的便直接是这一主体精神的果实。我们甚至从巴金、孙犁、吴祖光、柯灵等老一代作家复出后的作品中，亦可感受到他们对鲁迅的深切呼应。80 年代文学观念的热点，是围绕着以李泽厚等人为代表的一代学者形成的。这一热点的核心，是对生命价值的能动的阐释，它把人的主体性中的人性结构，深切揭示出来。这个结构是"理性的内化"（智力结构）、

"理性的凝聚"（意志结构）、"理性的积淀"（审美结构）。李泽厚的描述充满了浓厚的学院色彩，但我从他的独语中，似乎感受到了鲁迅"精神话题"的另一种表达式。鲁迅当年对"国民性"的感性梳理和揭示，在80年代，被李泽厚等人以思辨的方式重新复述出来。这是一个有趣的现象。读一读那一时期有分量的随笔和杂感，差不多处处可以感受到这一余绪。80年代的思想界并不是简单地呼唤"五四"传统的问题，那时没有任何一个人可以创造出一种思想体系，也没有谁简单地提出回到"五四"去。思想界与学术界的首要任务，是对旧有文化遗产的重新解释。在这种重新解释文化旧迹的过程中，马克思、孔夫子与鲁迅，成为三个重要的对象。人们试图以另一种方式，还原这些思想者的精神实质。而这种还原，恰恰促成了文艺思想解放的运动。无论是周扬、王蒙，还是后来涌现出的更年轻的作家、学者，都加入了对历史与文化的新的内省的队伍。

1985年左右，王富仁在其博士论文中，明确提出"回到鲁迅那里去"的口号，这在学术界引起了空前的反响。随后引起的近于冷酷的论争，使人感到对鲁迅的态度与当时对社会改革的态度，是那样紧密地联系在一起。王富仁之后，汪晖从更深的精神领域开始思考鲁迅世界不确切的，但却是博大精深的一隅。这一种异常的声音，给文坛特别是理论界带来的震动是巨大的。它从根本上动摇了旧有的解释鲁迅的思维模式，把鲁迅精神的更具现代人文意识的东西昭示出来。从王富仁到汪晖，这种学术意识的转换，正与中国文学思潮的转换是同步的。甚至可以说，这些思想者的情怀，在经过无数个文化中介的转化之后，深深地渗透到当代文学的震动中。在北岛、张承志、张炜、刘恒、史铁生诸人的作品中，在诸如余秋雨、王英琦、周涛等作家的吟咏中，都可以感受到这场学术思想震荡的余波。在学术界与作家之中，那些最孤独的思想者，差不多都带着鲁迅当年的锋芒。虽然其视野里的景观已多有不同，话语方式也发生了不小的变化，但在对人的深层灵魂的体味与对中华文化反省的过程中，鲁迅的"精神话题"在这一代人的世界中被重新激活了。

三

曾经有一位朋友告诉我，中国当代文学并不存在真正意义上的"新时期文学"，这是一个虚幻的概念。我曾经很惊异于这个观点，以为言过其实了。但我们如果从另一种进程来思考当代文学的历史，确实可以发现当代文化在20世纪精神演进中与20世纪初文化的亲缘的联系。在对历史的梳理与思索中，至今还没有谁超越鲁迅、周作人这样的文化人。历史不会简单地重复，但它在相似的母题下延续着。"新时期文学"在"质"的结构中究竟比"五四"文学有着怎样的飞跃，还是一个疑问。从这个角度上说，20世纪70年代以后，没有真正意义上的"新时期文学"，其思路，并不能说是妄断的。

周作人谈"五四"白话文运动，把西洋传教士文化与晚明文人小品，看成重要的精神源头。他甚至把白话文运动，看成明清笔记文学的直接后果。周作人的观点很是深刻，我以为他是看到了中国文学演进中这种逻辑上的链条，20世纪70年代后期的中国文学，与20世纪初的文学，确实存在着这样一种逻辑上的起承转合。

"文化大革命"结束时的新生的文学，无论在话语方式还是精神印迹上，还都留有"五四"文学的影像。只不过审视的内容稍有变化而已。那时文坛最有影响力的刘心武、王蒙、李国文、从维熙等人，其知识结构除了苏联文学传统外，鲁迅和"五四"精神是其思想中核心的东西。被颠倒的鲁迅在这一代作家那里，被重新颠倒过来。以《班主任》为代表的一批文学作品与其说是艺术的，不如说是新启蒙的话筒。刘心武等新涌现出的作家，在借着鲁迅式的话语，述说着对人的尊严和个性的期待。那是一个久违了的声音，在刘心武、北岛、舒婷等人的呼喊声里，人们突然意识到自己竟生活在鲁迅当年所说的"瞒与骗"的大泽中。北岛高呼着"我不相信"，其激愤的情怀，令我想起鲁迅杂文的激情。张贤亮关于中国知识分子心灵的透视，在宗教式的谶语里，留有着魏连殳、子君等鲁迅笔下知识者的苦痛。

那时中国作家所关注的，是对以往三十年生活的梳理，还并未能从更深的文化层面上来思索那一代人的悲剧。刘心武当时注重的是从政治法则中还原人性的自由。北岛完全凭着直觉来体味虚无与荒谬的含义。张贤亮视野里的灵与肉的角斗，更多地来自对马克思主义的重新发现，其意味大多停留在对"左"倾文化的清算上。

20 世纪 70 年代末的文学，还不能从文化的深层结构中向世人展示我们生活的原色，直到"文化热"和"寻根"文学之后，人们才开始从历史的长长的阴影中去寻找中国人生存中更为深层的问题。"寻根"文学来自拉美文化的启示，但当人们真正从乡土文化入手去寻找历史之根的时候，才发现，这类工作鲁迅、沈从文等人在许多年前早已做过了。韩少功在《爸爸爸》中大写古典中国的意象，许多批评家一眼就看到了其作品主人公与阿 Q 的联系。但"寻根"派的作品，带有太多的先入为主的概念，除了在某种程度上弥补早期作家文化底蕴的不足外，在深层文化的意蕴里，显然没有一个人超越《呐喊》的深度。

20世纪80年代的作家，对本土文化的揭示，尚无充分的文化积累和准备。许多作家，不久便在作品中表露出文化上的"贫血"。影响80年代作家的，往往是"文化热"中某一流行的口号和观念，而恰恰缺少植根于本土文化，又深味西方文明的大手笔的人物。这形成了文坛五光十色的景观，思潮迭起，而巨作殊少。在一个文化匮乏多年后的新启蒙的岁月里，人们不久就发现了这一代人在文化哲学中致命的弱点。

　　这一时期，一些更年轻的声音从文坛的一角出现了。我注意到了史铁生、刘恒，他们孤独的咏叹构成了20世纪80年代文学不可忽视的景观。在史铁生与刘恒的身上，常常有着《孤独者》魏连殳式的苦寂，他们忧郁的、与苍天默然交流的那种冷冷的目光，射出的是阵阵逼人的气息。在郁郁寡欢的低语里，我听到了鲁迅那般绝望的声音。刘恒承认，自己的世界里有鲁迅的影子。我读他的《虚证》（这是他最满意的中篇之一），便觉得是鲁迅《孤独者》80年代的翻版。除了绝望还有什么？刘恒陷入了鲁迅式的绝境里。他以更细致的笔触，把人与生俱来的无奈，那么鲜活而阴郁地勾勒出来。而史铁生的世界，常常流动的是对人生大限与彼岸世界超越的渴望。这个孤苦的灵魂对世界的打量充满了绝望中的期盼，我从他隐隐的痛感中，体味到了鲁迅在虚无中摆脱鬼气的那种悲慨之气。当个体的人在一片无物之阵中陷入茫然而又不失其意志的时候，人便不自觉地呈现出鲁迅的那种意象。正如汪晖在其博士论文中强调的那样，反抗绝望便可呈现出个性的意义。这种意象在鲁迅之前的中国，是从未有过的。从新一代作家自觉或不自觉地对鲁迅的某种重复中，我们可看出中国知识者与传统社会那种悲剧式的牵扯吧？

　　鲁迅的"精神话题"在当代文学中的延伸，最显著的一点，是对

"国民性"的思考。"国民性"一词，最早出自清末，梁启超、章太炎当年曾常思考这类问题。但真正的创始者，应当说是西方的传教士。19世纪末，美国传教士明恩溥作《中国人的气质》一书，详尽地探讨了中国人的国民精神，其分析之详、论证之深，对晚清的中国文人影响深远。鲁迅在日本留学时，恰逢《中国人的气质》日文版问世，对其后来精神的形成，起到巨大的作用。他一生所致力的事业，便一直是改造中国人的国民性。阿Q、祥林嫂、孔乙己、魏连殳、七斤、九斤老太等人物，便留有鲁迅关于中国人心理结构的深层拷问。鲁迅一生耗费精力最大的，便是探寻什么是理想的人性、国民劣根性的根源何在之类的问题。他的小说与杂文最动人心魄的地方，便在这里。国民性问题作为一个未完成的课题，在近几年被重新提起，是历史的必然。当人们直面现代化与传统的时候，这类问题便自然地在艺术领域中被再次呈现出来。读一读各式的新乡土小说、民风民俗色彩十分浓郁的地域小说，都有类似的思路。贾平凹、刘恒、陈忠实、陈建功诸人，在自己的世界里，时常流露着对国人灵魂凝视时的无奈。印象较深的，是王蒙的《活动变人形》。那大气磅礴的文化拷问，对中国人心理性格的勾勒，让人感受到鲁迅杂文中的冷峻。王蒙试图写出中国儿女的魂魄来，当他无情地剥脱着人性的外衣时，他是不是也进入了"哀其不幸、怒其不争"的境地？这种困惑何尝不留在贾平凹、刘恒的世界里？这两位年轻的作家，在精神的跋涉中时常参照的，便是鲁迅。贾平凹对鲁迅研究论著的热心和关注，绝不亚于一些学者。在灵魂的深处，他或许更喜爱鲁迅吧！读一读他近年的小说，在古雅的氛围与中原古风的韵致里，是不是也有鲁迅乡土小说式的惨烈？当他陷入中年人的绝望时，我从其灰色的目光中，似乎也感受到一丝鲁迅的忧郁。与贾平凹不同，刘恒视野中的乡土世界是粗犷的，他缺少中原人的古老的神话，但他精神中的那些不确切的、与历史幽灵无法割断的逻辑联系，在我看来，更多是鲁迅赐予的。他写灰色中国的那一幕幕历史，在底色上直承鲁迅《呐喊》与《彷徨》的氛围。无论这是一种模仿还是精神的巧合，我都从这种历史性的承继中，看到了鲁迅的魅力。他教会了人们怎样抉心自食，怎样以冷酷的目光审视人的自我的灵魂。刘恒在自己的众多作品中，便留下了这种印迹。他在《白涡》《伏羲伏羲》《虚证》《苍河白日梦》等小说里描绘着的，便是中国人本来的东西。他试图以新的方式，找到呈现人的精神原态的东西。这种努力是自然而真诚的。《苍河白日梦》雄浑悲怆的咏叹给予我们的，便是这类全民族的无奈。刘恒在对中国人生存境地的勾勒上，比王蒙、贾平凹，都具有更为沉重的东西。

这类文化色调浓郁的审美凝视，自 20 世纪 80 年代以来，从未间断过。张炜、张承志等个性色彩十分浓厚的人，何尝不也有着这类思路？甚至像周大新、阿城、池莉等人，也自觉或不自觉地加入了这合唱。"写出民族的灵魂来"，这几乎成了一代人的信条。而这一信条，恰恰是鲁迅给予后人的。我从 20 世纪末众多文人相似的精神走向中，看到了"未完成的鲁迅"在当代的意义。鲁迅的价值不仅显示在他的同时代里，更重要的是在后来岁月中的不朽的延续。中国要进入现代文明，欲解决人的现代化的问题，首先便是人的灵魂要更新。鲁迅最早看到了这一障碍。没有任何一个人，像他那样深刻、那样猛烈地揭示了中国国民的劣根性。然而这样的声音在古老的中国，显得那样弱小。当代有良知的作家，几乎都意识到了鲁迅精神在当代的价值。当无数个为解决国民性问题而奋斗的诗人、小说家艰难地在文化之旅中攀登的时候，我常常被这一代久未泯灭的良知所打动。鲁迅的魅力是内在于知识分子的性格中的。这正如老庄、孔孟之于后世的读书人，鲁迅也规范了 20 世纪有使命感的知识分子的精神走向。"始于呐喊，终于彷徨"，还有那种"反抗绝望"的声音，在我们这片土地上，从未中断过。不了解鲁迅，便难懂中国；要走出古老的旧世界，鲁迅便是我们的先驱。当代文学的深层文化内蕴里涌动着的，便是这一潜流。

四

在那些孤苦无援的个性主义作家身上，我常常能够发现他们与"五四"先觉者的深切的呼应。那种复杂的心理体验，与鲁迅、周作人当年的心绪有着十分相似的联系。"文化大革命"结束后，"鲁迅"在许多青年那里曾一落千丈。当神化鲁迅的谬语被打破后，鲁迅曾被人们冷落多时。但是当我们的国土在经历了经济的喧嚣、各种"主义"盛行的骚动后，一批反叛流俗的人们，突然重新发现了鲁迅的价值。尽管不可避免地还有误读者的杂音，但在那些"异端者"的声音里，几乎处处可以感受到鲁迅的印迹。

一向蔑视权威的张承志，在鲁迅面前却那样恭恭敬敬。他似乎在鲁迅那里，找到独行的力量。甚至像邵燕祥、何满子、张炜、韩少功等人，在他们的回肠荡气的文字中，都不难读出征服苦难的那种勇气。这些鲁迅曾经历过的心绪，如今还如此深刻地缠绕着人们，甚至连话语方式也带有《呐喊》《彷徨》的格式。张承志坦言自己受到鲁迅思想的洗礼，除了毛泽东、鲁迅的名字外，他视野中的现代中华文明，是缺少血色的。只有毛泽东与鲁迅，才真正颠覆了一个时代。张承志甚至认为，在直面中华文明陈腐落后的一面时，鲁迅是自己的老师。读一读他的作品，可以感受到来自鲁迅与伊斯兰两种传统的色彩。张承志视野里的鲁迅，被他印上了更为异端的情绪，他尽可能地省略了鲁迅世界的秩序化的、文化人类学式的精神话语，而其将非理性的社会意识，引向新的极致。可以说，他从生命的自由意志那里，将鲁迅极端化、神异化。这里有明显的价值误读，但在对个体与群体的态度上，他确实发现了与世俗抗争的精神源泉。当代文学中一切异端者的声音，都是从这一源泉流淌过来的。

　　鲁迅遗产的重要价值之一，是知识分子人格的独立。他抗争奴化与物化，抗争灰暗与绝望。在鲁迅那里，"立人"、蔑视权贵乃核心的价值取向。这一个性在明清为"遗民"情结，到了"五四"，"遗民"情结中的儒学气被扬弃了，鲁迅把一种人本位的个性意志，灌输到生命价值观中。这一个性深深地影响了后代的知识分子，它突出地表现为一种自我对世俗的批判态度，以及与世俗不合作的态度。20世纪80年代以后的独立性很强的文学家、学者，在其内心深处，一直有着这样一种道德律。邵燕祥、李国文、从维熙，以及更年轻的一些作家如格非、莫言、李晓、残雪、池莉、王安忆等人，在他们的作品中，一直保持着对现象界的警惕。邵燕祥、牧惠等人的杂文多么像鲁迅的某些作品的风格！这绝不是简单的模仿，而是相近的生命体验，使他们在凝视生命个体与文化历史的瞬间，不由自主地走上了鲁迅杂文式的道路。而在学界，从德高望重的钱锺书、张中行、季羡林，到中年学者钱理群、吴福辉、赵园、陈平原、王得后等，那种反世俗的声音，给混乱的文坛确实带来了一片净土。读一读张中行的《横议集》、钱理群的《丰富的痛苦》，你难道没觉出一代有良知的知识分子的高洁品格？以《读书》《随笔》《散文与人》为核心的知识分子的园地，保留的便是这种纯正的声音。《读书》的主编与《散文与人》的主编们，公开声明，他们是恪守鲁迅传统的。20 世纪 90 年代以来，中国文人最深沉的声音，差不多就来自这里。当世俗与灰暗把人引向歧路的时候，张承志、邵燕祥、张炜等人的呼号，给人带来的是怎样的清醒！这些鲁迅的传人们，确实把民族的希望之旗，高高地举起来了。

上至巴金、冰心、孙犁，下至王蒙、邵燕祥、张承志，几乎没有谁，不把鲁迅当成自己灵魂的前导。巴金《随想录》里大量的声音，其实正是鲁迅当年《热风》的旋律。张承志作品中探索者的形象，多么像《过客》的主人公。邵燕祥对世风毫不回避的直面，是只有鲁迅杂文中才有过的情怀。自新文化诞生以来，还没有一位作家在如此广泛的领域，从思想、人格、艺术等方面，如此深刻又如此长久地影响着后人。鲁迅传统的不朽的活力，已被他身后的历史所证明了。

五

鲁迅"精神话题"在当代的延续，是我们民族的一个宿命。看看《读书》《收获》杂志近些年最有分量的文章，都可以感受到这一点。但 90 年代的鲁迅"精神话题"并不像 80 年代那样形成了一股主潮和合力。在 90 年代，鲁迅思想在文坛上被各种力量所稀释了。王朔把自己的文学创作纳入流通领域，变成消费文学时，竟然也从鲁迅那儿寻找依据。他的洞明世事的聪明与学识上的不足，竟然在某些题材的处理上，与鲁迅巧合。《我是你爸爸》的内蕴在深层的话语里，弥漫着的是鲁迅当年关于怎样做父亲的主题。王朔消解了鲁迅身上的忧郁与沉重，他把"五四"后在知识者中形成的使命感推到了一旁，以市井中的游戏与调侃，去肢解鲁迅当年面临的苦难，至少在平民化与大众化上，走出了别致的一步。王朔在单纯与浅薄之中，并不掩饰这一代人的无奈。但他的话语结构的最后结果，却使人们从另一角度看出鲁迅的无法绕过的价值。王朔的成功与失败之处，我以为鲁迅模式便是一种印证和参照。王朔抽走了中国人的神圣的精神，当他打碎一切旧的偶像时，连同人的生命的内驱力 —— 精神价值，也一起驱走了。与王朔形成鲜明对照的张承志，则肢解了鲁迅传统的科学理性的一面，从更为原生态的生命意志中，去张扬反抗俗世的精神。尽管张承志不止一次地呼唤着鲁迅的"亡灵"，但在根本点上，他走的是一条反工业文明的宗教情感的道路。张承志似乎不相信科学理性会给人带来福音，往往从远古的遗风与圣洁的教义里，去谛听人性的声音。当他猛烈抨击中华文明的时候，那种寒气滚滚的战栗之音是怎样地震撼着人们，但这种批判的武器，不是鲁迅在科学哲学与德国哲学启示下的人文主义理性，而恰恰是反人文精神的宗教情感。这是一个很奇怪的现象。王朔的精神来源是都市平民情趣，张承志思想的源头之一却是伊斯兰文明。在这里，牛顿力学时代对理性和确切性的渴望被消解了，爱因斯坦时代的雄浑、壮阔的精神之光隐退了。鲁迅当年精神世界中的德国浪漫诗学精神与俄国文化传统，乃至魏晋风骨，也统统以另一种方式被代替了。我从这种文化的现象中，确实看到了一种精神的变异。一方面不得不延续着鲁迅的精神话语，另一方面又在远离鲁迅精神的内核，这种文化的脉息，缺少了一种神圣与平和，缺少了多元意识下的健全理性。应当说，"人文精神"话题的讨论，至少在文化价值承担与现代科学理性思索方面，显示了当下文学应解决的问题。恰恰是"人文精神"的讨论，再一次把鲁迅"精神话题"明确化和深入化了。

迄今为止，人们对王晓明等人发起的"人文精神"失落问题的讨论，仍有相异的看法。我认为不管这一命题有多大的缺陷，倾听一下这一声音是异常重要的。这一声音的背后，有一种困惑中的期待和期待中的困惑。它再一次把人们引向鲁迅的"过客"意识面前。无法想象一个民族在失去了健康的精神企盼后，其文化将是什么样子。当你嘲笑了一切文明，鞭笞了一切存在物之后，你自己留下的是什么？"人文精神"的讨论在立论的基点上，自有它矛盾的、还未自圆其说的地方，但它以"在野"的声音，向商业潮流下的文化发出的警示，自有其不容忽视的意义。我相信这是多元文化开始的一种象征。中国文化向来以一元的格局出现在人们面前，如果仅仅以王朔那样的"躲避崇高"的文化矗立在文坛上，而没有纯知识分子的理想主义呐喊，殊是可怕之事。"人文精神"讨论中所扩散出的忧郁，至少对大众文化的热潮，是一针清醒剂，它的拒绝媚俗、警惕物化的意识，在我看来，有着不小的价值。中国知识分子欲在新的环境中确立自身的渴望，在这里可以清楚地看到。

只有在这种多元格局的文化景观中，我们才可以真正感受到鲁迅的价值所在。当鲁迅"精神话题"沦为"在野"的声音，才可以真正使人领悟到它的魅力。这份遗产的最大价值在于，它对人类僵硬的文化惰性核心，是一个异端，它的意义就是消解惰性的核心，把人从物化的或非人道的文化程序中拯救出来。它告诉你的是你应当拥有自己的东西，而不是非我的存在；它提示你应是人类命运的沉重的承受者，而不是浅薄、轻浮的个人主义分子。这个遗产没有许诺，没有"黄金世界"，它永远纠缠着困顿，纠缠着茫然和孤独，在一种心灵的角斗与内省里，寻求生存的实在。鲁迅模式一旦被定为一尊神像，其价值便被消解了，或者走向它的反面。"文化大革命"这段历史，已说明了这一点。鲁迅模式的本质是边缘化的，是从"在野"的领域向文化惰性中心发出的冷峻的声音。一切曾在社会底层或文化边缘中孤独前行的人，大约会从中体味到此中的要义。当人们一次次寻找，一次次失落的时候，便不得不重复着《野草》中的声音。鲁迅没有为我们寻找到什么，但他的那种状态，那种在没有路的地方踏出新路的悲壮之举，确实是我们灵魂的前导。20世纪中国的变化是翻天覆地的，在这一巨变的岁月里，我们荣幸地诞生了鲁迅这样伟大的寻路人。我们便是这一探索之途上后来的人们。没有既定的目标，也许并不是坏事，人类存在的意义，便在于对人性的寻找。

生在中国，我们常常只能这样；作为一名中国人，我们往往也只有这样。

近三十年的散文

————◎————

一

时光倒回三十年前，我还是一个懵懂的青年。那时眼里的好文章，虽然现在看来不免文艺腔的盘旋，但也曾激动过自己的心，想起来有许多可感念的地方。历史是人的心绪的组合，以文字的方式存活着。这些文字深浅不一，每个时段都仿佛是我们身体的一部分留在我们的记忆里。现在，与这些记忆相逢时，我就感到了不同的灵魂的闪现，好像那个逝去的时代飘然而至了。

汉语言在 20 世纪遭遇了起伏的命运，从文言到白话，从平民语到文人笔墨，从"党八股"到小资产阶级之文，它实际已拥有了多种可能。实用主义一直是汉语身上的重负，以致其审美的功能日趋弱化了。20 世纪六七十年代，汉语的表达是贫瘠的，文字的许多潜力都丧失掉了。所谓新时期文学，恰是在这个贫瘠的时期开始的。"四人帮"垮台后，中国重新开始了梦的书写。那时还是观念向现代的转型期，个体意识的萌动还是后来的事情。到了 80 年代，文化的自觉意识在学界和文坛蔓延，随笔、杂文的风格也渐趋多样化。开始的时候，还是文字的合唱，鲜见独异的声音。一切还是被观念化的东西所包裹，后来就渐渐神采四射，有深切的词语登上舞台。最初引人关注的还只是社会问题层面的话题，个体生命的呻吟是稀少的，几年后自省式的短章才不断涌现。当时的作家们沉浸在思想解放的神往里，全然没有为艺术而艺术的痕迹。终止"文化大革命"时期的思路，寻找失去的年代，不乏狂欢的文字，境界较之先前已有了不同的色彩。

一个八股的时代正在隐去。蠕动的非流行的文字不时出现在各类报刊上。集体话语向个人话语转变，在此后一直是个时断时续的主题。"五四"风尚、明清小品、苏联笔意、意识流、现代主义等在人们的笔端流出。世界突然五光十色了，人们知道冲出囚牢的意义。有趣的是，那时候给人们带来兴奋的不是青年，恰是那些久经风雨的老人。

我们可以举出无数名字来：巴金、冰心、曹禺、钱锺书、胡风……他们身上明显带有旧岁月的痕迹，偶尔能涌出别致的景观。这些人大多经历过个人主义精神的沐浴，后来转向国家叙事，晚年又重归个体情趣。巴金以讲真话的胆量在呼唤鲁迅的传统，冰心在预示着美文的力量，钱锺书的谈吐不乏智者的神姿。那时报刊上的文章起着非同小可的作用，如唐弢、黄裳的写作把旧有的文人气吹到了文坛，他们的文字是典型的报人风骨，留有民国文人的趣味，没有被当代的文风所同化。在他们的书话、随笔里，民国的影子是随处可见的。从历史场景和国故里寻找话题，人生的体验深含在其间。孙犁的文字在晚年越发清峻，以爽目、坚毅、优美的短篇洗刷着历史的泥垢。孙犁的作品，有田野的清风，没有杂质，一切都是从心灵里流出来的。一方面有作家的敏感，另一方面则流动着学者式的厚重。他在许多地方模仿鲁迅的思路，又自成一家，给世人的影响不可小视。贾平凹、铁凝等人都从他那里获得了启示。我们从刘绍棠、从维熙等人的作品里甚至也能呼吸到类似的新风。杨绛的笔锋是锐利清峻的，她对知识分子的入木三分的透视，乃学识与智慧的交织。那里有西洋文学的开阔与晚清文人的宁静，有时带着寒冷的感觉，有时是彻悟后的闲情，将文字变成智者的攀缘。较之那些哭天喊地的文学，她不为外界所动的神态，消解了世俗的紧张。"五四"时期是青年的天下，新时期却是老人尽显风姿的日子。历史像开了一个玩笑，文化的历程如果只是老人在昭显一切，那是社会的教育与生态出了问题吧？我们在回望一个民族的再造的时候，不该忘记老人群落的书写，不是"新青年"在引领艺术的风骚，而是"旧人物"展示了丰沛的土壤，在这个土壤里，中断了的"五四"遗产重新闪现着。

应当说，学问家的写作在这个时期是风骚俱现。季羡林、金克木、费孝通、冯至都以自己的短章让世人看到了文字的魅力。他们在自己的领域耕耘之余，放松心境地倾诉内心的情感，留下的是别具一格的心得。述人、谈己、阅世，渗透着生命的哲思。不都是哀怨，有时坚毅的目光照着世界，使我们在这样的文字面前感到世上还有如此宽阔的情怀，不禁欣慰。王蒙曾呼吁作家学者化，其实就暗含着对汉语书写的灵智力的召唤。从"胡风事件"后，文人的书写越发失去个体风采，学识与想象力都残缺不已。一些学贯中西的老人散出了他们的光热，长久的精神空白，由于他们的存在而不再是一个问题了。

二

在老人的书写群落里，张中行与木心有着特别的意义。他们曾被久久地湮没着，无人问津。可是这些边缘人的出现，给散文界的震动非同小可。20 世纪 80 年代，张中行的作品问世，一时旋风滚动。到了 2006 年，木心的作品从海外介绍过来，使得读者久久打量。

张中行的思想是罗素与庄子等人的嫁接，文章沿袭周作人的风格，渐成新体。他的文字有诗人的伤感也有史家的无奈，哲人的情思也是深埋其间的。在他的文字里，古诗文的意象，与现代人文的语境撞击着，给人沉潜的印象。他在体例上受到周作人的暗示，也自觉沿着周氏的路径前行。可是有时你能读到周作人所没有的哲思，比如爱因斯坦式的诘问、罗素式的自省。这些元素的加入，把当代散文的书写丰富化了。他的审美意识与人生哲学，有着诸多矛盾的地方。意象是取自庄子、唐诗，思想则是怀疑主义与自由意识的。在他的文本里，平民的情感与古典哲学的高贵气质，没有界限。他的独语是对无限的惶惑及对有限的自觉，文化的道学化在他那里是绝迹的。正因如此，他把周氏兄弟以来的好的传统，延续了下来。

自从木心的作品被介绍到国内，读者与批评界的反映似乎是两个状态，前者热烈，后者平静。偶有谈论的文章，还引起一些争论。谈论的过程，是对流行思维的挑战的过程。作品的被认可，在过去多是借助了文学之外的力量，或是现实的心理需求。有时乃文学上的复古，明清的所谓"回到汉唐"，20 世纪 80 年代的"回到五四"，都是。木心绕过了这一些。既没有宏大的叙事，又没有主义的标榜，不拍学者的马屁，自然也不附和民众的口味。在晦明之间，进行着另一个选择。东西方的语汇在一个调色板里被一体化了。他把痛感消散在对美的雕塑里，忘我的劳作把黑暗驱走了。这是一个独异的人，一个走在天地之间的狂士。类似鲁迅当年所说的过客，只不过这个过客，要通达和乐观得多，且把那么多美丽的圣物呈现给世人。有多少人欣赏自己并不重要，拓展出另类的世界才是创造者的使命。

文学本应有另外一个生态，木心告诉了我们这种可能。白话文的时间太短，母语与域外语言的碰撞还有诸多空间。他的耕耘一直与文坛没有关系，与批评家的兴奋点也没有关系。木心说的不是时代的话，却是我们这个时代没人能说而需要说的话。文学史家对他的缄默是一个错位，不在文学史里却续写着文学史，便是他的价值。看看网络的反应，足可证矣。

汉语在流淌的精神激流里，才能闯过认知的盲点，穿越意识的极限。一些杰出的画家如吴冠中、范曾、陈丹青同木心一样，是清醒地意识到了这一点的。这些画家偶然的写作，打破了文坛的格局，使我们瞭望到新奇的存在。散文界的杰作常常出自非文学界的人，科学家、社会学家和画家的介入，引入的是新的景观。杨振宁、李政道都写有一手好的文章，奇异的思维改写了人的记忆。也许正是从这个意义上说，汉语的可能，远未被召唤出来呢。

三

对一个多样的书写群落进行词语的概括是困难的。我曾在一篇文章里说，当代文学存在着两个不可忽略的传统，即鲁迅与周作人的传统。现在这个看法依然没有改变。其实这来自周作人当年的思路，我不过转用罢了。20世纪30年代，周作人认为文章存在着"载道"和"言志"两个流派。这和明代小品的重新发现大有关系。钱锺书曾对此表示异议，那是学术之争，难说谁对谁错。在我看来，"载道"与"言志"后来经由鲁迅和周作人的穿越，形成了现实性与书斋化的两种审美路径。至少在80年代，散文还在鲁迅、周作人的两个传统里盘旋，其他风格的作品还没有形成气候。鲁迅的峻急、冷酷及大爱，对许多作家影响巨大。优秀的作家几乎都受到过他的思想的辐射。邵燕祥、何满子、朱正、钱理群、赵园、王得后、林贤治都有鲁迅的风骨。这些人普遍有着受难的意识，文字饱含直面苦难的紧张和审视自我的痛感。邵燕祥的短文犀利，毫无温暾平和的虚伪。常常让人随之心动，正切合了"无所顾忌、任意而谈"的传统，这也恰恰是鲁迅当年所欣赏的。何满子谈历史与现状，袒露着胸怀，何曾有伪态的东西？朱正严明、牧惠深切、赵园肃杀，是真的人的声音。他们对世人的影响是毋庸置疑的。这些作家的自我表达，多了批判的笔触，与其说是指向荒诞的存在，不如说也有对自己的无情冷观。他们在直面社会难题时，也把自我的无奈和尴尬表现出来。只是他们中的人对西学了解有限，没能出现大的格局和气象，这是与鲁迅有别的地方。

周作人的传统在历史上被诟病，可是实际是存在这样的余脉的。其实沈从文当年就是受到周氏的影响，后来的俞平伯、江绍原走的也是这个路子。20世纪80年代后，周作人的作品重印，他的审美认同者们也被推出水面。舒芜、张中行、锺叔河、邓云乡都有学识的风采与笔致的神韵。他们把金刚怒目的一面引到自然平静之中，明代文人的灵动与闲适杂于其间。个人主义在中国一直没有健康的空间，文人的表达也是隐曲与委婉的。以"说出"为目的，而非以言"他人之志"为旨趣的表达，在更年轻的一代如止庵、刘绪源等人那里得到了响应。

鲁迅与周作人的传统也并非对立，把两种风格融在一起也成为一种可能。一些人既喜欢鲁迅的严峻，也欣赏周作人的冲淡。在他们眼里，两个传统是并行不悖的。唐弢的文字其实就介于明暗之间；黄裳在精神深处流动着激越与闲适的意象；孙犁的小品文在两种韵味里游动，虽然他不喜欢周氏，可是这两种笔意是难以摆脱掉的。钱理群其实是赞成两个传统互用的。他对周氏兄弟的研究在无意中也影响了知识界对新文学传统的看法。刘恒、叶兆言都欣赏周氏兄弟的文采，在他们的随笔中，偶尔也有那些历史余光的闪烁吧。

其实在周氏兄弟之外，散文的样式还有很多。像汪曾祺的文字，就杂取种种，有着缕缕古风，是自成一格的。他说自己的散文是搂草打兔子——捎带脚。可是意境悦目，是有逆俗的笔意的。汪氏虽参加过样板戏的创作，却没有宏大叙事的笔法，性灵的一面楚楚动人。他深谙明清笔记，喜欢古人书画，字里有柔美的东西，《梦溪笔谈》《聊斋志异》的痕迹偶有显露。他还从废名、沈从文那里受到熏染，温润而含蓄，给人暖色的慰藉。汪氏举重若轻，洒脱中带有清淡之风，颇有士大夫的意味。与他同样引人注目的是端木蕻良、林斤澜等。端木晚年的散文炉火纯青，却不被世人看重，可是我觉得其分量不在汪氏之下。至于林斤澜，其文恍兮惚兮，有神秘的流风，吹着精神的盲点，让我们阅之如舞之蹈之，很有醉意。他们都生在民国，受过旧式文人的训练，文字不时流出古雅的气息。

在这个层面上说，新时期的文学是回到"五四"的一次穿越，也是对的。世人也由此理解了为什么是老人承担了这一重任。那些久历沧海的人不都是暮气沉沉的过客，也有聊发少年狂的洒脱。启功的幽默，聂绀弩的狂放，贾植芳的率真，柯灵的无畏，都衔接着一个逝去年代的激情。不同的是他们带着半个多世纪的烟雨，有了更为沉重的负担。读这些人的作品，常能感到道德文章的魅力，以及他们身上的旧文人的抱负。他们与"五四"那代人比还显得有些拘谨，而心却是相通的。历史的磨难把一代人的锐气钝化得太久，他们的重新起飞，付出了今天的青年想象不到的代价。

四

因为痛恨说教的文学，一些新面孔的书刊在三十年间纷纷问世。《散文与人》《随笔》《美文》等杂志，引来了散文的流变。林非等人主编的散文年选使这一文体日益通往纯粹化之路。而民间刊物《开卷》《芳草地》《文笔》等不断推出异样的作品。这些刊物是从颠覆僵化的文体开始引人注意的，回到自身而不是别人那里，给文坛带来诸多新姿。有眼光的杂志，从不局限于狭窄的作者群落，《散文与人》就注重译介外国的随笔，《天涯》与《读书》的问题意识是不限于几个单一的话题的。西方世界的难题也进入了写作者的视界。许多青年正是在这些译文里得到了启发，20世纪70年代以后出生的作家更多是吸取了外国人的笔意。不过考察这三十年间的作家，引人注意的大多是经历过磨难的人，高尔泰的酣畅淋漓，张承志的清洁之气，北岛的浑厚磊落，史铁生的寂寞幽远，周国平的绵远深切，在吸引着我们读者。这一群人在心绪上都有独特的一面，中国的历史在他们内心的投影实在是长久的。你能感受到他们的痛感在肌肤间的流动，不安与奔走的快感在词语间传递着。也因为阅历的深切，他们没有沿袭僵化的制义笔法，没有将思想捆绑在别人精神的躯体上。在挣脱"八股文化"的束缚后，许多人一下子就把自由的心放逐到天地之间了。

从20世纪80年代开始，散文的疏朗感日趋明显。从小说里走来，从哲学里走来，从诗歌里走来，各种视角下的文体都开始登场。张承志模糊了小说与散文的界限，心绪之阔大直逼圣界。他的沉郁冲荡的笔触背负着苦难里的圣火。史铁生的独语从诗情进入天人之际的哲学之境，其寂寞的心承载着有限与无限的辩驳。余秋雨的苦旅，把学术随笔与游记结合起来，跳出了小品文的套路，在荒漠的地方流出温润的历史之光。在高尔泰的心语里，画家与史学家、哲学家的色彩都能看到，我在他的咏叹里感到了心境的苍凉。而我在读徐晓的回忆文字时，感受到了她空旷的心灵里无边的大爱，那一刻在心里对其过往的苦难感到了震撼。同样的，林贤治的回肠荡气撕毁了世人的伪饰，他内心的刚烈在词语里形成了一个气场，把人引向遥远的高度。上述诸人擅写长文，有回旋往复之力。即便是在民国间，这类的文字也是少见的。

在这些作家身上，明显带有旧岁月里的风尘，也能看到他们苦苦地挣脱旧影的痕迹。他们已无法像鲁迅那样对当下话题喷吐，于是转向对历史与自然的言说。这种转向造成了对当下生活判断的失语，风月之谈与历史回望遂成了潮流。从文化史的角度打量生命的秘密，在一个时期成为一部分人热衷的实践。余秋雨的出现使许多人随其登上一座座时间的峰峦。地域性的大随笔层出不穷，有的思想断章是出新的。祝勇写湘西，王安忆谈上海，车前子的江南，马丽华的西藏，贾平凹的陕西，各臻其妙，谣俗的风情后是对心理原型的冷观。读山川大河、田野村落、老店古庙，古人都有奇语。相思之状与惆怅之调，我们都没有忘记。但近三十年来民俗学与史学新理念的出现，诱发作家从理性的层面进入历史，以免使感性的直观被幻影所囿。贾平凹的文本就提供了社会学的图景，原始思维对乡民的暗示，常能在他的作品里找到。刘亮程的乡下笔记，是过去文人从未有过的摸索，文体上的拓新是爽目的。土地与历史的关系，乃常恒的主题，文学家提供的意象，是理论家们的一个参照。在寓言与梦想里的写作，不可避免的是唯美的增加与锐气的引退。从隐喻出发，以隐语结束，也造成了文本的暧昧。而一些人的士大夫气造成了书写的分裂，悠然之间，思想的力度被各类幻影吞噬着。

有时，偶与这些文字相遇时，我就想，其实作家们沉浸在各自世界的时候，都自觉地舍弃精神的另一面，向着柔软的感知领域挺进。深浅不一，力有大小，而呼吸的空间似乎渐渐扩大。他们无法直面的时候，便内敛着，将自己的心贴在时光的隧道里。那些文字就是这隧道里的火光，一点点燃烧着，释放着暖意的光芒。在很长一段时期里，一方面是认知的退化，一方面是审美的挺进，这就是我们时代的书写。

五

记得汪曾祺在谈到散文时，讲到了文体的意义。文体是个缠绕作家们的难题，人们普遍认识它还是在 20 世纪 80 年代。被世人喜欢的散文家多有特有的文体，鲁迅、周作人、张爱玲、张中行、汪曾祺、孙犁无不如此。当代有文体特征的作家不多，能在文字中给人思维的快乐的人，大多是懂得精神突围的思想者。李健吾、杨绛、唐弢、王蒙、谷林、赵园、李长声在写作里贡献给人的都是新意。文章之道里吹动着缕缕清风。文学的变化，在一定意义上是文体的演进，不能说都是进化之声，可是独特的独语是无疑的。

那些有过翻译经验的人，在写作上是有表达的自觉的。李健吾的作品不多，可是词语里是隽永的质感。法国文学的绵软多少感染了他。杨绛的随笔不动声色，西方人的精致与东方人的顿悟在她那里形成奇俏的笔意，大的哀凉与大的欣喜都被沉淀到无有之中。李长声的短文有着日本小品的寓意，在什么地方也承袭了周作人的调子，散淡闲情里跳出的是趣味。异国语境里的中国思维，碰撞出的是绵密优雅的品格。散文在他手里成了生命中的漫步，不经意里是无边的苦思。至于周国平的深沉歌咏，也可能是受到尼采的启发。他译介尼采时的激情，后来在自己的随笔中也有。如果不是西方艺术关于心灵的拷问的存在，他的作品可能不会有灵与肉的紧张。那些文字的流动感似乎也是受益于外国艺术的。这使我想起20世纪80年代人们对双语问题的讨论，在单一背景下，文字的表达是有限度的。人们对鲁迅的译介意识，对其文本的辐射力的认识，也是自那时开始的。可是当时能在此领域给人惊喜的作家，还为数不多。

散文随笔、读书札记，是古已有之的文体，可借鉴的内容是多样的。大凡有古典文学修养的作家，在文笔上自然有厚重的地方。古典文学修养对我们的作家的影响，在今天也越发被人所注意。文体家的妙处是常常能从旧的遗存里找到呼应语。赵园的文字就有"五四"气与明人小品味儿，她的清纯与悲悯交织着一个远远的苦梦，唱的是知识群落的夜曲。金克木的读书札记，有印度古风与旧文人的厚实，在他的漫步里，伟岸的思想之风徐徐拂来，畅快而自由。舒芜的杂感有平仄的韵律，他知道白话文也脱不出古文的影子，所以在谈天说地时从来不忘与历史对话。何满子、王春瑜、黄苗子、朱正也不乏明清狂士之风，在他们与现实对话时，并无单薄之感，也常常凭借古典文学修养的优势、浑厚的笔力将一座座旧的堡垒击垮。

文体是精神的存在形式，不妨说也是一个人气质的外化。不同的读书记忆汇聚在一起，就有了一种属于自己的亮点。20世纪40年代后，"新华体"横扫一切，后来是"毛泽东体""样板戏体"等流行于世。这些语体都有点儿阳刚之气，有着排山倒海之势。可是在这三十年间发生了实质的转变，宏大叙事之外的细小的东西多了，不都是对史诗的神往。当一个人开始用自己的生命感受切实地表达自身时，那文字也许是有奇力的。所以，我们的作家一点点摸索，回到自己的世界，尽收天下甘露，成一家之言，诚为幸事。那些让我们久久激动与悦目的篇章，使我们想起走出旧影的快慰。不再是前人的奴隶，在荒芜的地方走出自己的路，是创作者应有的使命。表达自我的渴求也是读者的渴求。感谢我们的耕耘者，为世人留下了如此丰盛的精神之宴。

六

青年组成了这些年散文写作的庞大队伍。20世纪90年代后期，一些更年轻的作家显示了他们的写作才华。各类青年文丛就推出了一批才华横溢的作家：王开岭、摩罗、李卫等。另一些有特色的青年人也不断推出自己的著作，祝勇、周晓枫、安妮宝贝等都开始走进读者的视野。这是无所顾忌的一代，他们中许多人在默默地写作，形成了青春的气韵，各自有不同的方向。他们给人最深的印象是没有散文腔，天马行空地游走着。自由地阅读与自由地书写，在这一代开始成为可能了。

思考的快乐也未尝没有给他们大的忧患。在回眸过去的一瞬，他们无法绕过历史的一页。所以那看人的目光就有了隔代的沉静，有时甚至无端地消解历史的黑影。不过他们的承担也照样有前人的大气，未被琐碎的羁绊所围。有时他们未尝没有愤怒的激流，"愤青"的称谓其实是一种舆论的责怪和默许。如果没有他们的身影，我们的文坛将是何等单调。

在各类风格的作品行世后，青年人已有了自己的生态网络。他们不再惊奇什么，也不必去为语境焦虑，于是回到内心，真实地坦露，有趣地往返，游戏的一面也出现了。有人惊奇于安妮宝贝的独异，在这位作家的文字前，旧有的理论解释似乎失效了，那些合乎青年读者口味的著作，昭示了汉语的私人功能的各种潜能。而这一切都是在网络上实现的。网络写作日趋活跃，各种博客的文体跳进文苑。它们表现了迅速性、个体性、无伪性等特点。许多媒体在其间发现了一些新人，连边远地区的青年也加入了网络写作的大军。

那些匿名的写手在网络上创造了许多阅读奇观。他们不在意自己的荣辱，可是文字却如轻风般吹来。大胆的猜测与无边的神往，使文字拥有了另一种味道。他们创造了新词语，有些表达方式只有一些特定群体才能知晓其间的含义。也许那些文字还幼稚简单，可是它们是从内心无伪地流出来的，新的语词已丰富了我们当下的语言，对自我经验的演绎，大胆地吐露心声，其实是新的价值理念的萌动。层出不穷的网络语体，能否影响未来也未可知。

文学史家和批评家对这些青年的出现，不知如何解释。可是网络语言的确在颠覆那些格式化与标准化的书写。文章越来越不像文章的时候，也许会出现真的文章。只是我们还需要等待，在批评家未曾关注的地方，往往有文学的生长点，那也是不错的。

七

散文的世界广矣深矣，岂可以一种语体概括？人各有异，思路是不会齐一的。就我的阅读经验而言，闲适的笔触不易为之，狂狷者的笔锋更难，因为可以刺痛我们的躯体，使人不陷在自欺的麻木里苟活。在这些年所阅读的作品中，有几个人令我久久难忘。这些都是思想者类型的作家，他们的书籍是我们这个时代闪亮的灯火，给我们诸多反观自己的参照。那些灼亮的思想曾被世俗的声音掩埋着，至今也未能朗照于一切。可是他们对知识阶层的影响力，是其他人所不及的。

王小波以小说闻世，可他的随笔惊世骇俗，智慧与幽默表现得淋漓尽致。他的文字没有做作的痕迹，是心灵的自然喷吐，上下左右，天南地北，大有鲲鹏扶摇之态。伪道学被颠覆了，自大心态被撼动了，媚态语言被洗刷了。他从不正襟危坐，从消解自己开始，再去消解荒唐的世间，犹如戏剧里的滑稽小丑，以嬉皮笑脸的方式亵渎神灵。王小波的语言常常是文不雅驯的，似乎是坏孩子的句式，可是在嬉笑怒骂里，却有大的悲悯，那神来之笔让我们体味到非正宗语体的伟大。神圣的教条在他的目光里受到了前所未有的嘲笑，猥琐的阴郁也被奇妙之语一个个奚落着。他是我们这个时代最有力量的清道夫之一，其锋芒起到了思想界许多人无法起到的作用。我阅读他的文章时，常常发笑。我知道那是在笑别人，其实也在笑我们自己。这是只有在读拉伯雷这类作家的作品时才有的情状。而现在，中国也终于出现了类似的人物。只会哭天喊地、简单地愤怒的作家，在他的面前就显得无趣和乏味了。

李零是另一位值得反复阅读的人物。他的文字和王小波有诸多相似的地方。在考古学和历史学方面，他有许多创见，功底是深厚的。可是他没有学院派的呆板气与模式化，心性散淡，幽默滑稽，而思绪漫漫。他的随笔都是自由的谈吐，是从中国人那里找到原型的东西。比如他讲孔子与孙子，就有胡适与鲁迅那样的眼光，士大夫的那一套是没有的。文字也是清淡平和，却颇有力度，有时直逼核心。《花间一壶酒》《放虎归山》等书，多是奇笔与妙笔。放浪形骸之外，有个体的无边的情怀。他是少有的得到"五四"真意的人。我在读他的文字时，就想起钱玄同的诙谐短章，在古今的穿梭里，依自不依他，独往于江湖，真真是有狂人之风的。我们在读这样的人的作品时，才知道知识的力量。现在有此类风骨的人，几乎不多了。

比李零稍小的汪晖，早期的散文很幽玄、灵动。写人与写物，有一双敏锐的眼睛。他的思想和诗意的感受是连为一体的，整个文字有哲思的气象，情感像一道激流穿梭在夜的世界里，很有质感和意蕴。后来因为专注于理论思维，这样的随笔写得不多了。李敬泽也是个很有穿透力的思想者。他的文学批评爽朗大气，有很好的感受力，而散文也洋洋洒洒，往返于感性与理性之间，世间的冷热、人情的深浅都在缓缓流动，滋润着读者的心。与他相似的还有南帆、郜元宝、张新颖，在自己的世界里把学识与诗情拢于一身，绝没有呆板之气。当情感渗入思考的时候，我们读出的不是简单的抒情，而是生命温润的状态。在浊流涌动的年代，不是每个文人都能激发出超俗的美质的。

我常常感动于这些思考者的文本。在普遍缺乏自省的时代，几个清醒的文人给世界留下的不仅仅是几段句式，而是睁了眼的梦想。有了这些文字，我们的生活便不再那么粗糙了吧？一百年间，中国人的书写一直被一种苦梦所纠缠，在国家、自我之间挣扎与搏击着。动荡与平静下的知识群落，经历了大起大落的过程，视界自然就变换不已。旧的记忆被不断改写，思想也被不断激活，美的闪光也源源不断地流动着。我们这个古老的民族的再生的活力，是从没有丧失过的。三十年间收获的，也许还不止这些。在面对渐渐远去的历史图景时，我们的目光怎么能凝滞？

如果上述的描述也算一种盘点的话，那么三十年间杰出的散文给我留下的至少是以下几点印象：

（1）文学从没离开对现实的关注，受到读者青睐的大多是远离

"瞒"与"骗"的人，直面的文学还是最鲜活的文学。

（2）个体意识的萌动，才是真正有意义地撼动着伪道学的艺术。"五四"新文学的传统，虽还没有被广泛接受，可是它对人的影响是毋庸置疑的。

（3）智慧的召唤与趣味的滋养，是散文生长的土壤。我们现在的作家，能在此有独异贡献的人还不多见。"载道"的传统大于"言志"的传统是我们的悲哀，未来的写作照例面临着这样的困境。

（4）年轻的一代已浮出水面，新锐们已显示出比前辈更热情和自我的意识。"人的文学"在他们那里开始成为可能。而对历史的惰性的跨越，如果没有对前人智慧的借鉴，也许失之简单。丰富自己依然是一条苦路。

我知道这样的归纳只是含混的一瞥，不过一孔之见。其实许多作品还没有进入我的视野，那是目力不及的缘故。我相信三十年后，人们在审视汉语的书写时，或许有另外的视角与兴奋点。历史不会简单地重复，对未来除了祈福，不敢有别的猜想。

布道者李何林

后代人看自己的前辈，如果背景相差很远，对有一些人的行踪是难以理解的。以书本的教条去要求前人，是现在的学者常常犯的错误。有时看历史人物的评价，差异是那么巨大，所以当我也想品评别人的时候，就有忐忑不安的一面，不知道怎样下笔。过去也有过妄谈历史的毛病，自知有些滑稽。但毛病依旧，那也是没办法的了。比如最近在想一个问题，一个人信仰什么，这时精神上便易呈现出单纯的色调。钟情于"安那其主义"（无政府主义）的巴金，沉浸在佛学里的丰子恺，其文本都不那么复杂。学术研究好像也是如此，有驳杂的学者，也有单纯的专家。单纯也许不深刻，没有丰富与深切感，但那清晰的思路与思想的张力，往往给人以深深的印象。这样的看法对吗？于是便想拿历史人物做个案分析，想来想去，便想起了李何林先生。这也是本文写作的缘起。

一

李何林先生是鲁迅研究的奠基者，接触新文学的研究者差不多都知道他。许多年来，他的几本关于中国现代文学的著作，一直被人们所提及。我曾读过一遍《李何林选集》，其特点是鲜明的，那就是终身在鲁迅的背影里，以阐释鲁迅为己任。在年轻的时候，他被新文化的各种思潮吸引住了。应当说，他是从各种思潮的交锋里注意到鲁迅的。第一次接触他的那本《近二十年中国文艺思潮论》时，很佩服其史家的眼光。材料是丰富的，有的内容现在的青年人已不了解了。通过这一本书，我相信能捕捉到文化变迁的脉络。此后他对现代文学史和鲁迅文本进行了孜孜不倦的研究，而且其基本观点已渗入文化领域。文学研究这一行，夹杂了诸种色彩的人，有的为学术而学术，有的因信念和寄托而深思。李何林属于后者。从那个时代过来的人，多少有一点儿旧文人的积习，比如台静农、阿英等。在泼墨之余，有吟哦诗词的雅好。李何林身上没有这些，几乎未受旧学的熏染。看他梳理文学思潮史时，面对废名、刘半农、梁实秋等人，无一点儿钦羡的语调，他对士大夫遗风是厌恶的。他也不在唯美的形式上自娱自乐，对浪漫主义者的文字只是冷冷一瞥，只是岸上的看客，并无共鸣的兴奋。李先生是个单纯的君子，所谓中和雅者正是。在与文学相逢的那一刻，思考的是非唯美的问题，旧式士大夫的孤影与洋人的自我陶醉，距其都很远了。把握了这一点，大概也就能看清他与文学史互动的内因。李先生的特殊性或许在这里。

与他同代的几个学者如王瑶、唐弢比，他在治学的方法与文字趣味上是大不相同的。王瑶由古典文学研究的训练而入新文学研究之门，身后有学院派的影子。唐弢是名作家，靠着良好的天赋和史料学基础，建立了自己的学术园地。李何林是革命者出身，因政治受挫而转向学术，立人与立学系于一种社会情怀。他在南昌起义失败与家乡暴动失败后，流亡北平，思想深处是些对社会变革的渴望。青年李何林面前的难题是社会改造而非书斋里的沉思，这个背景几乎影响了他一生。当把目光转向文学时，他自然将兴奋点落到写实主义与批判精神的作家身上。出于这一背景和环境，其后来的道路自然是走向学院而又反学院派的。在《我的文学研究与教学生涯》一文的开头，他就这样写道：

> 我是没有创作过的人，平生一首诗、一篇小说、一幕戏剧也没写过。我一生不吸烟不喝酒，也没有"烟士匹尼纯"（inspiration，灵感），早睡早起，生活有规律。所以有的朋友说我："你简直不像个搞文学的！"……从1926年参加北伐军起，五六十年来我主要从事教书匠的工作。教书，自然要不断地学习和研究；而鲁迅说过类似这样的话：创作需要热情，而研究则需要冷静。如果二者兼顾，则忽冷忽热是矛盾的。但鲁迅、郭沫若、茅盾等是既能创作，也有许多研究成果的，又怎么说呢？还是因为我缺乏形象思维和表现的能力等等罢？

自称不是文学创作的材料，可偏偏喜欢文学研究，这在他那里形成了一种倾向：不是从感受与性灵的角度打量文本，个人式的话语被抑制住了，而是关注思想层面的存在，即从社会的关系中看待文学。而他所关注的思想，又与中国文化的走向有关，有鲜明的价值态度。文与人，系在道德激情的层面。王瑶、唐弢也有类似的特点，只不过没有其鲜明罢了。较之于形形色色的学者，李何林是个布道者的形象。他的固执与坚守，使鲁迅研究成了一门显学。而这一切又是在与种种思潮的搏斗中完成的。有人说在他身边形成了一个派别。不管正确与否，事实是，鲁迅思想的普及，他倾力甚多。当他出现的时候，无论哪一学派的人，面对着那双眼睛，都会生出一种敬重。而没有见过他的人如今已难以从其文字里感受到那种威严了。

二

1929 年，在"未名社"避难的李何林编了两本颇有影响的书：《中国文艺论战》和《鲁迅论》，这些是与苏联的文化思潮的影响有关。他那时大概觉得，中国差不多正在发生苏联式的革命。1938 年至 1939 年，他又编著了《近二十年中国文艺思潮论》。这三本书透露出他的基本思路，即在纷纭复杂的世界里，摸索新文学的方向。

李何林是熟悉鲁迅文本的，但那时却很少写研究文章，不过透过其编辑思路，能够感受到他那时的学术情怀。他读了那么多的书，但却在鲁迅那里停了下来。他的人生目标就此确立了。鲁迅文本记录了一个时代和一个民族的档案，对于如何面对人间和自我都有着有趣的探讨。奇怪的是，那时他疏远了对政党理论的研究，反而从非党派的作家鲁迅那里看到了自己更为需要的东西。李何林眼里的鲁迅是略带现代圣人的英姿的，或者说是民间斗士的代表。鲁迅何以成为鲁迅，其精神特征的内在结构如何，都被省略了。李何林接受的是一个已经完成了的鲁迅。作为知识界的良知，鲁迅提供的话题，比以往任何一位作家都要丰富，李何林要捍卫的也许正是其中的这种丰富。但那时鲁迅文本尚未被学界普遍关注，同代人对身边的存在是缺乏眼光的。鲁迅死后所受到的嘲骂，比许多作家都要多。1936年《世界日报》借鲁迅之死大做文章，发表了挖苦鲁迅的报道。李氏以悲愤的心写下了《为〈悼鲁迅先生〉的愤言》，向诬蔑逝者的文人还以冷眼。李何林不能容忍的是人们对文本的断章取义。在咀嚼小说、杂文时，他不像一般学者那样停留在文字的细节与片段上，而是关注文脉所指的核心即精神的终点。

当叶公超说鲁迅是一个"个人主义"与"虚无主义"者的时候，李何林却坚持说在那"个人主义"与"虚无主义"的表面背后，是别样的存在，现实关怀更为浓烈。没有了现实感的文本，会堕入幻灭之中。而鲁迅文本给人的却是不安于黑暗的存在感，这才是他的内在魅力。叶公超1936年谈鲁迅的那篇文章，不失为一家之言，对一些问题的看法是有自己的独到之处的。问题的复杂之处在于，叶氏依靠的只是一种远离现实的观感，他对许多文章了解甚少，缺少全面的打量。与李何林这样谙熟作品与背景的人比，叶氏自然有捉襟见肘处。当他说鲁迅小说"丑角的色彩"和"杂耍"的成分多时，是站在学院派的立场上，言谈有脱离具体语境的地方。但李何林却以为，叶公超恰恰忽略了"丑角""杂耍"后面的作者态度。那个悲悯之情和忧患深广的文字后，有浩大的情怀，是从民间流出的歌咏。"含泪的笑"不是所有的人能理解的。李何林在《叶公超教授对鲁迅的谩骂》一文里，表明了自己的这个立场。他的学术基调，也是从这里开始的。

20世纪30年代以来，解读鲁迅者在观念上有很大的反差。鲁迅涉及的问题也恰恰是他身后一代知识群落关注的问题。李何林自己就感到，人们欣赏鲁迅时，多是以自己的爱好出发，并无鲁迅式的胸怀，其目光很快就从作品中滑落下来，未能深深地钻进骨髓。在教书中他感受到了这一点，所以希望人们能在更深的层面里把握问题。不过他自己也在那里流入困顿。我注意到他使用的概念，也有力不从心处。即与别人论战，观点是立得住的，而叙述语态却未能让人信服，一些语句对鲁迅文本而言仍然是隔靴搔痒的。比如鲁迅在困顿时与四面黑暗的搏斗就有难以理清的驳杂和诘问。李何林却以简单的概念描述之，未必能使论敌服气。40年代末他在台湾教书时，写过一篇《读〈鲁迅书简〉》，内在的感觉是丰富的，文中透出心心相印的一面。略让人感到不足的是，呼应的地方占了主调，未能跳出来，反躬自问；或从对比的视角打量问题，无法构成一种学术意识。作为一名老师，做到此点已经相当不易。后人读这篇旧作，参照研究对象，不妨也问：为什么不能从问题的入口走得更远些呢？那个时候的李何林，面对鲁迅时不是表现为一个学者的态度，相反，他反感的恰恰是一些学者的矫揉之态，认为正是他们将鲁迅玷污了。

作为一种资源，鲁迅给人的启示远远超过学问家，这里确切地讲是一种人生的暗示。中国人的苦乐系于其间，新的路是应由此伸展的。李何林在那时感到了鲁迅无所不在的辐射力。中国社会的重要棘手问题，在鲁迅文集中都涉及了。文学家鲁迅何以做到类似百科全书式的伟岸，以至于使李何林成了这一存在的宣讲者与布道者。在梳理这一问题时，有一个现象是值得关注的。在瞿秋白活跃的那个时期，鲁迅作为一种问题现象，被追问的是他是什么、他的精神是如何被开展的。这个问题瞿秋白有自己的答案。其实本可以有无数种解释与精神的对流。这些我们在日本学者后来的论著里看到了，而且五花八门。吸引李何林那代人的是中国的道路如何走的问题，即文化建设与新型国家建立的民族大计。李何林自愿在鲁迅的旗帜下思考着什么，却不愿独立地放逐自己于荒原上，他重新开始精神之旅。那一代人的可贵和悲剧大概都系于此处，不像现在的青年人会这样说：只有一个鲁迅便够了吗？为什么不自立门户呢？

三

在陆续接触了李何林的文章后，我忽生出这样一个感想，那就是为什么他这一代人在面对文学史时，没有产生类似日本竹内好的问题意识。同样是在 20 世纪 40 年代，中国的学者在阐释身边的现象时，好像过多地裹在价值判断上，没有谁能从复杂的关联中直抵问题的核心。竹内好在 40 年代就十分敏锐地发现了鲁迅的混沌，他在描述自己的感受时，能用复杂化的语言直指复杂化的文本。比如在《政治与文学》这一篇文章里，竹内好如是说：

> 很多人并没有在鲁迅的绝望之处绝望。人们因此而成为庸众。蠢人的希望是可笑的。他笑了，他嘲笑了同时代的许多人。他嘲笑了胡适，嘲笑了徐志摩，嘲笑了章士钊，嘲笑了林语堂，嘲笑了成仿吾。然而，与其说是嘲笑了他们，倒不如说是他借此嘲笑了自己。可以嘲笑希望，但嘲笑希望的笑，也是在嘲笑绝望。他并没有安顿在绝望里，而是对绝望感到绝望。倘若只是走入绝望便止步不前，那么他就只是个虚无思想家了。

我在读这一段话时，发现了言说的另一种可能，可惜它被外国人使用了。李何林那一代人在心灵感受上未必没有意识到类似的问题。

那些无序的过程对他而言属于另外一种话题。他要回答和论证的，则是与之相反的东西，即在黑暗的语言世界里，找到明晰的光泽，将被吞没的鲁迅高扬出来。20世纪三四十年代左翼文学青年批评家的思路，大多是有类似的特征的。胡风、聂绀弩等人的文章在本质上也有同样的风格。鲁迅的表达特征吸引了人们，可他的追随者却没有谁能用复杂的参照进入其中，自己的言说逻辑与研究对象的逻辑出现了黑白式的反差。

而在另外一些文人那里表现了另一种倾向。唐弢、聂绀弩等少数人，在杂文写作上默契地依傍着鲁迅的风格，有的地方甚至受暗示很深，以至于推广了鲁迅传统。不过在进入理论层面的思考时，他们和学界的思路很像。我感觉他们在解释社会时，还停留在表面上，鲁迅深层次的问题并未碰到。在用理论式的用语陈述看法时，鲁迅文本的纷纭意象也被简化了。李何林在他的研究中，越来越认可这样的简化，他和自己的同代人似乎都相信，在多重意绪和难辨的混沌里，明确的指向、清晰的图式对读者而言更为重要。中国有一位学者在那时是可能具有反简化倾向的，那就是顾随。他在大学讲授鲁迅，比李何林还要早些。遗憾的是，他未能坚持下来，后来将兴趣转移了。顾随本可以沿着诗化哲学的路径走进《呐喊》《野草》这样的作品，在其个别阐释文字里已有了这样的端倪。

问题是旧式学者的情调多了起来，萌生的冲动被渐渐压下去了。李何林从一开始就拒绝旧式学堂的雅兴。他是那时很少几位摆脱古文纠葛而坚守白话世界的人。"未名社"的几个作家、学者后来渐渐书斋化了。台静农沉到古代，李霁野喜欢上了周作人式的学术生活。李何林却以斗士的姿态走着自己的路，所以他后来对鲁迅的宣传与普及，始终有一个特点，那就是拒绝把鲁迅引入书斋，引入"学术"。

他坚持认为唯有在社会关怀与解决人生问题的过程中，才能切入研究的母题。当他全力进入鲁迅世界的时候，面临的是一些非鲁迅化的重重迷雾。从20世纪30年代到80年代，在长达半个世纪的岁月里，他与来自"左"和"右"的几方面势力进行着周旋。有意思的是，鲁迅生前并无清除敌手的用意，只不过嘲笑一番罢了。他死后却面临着一个问题，即受到无端的指责。其实鲁迅的存在本不需保卫，他的作品在那里，轰是轰不倒的。李何林却意识到问题的严重性。他一方面是和反鲁迅派的阵营对峙，做的是批判性的工作；另一方面是与左翼队伍，特别是文化权力部门的机会主义思想进行交锋。李何林自始至终是把自己卷入现代思潮的论辩里的，参与的结果就是放弃了问题意识打量的可能，使学问变成人生搏斗的一部分。在长达半个世纪的风雨里，他从未以局外人的角度梳理文学史，始终自觉地位移到文化教育思潮的激流里，并且将自己视为其中的一员。他挑战夏衍，批评茅盾，仿佛站在鲁迅的身边一样。在《李何林选集》呈现的论文中可以看到，其中涉及的所有话题，几乎和时代的语境有关。在50年代有人提出鲁迅前期思想中资产阶级因素较多的时候，李何林就详尽地探讨着这样一个问题，那就是在其进化论的意识里，也包含着唯物主义的萌芽。

学界有一段时期批判胡风、冯雪峰时，流行着鲁迅"受蒙蔽""失察""无知人之明"的说法，李何林则以史学家的身份站出来表态，对周扬、茅盾并不客气，还原着历史的原貌。在"神化鲁迅"的话语四起的时候，他却一反潮流，阐释鲁迅超越时代与历史的根由，将其基本态度陈述出来。借着鲁迅，应对现实挑战，构成了李何林半个多世纪的基本价值法则和研究态度。也因为如此，鲁迅学的象牙塔化，在他那里一直未能建立起来。与曹聚仁、林辰这些学究化和文人化的研究者不同，李氏更多地继承了鲁迅战士的形象。

四

我有时读着他的遗著，想着今天社会思潮的变化，会有一番复杂的感叹。如今，年轻一代的现代文学研究者，不太引用李何林那代人的成果了。我注意到一些博士论文在碰到棘手的难题时，都绕过王瑶、唐弢、李何林，寻找其他资源。这引发了我悲凉的感触，倒不是为前人感到不平，其实还是两代人间的隔膜，确切地说是时代与时代的隔膜。李何林之于现代文学以及鲁迅遗产，与年轻人不同的是将其看作自己生命的过程。他解释鲁迅，是顺着文本的思路接着讲下去的；而年轻一代有时则是逆着文本的思路讲下去的。顺着讲，是思想的引申，没有离开作品的语序；逆着讲呢，就要打碎言说的空间，整个逻辑都要变了。

《李何林选集》呈现的世界都不是艰深的宏文，他一生甘愿做的都是普及工作。所有的论文都不突出自己的理论，李何林几乎都在鲁迅的影子里。不突出自己，就不得不做大量的注释，力求寻找经典世界的原色。他是不是会这样想呢，在直面人生的时候，鲁迅的观点已十分精到了，何必再自费口舌呢。而自己的要务就是将隐曲的东西，深入地解释出来，让更多的学生了解其中的始末。文学思考本来是独立的劳作，而在具有布道意识的人那里，放弃自我的主观暗示，忠实于经典的笺注，也许比夸夸其谈以及任意发挥更为重要。

李何林的所有文章，针对的对象都是学生，他既不是在确立批评家的身份，也非学问家的姿态或表演。他写作不是建立自己的体系，重要的是做一个引路者，就像迷津里的指示牌，当人们在茫然中沿着它走进新的天地时，那么引路者自己的任务也就完结了。《鲁迅〈野草〉注解》《中学语文鲁迅作品答疑》《〈狂人日记〉讲解》《鲁迅〈柔石作《二月》小引〉试解》《〈祝福〉中的鲁四老爷是个什么人物？》《鲁迅作品题解一组》等，一看即知是导读式的文字。李先生安于写这样的文字。文章通篇细致、严谨，没有半点马虎、温暾的地方。材料的运用与观点的陈述，对青年学子而言都是有启发的。至今读了亦有不少解惑的地方。

理解鲁迅，仅仅从玄学与先验理念出发是要命的，关键是对其文本的细读。在感受大量细节的基础上，才有可能开发理论性的东西。在先验性流行的年代，坚持文本解释的立场，不是人人可以做到的。我在与这些文字相逢时，内心每每生出一种感动。精解文本，特别像鲁迅的文本，其挑战性超过了先秦诸子，李何林对此不是没有困顿。一方面是他对基本看法的自信，许多年来一直坚持的，就是这风格；另一方面，他也常常表现出一种小心谨慎的态度，知道不能武断地引文。

关于研究《野草》的那本小书，是他很重要的著作。不过它不是学理性与学术性的，而是一种串讲，完全是讲义性的，是浅显易读的小册子。选择《野草》作为课题，并一句句讲解下来，对研究者而言是场艰苦的跋涉。那样一本诗化的作品，过于讲实，易流于平淡；太偏于哲学，又晦涩难懂。坦率说，就知识结构与个人趣味而言，李何林并不适合做这类的工作。但书的影响在那时却是很大的。

20世纪70年代初，人们还不太敢谈"绝望""死灭"那样的话题。讲下去要么趋时，要么自娱。但这一本研究著作没有这些。书中看到了鲁迅的复杂性和文字中的难以理喻性，困难的地方也显示出来了，也有牵强的表述，印有"文化大革命"时代的痕迹。在深层领域，却有其独立的判断，和流行观点是迥异的。在歧义增多、隐喻迭出的地方，尽力将问题简化，以浅显的语调表示出来，是必须做的选择。作为一名教师，如果不能这样，那么也是一种欠缺吧。

我阅读李何林的研究文字，每每有如被电击般的感受。不是他在见识上的深度吸引了我，而是文字后面的神圣的态度让我感动。显然他不是以圣徒的姿态进入宣讲的行列的，鲁迅也没有被其神秘化。吸引人的是那种叙述语态，完全没有陈腐气与"西崽"气。炫耀的东西、故作高深的东西，以及雅人化的东西几乎消失了。他纯净得像冰山上的雪莲，几乎没染杂质。那么恭敬、神圣地书写着自己的言语，将人间的精神纯化到蒸馏水般的地步。他既不把自身的体验强加到客体上，又未带有实用主义痕迹。在讲述文学史与作家论的时候，我们在背后也看到了一幅他的动人的影像。

五

在世人眼里，李何林是辉煌的。他生命最后十年对鲁迅研究的贡献令人惊叹。1976 年北京成立了鲁迅研究室。他离开了工作二十四年之久的南开大学，担任研究室的主任；不久做了鲁迅博物馆馆长。一时间国内重要的学者都集中到研究室：王瑶、唐弢、林志浩、陈鸣树、王得后、陈漱渝、李允经……李何林当然成了核心人物，且影响了当时的研究路向。不过那时是困难重重的。"文化大革命"尚未结束，"四人帮"倒台后，学术界的棘手问题多未能一时解决。鲁迅研究在那时是处于一种尴尬的境地的。"文化大革命"语境在延伸着，人们并未从阴影中走出来。后来陆续出山的周扬、夏衍等人对历史的理解和鲁迅研究室的冲突一直存在着，纯粹的研究还不能顺利进行，人们连一些史实都尚不清楚。

在这种情况下，李何林意识到了学术基础的重要，具体地做了以下几项工作。其一是组织人编写《鲁迅年谱》，动员了许多人加入研究行列；其二是出版《鲁迅研究资料》，将大量的历史陈迹打捞出来；其三是编辑《鲁迅研究动态》。这个刊物现在改名为《鲁迅研究月刊》，成了研究鲁迅的重要阵地。这是鲁迅研究史上具有基础性意义的工作，在今天已是一个清楚的事实：如果没有基本史料的整理，深入的学术思考是不可能的。关于史料的钩沉，有几个人物是重要的：杨霁云、孙用、林辰、李霁野、曹靖华等，他们都成了研究室的顾问。

中国学者对史料有一种较好的传统，明于真伪，细于审辨。李何林发挥了众人之长，一些新的成果也在不久问世于学林，影响不浅。他那时有几篇文章深深地吸引了我。一是与夏衍论战的，毫无让步，是保卫了鲁迅及身边的学生的；二是与周扬的冲突，在高官面前亦无退缩的懦弱；三是反驳茅盾的文字，不唯上，不唯书，将伪饰扯了下来。胡风尚未平反时，他对这位鲁迅学生的同情及呵护，完全不顾自身的得失。鲁迅研究在20世纪70年代末产生纠葛的往往不是学术问题，而是是非问题。王瑶、唐弢的思考是避免后者，偏于前者的。李何林自觉地倾向于后者。作为一个从南昌起义及抗日战争过来的人，对自身周围曾有的历史，不可能进入象牙塔的静观里。鲁迅研究之于他是个思想意义的存在，而非学术意义上的遗产，或者说是不能将其一下子列入博物馆中的。即使在他成为博物馆的馆长后，对工作的要求也非博物学范畴的，恰恰相反，是社会学层面上的。不是把研究内敛到古堡里，如西洋人对莎士比亚的阐释，而是不断出击，将视野放置在社会思潮的涌动中。

在20世纪七八十年代的文坛上，李何林以论战著称于世。在诸多讨论会与演讲里，非立论式的驳论，在他那里虎虎有生气。在与周扬的通信里直言不讳地阐释自己的观点，倒是让人觉得，是一个得到了神谕的人，四处与非信仰者搏击着。许多年过去，读着先生的一些文章，也许觉得并不精彩，有的甚至未必精当。我的看法是，他的行为与工作中产生的激情与信念，比其文字更为重要。学术之于李何林，乃人生是非的闪动，人们可能游离于时代外，精神活动却生长在社会的泥土里。所以行动的意义超过了书斋里的默想，学术也可以以布道的方式而存在。耶稣、孔子之后的一些门徒，做的就是类似的事情。

解释经典的过程，其实也是自我建构的过程。任何一个文本的解读，其结果都有相左的地方。我在李何林的文字里也读到了许多并不懂的东西，有时甚至在价值观上有冲突的内容。是不愿意布道或选择了象牙塔的缘故，还是生活环境发生了变化呢？如果是后者的话，那么他与前一代研究者是不是同样处于一种偏执的藩篱中呢？我有时还不敬地想：他为什么要强烈地处于是非的冲突里，而不是在思想的层面冥思？那一代人何以在布道上有如此大的冲动？难道就没有另一种选择吗？譬如他晚年对曹聚仁的抨击，在我看来就有一点儿简单化，其实是忽略了鲁迅传统中的另一侧面，那就是作为斗士的鲁迅无意中也产生了学术上的超时代性和精神上的超功利性的无限可能。鲁迅的意义在于除了现实层面的冲击力外，还有构成精神哲学的伟力。无论是从社会变革的角度还是从人本主义的形态上看，他的存在一直纠缠着现代人类的困顿和走向。一旦从这个走向延伸下去，我们就会发现，旧有的一些解释是远远不够的。仅仅从单一的角度理解这个存在，就将问题狭窄化了。

后来，只是到了他的学生王富仁、王得后那一代，学理的分量增加了，人们不再单单从政治的角度出发去解释历史。我们终于有了可以和竹内好、丸山升一样深切地研究文本的学者。待到汪晖和王乾坤那些人出现后，鲁迅研究的单一性才开始结束。李何林就是这样一点点离开了人们的视野。在这样思考之后，其实我也有着一种疑惑，也许自己的偏好并不都对，一个时代有一个时代的问题。假若没有李何林那一代人在是非面前的生命抉择，也许就无法出现后来的思辨理性的研究方式来对其局限进行补充。是非之争与静思之学，或许正是思想运动的两因子。谁能说纯粹的精神静观里，没有真伪、对错之别呢？只是我们过去缺少丰富的对应，对鲁迅的复杂意识尚未深究。李何林之后的人们，要做的事之一，就是深究的工作。其实，这样的工作已经开始了。

王瑶之影

————○————

　　20 世纪后半叶的学者中，王瑶是个很有意思的人物。他早年师从朱自清先生，后在清华大学中文系、北京大学中文系从事教学工作。30年代末到 80 年代末，正是中国文化发生巨变的时期，他成了这个时期文化变迁的重要参与者。他的身上，留有很鲜明的"五四"传统和鲁迅传统。从主编《清华周刊》、参加"一二·九"运动，到加入中国民主同盟；从古典文学、现代文学的研究，到参政议政，几十年间，坎坎坷坷，曲曲折折，他既有偏激时代的稚气，又带有文化人的良知。在他七十五年的人生旅程里，凝聚了文化史中沉重的一页。

　　王瑶，字昭深，1914 年 5 月 7 日生于山西平遥。他早期受"五四"精神影响，在清华大学读书时曾因参加游行示威而被捕。大约在 1936年，他秘密加入中国共产党，做了大量的文化宣传工作。这一经历，深深地影响了他后来的治学。他在自传中写道：

　　　　在我开始进入专业学习的 30 年代初期，我受到了当时左翼文化运动和鲁迅著作的很大影响。由于自己缺创作才能和生活积累，当时又正在学校读书，于是便把文学研究工作当作自己的专业方向，而且努力从鲁迅的有关著作中汲取营养。我的大学毕业论文题目为《魏晋文论的发展》，研究院的毕业论文题目为《魏晋文学思想与文人生活》，就都是在鲁迅的《魏晋风度及文章与药及酒之关系》一文的引导和启发下进行研究的，还曾写了《文人与药》《文人与酒》等专题论文。由于十分钦佩鲁迅关于魏晋文学的许多精辟的见解，我决定从汉魏六朝一段来开始自己对中国文学史的研究工作，这个想法得到了朱自清先生的赞许。中华人民共和国成立前我在清华大学担任的课程也是"中国文学史专题研究（汉魏六朝）""陶渊明研究""中国文学批评"一类课程。自己虽然对"五四"以来的新文学一向有很大兴趣，而且也常常注意关心文学创作的发展情况，但由于当时的大学中文系不设置这类课程，所以只是业余涉猎性质。中华人民共和国成立以后，在教学改革中，"现代文学史"成为中文系的一门主要课程，当时教师又十分缺乏，遂适应教学需要，改教"中国现代文学史"等课程，并着手编写《中国新文学史稿》一书。我的研究范围虽然有所变化，但在现代文学研究方面，我仍然是以鲁迅的有关文章和言论作为自己的工作指针的。

他对自己的描述大致是准确的。鲁迅对他的影响，可以说终身未断。从治学的第一天起，他一直有这种精神的自觉。清华大学的学术圈子，有王国维、梁启超式的治学传统，也有闻一多、朱自清式的传统。王瑶自然倾向于后者，所以没有为学术而学术的情调。他那一代人，正处于革命关头，后来走出书斋，以鲁迅的精神来自塑己身，是很有殉道感的。我以为在王瑶身上，明显地表现出了民主文化人向左翼文化的过渡。读书不忘救国，甚至读书乃为救国，这就把学术与人生、与现实的存在联系起来。读王瑶关于古代文学的论文，是看不到王国维、陈寅恪式的情感的。他对知识本身的兴趣，远远不及对人生价值的兴趣。看他对魏晋文人的心态的把握，似乎投入了许多现实的感受。而《中国新文学史稿》中鲜明的阶级倾向性，表明他在很大程度上，已成了左翼文化的斗士。革命、民族解放、社会斗争等，对他的意义已超越了一切。我觉得王瑶是"五四"那代知识分子向中华人民共和国新一代知识分子过渡的人物。国学精神的淡化，左翼思潮的崛起，在他身上表现得十分突出。读王瑶，可以品出那一代人的精神史，他身上弥散出的人文气息，折射出了那一时代学者的困顿与希望。

20世纪50年代初期的王瑶，和许多知识分子一样，裹在一种新生的快慰里。看他在新文学史的讲义中表现的情感，可以感受到他当时的政治态度。《中国新文学史稿》这部今天看来较为"左"倾的专著，在当时并未被全面认可。1951年的"三反""五反"运动中，对知识分子思想的改造，触动了他的世界，他竟成为学校重点批评的对象。对此，他不得不进行自我检讨。他后来接受批评，在吸收批评意见的基础上，修订了学术著作，思想进一步和舆论统一起来。1954年，他成为《文艺报》的编委，积极参与了对胡适文艺思想的清算。1955年，发生"胡风事件"，王瑶也加入了对胡风的批判队伍。50年代的中国，很少有真正意义上的学术讨论，王瑶自然不能免俗。虽然他竭力以学者的良知做了大量有益的工作，但在根本的层面上，要建立一种科学的学术风范，是很难的。

1958年，王瑶被北大学生作为"白专道路"的典型而受到批判。1959年，王瑶被撤去全国政协委员和《文艺报》编委职务。1966年，王瑶被批判为"反党反社会主义反毛泽东思想"的知识分子。此后，他被关入牛棚。在长达十年的"文化大革命"中，他完全失去了学术研究的自由，成为一名罪人。

中年以后的王瑶备尝人间苦涩，其思想发生了很大变化。他意识到了人间的荒诞。他先前的一些信条也发生了变化。读"文化大革命"后他写下的文字，可以感受到其精神的沉郁和大气。他对文学与现实的关系，看得更切实了。我在他身上，依稀地可以感受到一种鲁迅式的情怀。记得有一次听他的报告，谈及现实主义传统问题，他显得十分从容，那种对世俗社会入木三分的审视，在许多学者那里，是很少有的。他妙语连珠，显得很幽默，也很苍凉，只有在血与火中经受住洗礼的人，才会具有这样的气质。他的这一气质，也深深地影响了自己的学生。自1978年起，他先后招收了10名文学硕士，5名文学博士。他的许多学生，都染上了先生式的沧桑感。中国现代文学研究中的悲慨沉郁之气和深切的历史感，是从王瑶那里最早出现的。在经历了"左"倾激进主义的冲击之后，王瑶和他的弟子们，才真正找到了与历史对话的途径。

王瑶去世前，在友人的催促下，曾把四十年来从事现代文学研究时写成的短论式文章，编成一册，取名《润华集》。在此书稿的后记中，他写道：

> 由于自己多年来从事的是中国现代文学的教学和研究工作，因此各文的内容也大都与这一学科有关。说是"短文"，仅是就篇幅的长短而言；它既不是抒情散文，也不是社会杂文，总之，它不属于文艺创作的性质。这些文章只是作者就某一角度对某一问题所发表的一点看法或意见，似属于理论一类，但又缺乏那种繁征博引、峨冠博带的架势，有点随意发挥性质，但因之也可能

引起同道者的思考。敝帚自珍，亟愿在学术长途的跋涉中留下一点脚迹。

先生撒手西去的两年后，我们总算看到了这本经过辗转流徙才得以问世的遗著。读《润华集》，常常想起先生讲课时的音容笑貌，想起他出席学术会议时幽默的语态。我有时想，看学者的书，特别是那些经典的著作，好比是一座山，需费一番心血才可登上顶点；而他们余暇时偶作的随笔，则如乡间野趣的小路，你走在这里，不必为达到终点而费神，随意之中，却可见到有趣的东西。《润华集》比之先生过去写下的多部学术著作，温和的、性情的东西要多些。我觉得，要了解王瑶的世界，这本书大概是最直截了当和亲切的，它把我们和先生的距离，拉得更近了。

王瑶是当代学者中一个不可小视的精神存在。他的名字不仅和中古文学史、现代文学史研究连在一起，而且，也深深地融化在20世纪80年代文化的震荡之中。他因自己的导师和弟子而声名益著，而弟子们也以他为中介，把"五四"的文化传统连接到当代的思潮中。我在翻看钱理群、吴福辉、赵园、陈平原等人的颇有影响的著作时，时常感受到这位老人的身影在晃动着。在当代学术圈子里，有谁像王瑶与其弟子那样，构成了一个特有的精神链条？我以为这是"北大"传统的特有的地方，也是"五四"文化传统在几代人间奇妙的延续方式。仅此一点，王瑶在当代文学史，就可算得一位值得书写的人。

先生是一生都没有迂腐之气的人。他写文章或授课，给人几个明显的印象：一是学问的扎实，从不说无根据的论点；二是现实感很强，总是把使命意识自觉或不自觉地带到文中；三是不墨守成规，很有生命的质感，在科学求是的前提下，坚持独立思考，敢发前人未发的新论。他一生所选择的两个研究对象，也深深地影响了他：一为中古文学史，这使他多少染上了魏晋风骨；二是现代文学史，在这一领域，他又多执着于对鲁迅的研究，终其一生，身上含着鲁迅式的忧患和冷静。研究者与研究对象之间，有时大概有一种互化的作用。王瑶对魏晋文人与"五四"个性主义作家的偏爱，对他一生的影响显而易见。他的学术理论隐含了一种较深的历史主义道德激情。我们今天去读他的《中古文学史论》《鲁迅作品论集》，不得不佩服他的史家智慧与现实的内省意识。他后来带研究生，就一直注意对研究者的史识与史德，以及个性主义的培养。因而，在他的身上，最为明显地存在着两个传统：清儒式的精心致志、一丝不苟，以及"五四"式的人文精神。这两个方面，都是很重要的。缺了第一点，会走向虚无主义和清谈之路；舍去后者，就不免带上旧文人的老气。王瑶把二者结合得很好，他有分量的文章，都与此有关。我想，在闻一多、朱自清以后，王瑶的存在是一个重要的文化通道，他把"五四"新型学者的心灵内核，移到了当代学术领域。这价值，就比许多传统式的学者要大得多。

王瑶的学术选择，自始至终对他的知识结构和人生态度，是一个挑战。这里没有丝毫的闲适和自娱，研究客体对他与其说是一个史学的问题，不如说是人生的问题。他研究魏晋文学，深深受到鲁迅那篇《魏晋风度及文章与药及酒之关系》的影响，在思维方式的现代化转化方面，为中古文学研究推出新的模式。而现代文学史，他更是显示出少有的驾驭历史时空的气魄。现代文学史作为一门新兴的人文学科，在传统学者眼中是不被看重的。因为客体离治学的人太近，其分寸感就难以把握。但王瑶却在纷繁复杂的文学现象和历史过程中，较清晰地梳理出新文学发展的轮廓，且至今仍深深地影响着学术界。这功绩实在难得。中国传统治学之中，史学与文学鉴赏，最为发达。文学理论倒显得薄弱。王瑶的成功，大概也得力于这种传统。他的治学，显然带有旧文人的某些特点：明于史实，精于感悟。虽在理论上不免带有时代的痕迹，但立论往往不是建立在先验的理性演绎上，而恰恰得之于对史的分析，以及文化的比较研究。钱理群认为，王瑶把"历史过程"与"历史联系"的观念、方法引入文学史研究，这是思维方式的变化。此语十分准确。王瑶继承了鲁迅的现代观念，其认知逻辑带有鲜明的现实主义的实践理性特点，他使那些沉醉于苏联文艺思想的形而上的研究偏见，相形见绌。这与20世纪50年代以来许多从事单一的文艺理论研究的人比，留下的"实货"就多。所以，北大的高远东先生说："近百年来，中国人文科学研究中，史学家影响较大，成就最高。"这不能说没有道理。从王国维、冯友兰、刘大杰到王瑶、游国恩等人，史家之光遍泽华林，其硕果之丰真让研究思辨理性的人钦羡不已。

王瑶的魅力，正是表现在史家的敏锐和严谨上。他治中古文学史时，是在占有第一手材料的基础上建立自己的思维宇宙的。对魏晋文人的把握和思考，他带有严密的逻辑性和基于历史认识的创见性。这种历史主义的精神，不是单纯地表现在书卷气中，相反，它深深地带有明古以察今、知历史而洞生活的现实人生态度。葛晓音认为，王先生"凭着他擅长收罗和分析史料的功力以及善于搭大架子的宏伟气魄，从研究社会经济、政治关系、学术思潮、文人生活与文学的关系入手，探索各时期文学的发展规律，为中古文学的研究开辟了通向现代化的一条新路"。他后来从事现代文学研究，特别是鲁迅研究后，这种严谨的治学方式也被带了进来。鲁迅研究的论著，六十年来汗牛充栋，但先生却以独立的史家气魄，用历史和现实的根据，形成了研究鲁迅的独有风格，诸如对《野草》《故事新编》精确、独到的创见，对鲁迅与传统文化关系的把握等，至今仍启示着后人。王瑶以视野的开阔和治学的严谨而著称于世，这就消解了空洞的思维在认识论上的悖论。先生四十年来关于鲁迅等人的研究文章之所以大多不会过时，正是缘于这种史家良知吧？我在读《论〈野草〉》《〈故事新编〉散论》《论鲁迅作品与中国古典文学的历史联系》诸文时，深深地佩服他的历史主义的视野。

谈鲁迅的文学成就，古典文学的影响是重要的一环。在众多鲁迅研究者中，王瑶在此方面是最具有研究潜力的人。他对鲁迅作品古文化背景的诠释，证明了他这种非凡的能力。由于鲁迅自身的复杂性，清晰地梳理他的思路是困难的。他有些作品，完全是东西文化相撞击的产物，且已看不到明显的传统痕迹。但王瑶却从文体的特点中，从鲁迅的价值态度中，看到并发掘出了隐在背后的东西。例如对《故事新编》中"油滑"问题的认识，历来众说纷纭，分歧多年未消。王瑶却以翔实的考证和严密的史学推理，把"油滑"写法与民间的"二丑艺术"联系起来，并以明代的谢肇淛，清代的李渔、梁廷枏、王国维等人的观点为据，从历代戏曲作品幽默的插科打诨之中，找到了鲁迅作品"油滑"手法的艺术源头。在他众多的研究文章中，这种在细读文本与严格的考据、推理中得出结论的方式，比比皆是。不是从先验的理性出发去解释鲁迅，而是从文本出发，从文化发展史中去把握研究对象，这是中国传统治学方式中颇有魅力的地方。清代的章学诚在谈治学之道时认为，真正的学者，在于其有所见，有所通。"四冲八达，无不可至，谓之通也。"《文史通义·内篇二·博约下》云："是以学必求其心得，业必贵于专精，类必要于扩充，道必抵于全量，性情喻于忧喜愤乐，理势达于穷变通久，博而不杂，约而不漏，庶几学术醇固，而于守先待后之道，如或将见之矣。"王瑶的治学之中，很有清儒的风骨。中国现代文学史的研究，近半个世纪受西方理论的影响颇深，而能进入文化深层和母体者，甚为寥落。王瑶却与之相反，虽然他也受到某些教条理论的影响，但在骨子里，他是重视治学中考订、辞章、义理的意义的。通于古，才可明于今，鲁迅如斯，研究鲁迅，倘不精于此道，那是难以进入鲁迅之门的。王瑶在这一点上，可以说是开辟了鲁迅研究扎实的路径的。因此，20世纪80年代中期，当思辨哲学盛行的时候，在诸种文化思潮涌来的过程中，他依然留守在自己的精神园地上，坚持史学家固有的立场。80年代是中国文学理论界活跃的时期，也是成果显著的年头。王瑶晚年对西方现代人文主义理论的涉猎是有限的。抽象的思辨哲学，和他有很大的距离。他并不反对宏观研究，对那些有创见的青年学者，是鼓励的。在《润华集》里，可以隐隐地感受到他对当时流行的思辨理性的那种复杂的态度。他的心灵深处，本能地体现出一种对先验理念的拒绝，传统的治学"范式"深深地限制了他。但他对新的理论的评判不是从理性逻辑上着眼的，而是从其论述事实的结论中，考察其是否符合历史的真实。也恰恰是从某些理论对中国文化不合实际的套用中，他发现了学术研究领域某些"似是而非""似非而是"的东西。因此，这位老人多次呼吁学术界"还是严谨一些好"，并强调"研究问题要有历史感"。先生在认识事物的角度上，显然与青年人存在着一种"代沟"，但在他深情的告诫里，也确确实实闪现着他特有的智慧。而这些话，有的确实被他不幸言中了。

王瑶以自己的执着，赢得了几代后学的尊敬。他把老"北大"和"清华"学者的治学传统，很好地继承了并传递给了人们。但我以为王瑶生命旅程中最迷人的地方，还不仅仅表现于此。在我看来，他的那些颇有生命力的个性主义精神，那种"五四"学者式的内省意识，使他自觉或不自觉地成了当代学术领域最有人格魅力的学者之一。先生在晚年，写了许多关于"五四"文化的文章。在他逝世前的几个月，还多次演讲并撰文，反思"五四"传统的历史价值。记得在鲁迅博物馆召开的纪念"五四"70周年的学术交流会上，他一直强调鲁迅那句"青年必胜于老年"的观点，强调"我是我自己的"理论，并且认为，当代学者应更多地去关注人的现代化问题。在这里，他早年主编《清华周刊》时的那种批判意识，被重新召唤出来。在他生命的最后一年里，那种鲁迅式的反讽、机智，显得愈发浓烈。在多次的学术会议上，他对现代文学史的本体性的思考，似乎过多地让位于对知识分子精神史的审视。他讲鲁迅、谈巴金，其热情简直像一名青年诗人。《润华集》部分地体现了他在晚年那种孤独而炽烈的情感方式。他的弟子们，不止一次地被他那特有的情感所震撼，乃至于即使在学术研究方法上与他略有差异，但在他的近于父爱而又家长式的独白里，体味到一种哲人式的冲击力。他的这种文化嗅觉和情感逻辑方式，我们时常可以在钱理群、赵园、吴福辉等人那里找到某种回应，虽然这种回应已不再是精神上的简单重复。赵园曾说："先生最吸引自己的，是他的人格，他的智慧及其表达方式。这智慧多半不是在课堂或学术讲坛上体现，而是在纵意而谈中随时喷涌的。与他亲近过的，不能忘怀那客厅，那茶几上的茶杯和烟灰缸，那斜倚在沙发上白发如雪的智者，他无穷的机智，他惊人的敏锐，他的谐谑，他的似喘似咳的笑。可惜这大量的智慧却如此地弥散在空气里。"王瑶的这种个性，在当代学者中，大概是少有的吧？当钱理群有关鲁迅研究的文章引起人们注意的时候，显然，王瑶的影响是不可忽略的。也正是通过钱理群等一些中青年学者，王瑶的生命力，或者说是"五四"个性主义的生命力，在当代文化领域中得到了延续。

王瑶之于文学研究，重要的不仅仅在于他提出了什么理论模式，什么治学方法论，而在于他那种精神的存在方式，在于他的灵魂的内在凝聚力。他实际上是在以一种人格力量影响着学术舞台。在现代作家中，先生格外看重鲁迅和巴金两位，且对二者的研究用力最深。这种价值趋同的内在隐喻是不言而喻的。他把中国知识分子真的灵魂、纯的灵魂，带到了治学的领域，其情感之真，令人感叹不已。他在弥留之际，曾写便笺给巴金云："巴金学术研究收获颇大，其作者多为我的学生一辈，如陈丹晨、张慧珠等，观点深浅有别，但都是学术工作，不是大批判，这是迄今我引以为慰的。"短短几句话，可以说是先生学术生涯的有分量的绝笔，它给人的提示，已大大地超出了学术范围。也许，如今我们全面审视先生的研究论著，可挑剔的地方还不少，诸如拘泥于古典式的治学方法，研究现代作家时缺少创造性的治学"范式"等。但是这位具有强烈忧患意识的文化老人，却仿佛中国现代文学研究界的灵魂，使这门年轻的学科摆脱了教条主义的阴影，并焕发出永不衰竭的光热来。《润华集》中许多语重心长的话语，许多自信而热忱的诉说，正是对他人格的形象的注释。读这些随笔，其感受并不亚于读那些鸿篇巨制吧？

　　我至今忘不了1989年岁末那个寒冷的日子，在八宝山的礼堂里，悼念先生的大会，竟那样出奇地沉重和悲壮。会后看到钱理群先生转来的一组悼念先生的文稿，简直像裹着一团火。我平生还很少读过如此悲慨、压抑、冲动的悼念学者的文章。那些带泪的文字，几乎少有单纯谈先生治文学史的，都夹带着那么多人生的感慨。中国的许多学者，进入晚年，或堕入国粹而不能自拔，或"既离民众，渐入颓唐"——鲁迅对章太炎晚年沉寂的遗憾，可以说是对学者的一种深切的警告。但王瑶却不同于传统学者，他的身上，已不再单纯地承载着一种学术风范。他生命的最后岁月，更为明显地呈现着他的老师闻一多、朱自清晚年的形影。历史给中国知识分子带来的心境，竟如此相似。他苍老的身体背后，拖着一道历史的长影。在这个长影里，你可以读到鲁迅、闻一多、朱自清等人痛苦的智慧。王瑶的存在预示着一种历史的延续，它粉碎了那些躲在书斋中安然度日者的白日梦。他的生命本身，和他从事的研究对象本身，竟如此巧地叠印在一起。此学术之悲乎？喜乎？我说不出来。但只有在读《润华集》的时候，我才感受到"先哲的精神，后生的楷范"的话，是多么有分量！人生做到了这一点，可谓足矣。

从古典到现实的路

————◎————

　　我青年时接触任访秋的文章，有格外的亲切感。他的文字和那时候的学术表达不同，有晚清文人的气象，而思想又没有老朽气。先生述学文体有一点儿周作人的味道，连思想也染有类似的脉络。那时候的学者文章，没有文人的感觉，多是八股的调子，他以"五四"的精神来治古代文学史和现代文学史，文字里多趣味与学识。那和京派的学术有着一点儿关联，但轻易察觉不到。在我的印象里，现代文学界左翼传统占了主导地位，而京派风格殊少，说他是学界的京派子遗，也是有道理的。

　　在研究明代文学的论文里，他显示了良好的学术眼光，可以说为他后来的文学研究奠定了基础。这个基础的基本点是，从思想史与文本的关系中，寻找知识界心灵发展的规律，以审美与社会学的方式，介入文学史研究的话题。他青年时代的文章，可以明显地感受到胡适、周作人的影响，一些文章是对自己的师辈思想的呼应。"五四"那代人给他的最大启示是，一切文学现象都是历史的现象，同时也是心灵的现象。以静止、孤立的眼光看待文学文本，总有些局限。我们看他的文章，基本的逻辑都与"五四"新理念有关。可以说，对那些学者的治学方法与价值观，他是领略颇深的。

不过，治学不都是自己欣赏的文本的罗列，还要处理与自己经验相左的人与文，这给了他多种挑战。突出的是对现代文学史的描述和对鲁迅遗产的解释，他自己的知识结构，似乎无法面对西学的话题，对左翼的传统也未尝没有隔膜的地方。不过这并不妨碍他对一段文学历史的瞭望，他有自己的方法论，即从传统文化延伸的逻辑与变异里，梳理历史的脉络。在对鲁迅的认识上，他以明清以来的学术承传意识和"五四"新历史观为之，辟以新径。这就与苏联传来的思想有些距离，所走的是另一条道路。从其留下的文章看，先生在文学研究中所体现的精神，都是耐人寻味的。

早在1930年，当鲁迅与周作人先后受到"围剿"的时候，他就敏锐地发现了他们的价值，对周氏兄弟的差异有会心的描述。那篇发表在《新晨报》上的《我所见的鲁迅与岂明两先生》，谈及鲁迅、周作人时，联想起"李杜""韩柳"，慧眼识珠，可以说是青年学者最早对周氏兄弟进行思考的文本之一。凭着良好的直觉，他看到了"五四"一代人的超越时代的特质。那种理解力，以感性的方式证明了他是周氏兄弟思想的知音。

显然，先生的审美判断属于文化批评的那一种，他的前辈学者有许多作品带着这样的思路。他的知识兴趣，不在主流的世界。对他而言，以历史的方法，从学术的流派史里把握文学，比那些从审美来谈作家作品更为重要。任先生觉得，文学史是可以与学术史并行不悖地被加以考察的。鲁迅、胡适、周作人的文章，就是跨界思维的产物。他们的文字，介于诗学与哲学之间。而治现代文学史，倘遗漏了学术趣味，则可能把丰富的文学景观窄化了。

20 世纪 50 年代后的文学史研究与教学，是淡化学术精神的，文学与哲学、史学交叉的地段殊少。而任访秋觉得，文学研究，不可避免要与其他学科交叉；因为研究的对象，没有现在的学科意识。章太炎、鲁迅、胡适、周作人、郭沫若等人，在诸多领域的建树，已经让现在的学科制度下的研究视角显得有些苍白。

这里，我们不妨看看他在鲁迅研究领域给我们带来的启示。

任先生研究鲁迅，和唐弢、李何林不同，自然没有处在那时候鲁迅研究的前沿。我有时候想，他的鲁迅研究，是职业需要还是心灵的需要？这可能是理解其思路的关键点。我自己觉得，他对鲁迅的兴趣，来自信仰的需要是可能的，但给他最大兴趣的不是其精神的共振，而是从其天才的文本里，考察作家何为的问题。即鲁迅究竟在多大程度上，改写了学术史的基本理念。而这些，对他自己的治学而言，乃不能不面对的话题。

他对鲁迅的研究，没有周扬那代人的调子。在那样一个时代，跟着潮流者多，保留自己的兴趣、个性者少。做到言从心出，思由己见，是大难之事。他谈及鲁迅，用的是学术史的眼光。他以晚清的学术史脉络讨论问题，注重鲁迅与严复、章太炎、梁启超、林纾这些前辈学者的关系，看到鲁迅成为鲁迅的学术因由。比如，在讨论晚清的思想运动时，他把握住了鲁迅受到前人影响的因素，梳理的恰是哲学观、审美观的逻辑起点。从学术传统去把握一个人的世界与时代文学的特点，他做得比许多人要自觉。

在诸多研究文字中，他特别喜欢对鲁迅与同时代人的关系的描述。《鲁迅与胡适》《鲁迅与周作人》《鲁迅与蔡元培》《鲁迅论钱玄同》诸文，所言均为学术史的话题，不似一般人的泛道德化的语录，其谈吐自然，都有见识。这很接近"五四"文化的生态，对不同色调的存在颇多心解。胡适在回忆近代以来的文学时，是自觉运用这样的方式的，后来此套逻辑断裂；而任先生在思想单一的年代独解其妙，对现代文学史研究而言，是广增见识的选择。

因为这种交叉的思路的运用，不再是就鲁迅而谈鲁迅，所以他与环境的关系就复杂了。

就个人性情而言，任访秋与周作人相近。比如对野史的感觉，对文学流派的认识，他们都有相通之处。这不仅是因为周氏是自己的老师，重要的在于，其学术思想在本质上是贴近历史，又有现代性的因素的。在周作人附逆之后，学界不太敢谈他，可任先生依然守住底线，以周氏的思路继续自己的研究。他有意无意地运用周氏的学术理念，在多样化的文学形态里穿梭，笔下的文学地图，就有了别人少见的标志。

任先生说，周作人是一个消极的反抗者，这是对的。就学术思想而言，周作人政治的盲点或失误，与学术研究不可以在一个尺度里评价。学术史的观点与人生观，不是简单的重叠，而有诸多的差异。这个尺度，他掌握得较好。也由于此，他的文风与思路显得不合时宜。当左翼文学史观统治学界的时候，他以厚重的史家感觉，延续了京派的传统。在他的潜意识里，"五四"后形成的学术精神，有历史的缘由，不可一笔抹杀。

任先生研究鲁迅，看到的是文本背后的存在。他意识到鲁迅文本没有被言说的部分，那个隐含在词语深处的一切，对研究者更为重要。比如谈到《狂人日记》《祝福》，他能从反理学的层面展开话题，把李贽、戴震、谭嗣同、刘师培的思想与鲁迅的意识交织于一体加以关照，有着自己的气象。当一般的研究把鲁迅作为作家加以关照的时候，他却喜欢将其看为学者进行研究。他眼里一直有一个学术的生态概念。

在他看来，鲁迅的出现，与那时候的学术生态有关。因为熟悉严复、梁启超、林纾、章太炎的传统，又能以中正的看法描之，现代文学背后深远的历史情思，便从他笔下飘然而出。

民国时代的学术地图，在他心里清清楚楚。他谈论的"五四"那代学者，形成了瞭望鲁迅的参照。他看重那些差异，在差异里才能见到真面目，而没有差异，这会使创造性被遏制。这里，他绕不过去的是对自己老师的评价。对曾经深刻影响过他的胡适、周作人，当如何定位，这有他的痛苦。而那时候给他启示的是鲁迅。在鲁迅这一参照下审视民国的知识群落，看出的恰是彼此的差异。《鲁迅与胡适》一文，讨论两人治学方法与清代朴学的关系，颇得要义，言及胡适的缺陷，说其改良主义与站在统治者立场说话的选择，限制了其发展，所言恳切，那是与鲁迅对比的缘故。他能够从一种文化生态里看一代人的恩恩怨怨，在这个层面上考察鲁迅的独异性，话题就丰富了。中华人民共和国成立后，学界对"五四"那代人的理解，是日渐简化的，而任先生却注重彼此的不同，看到内在的复杂景观。学术的魅力在于直面复杂的、难以理喻的存在。越是难以以日常语言归类的人与事，越有深入考辨的价值。现代文学史在他那里，乃波澜壮阔的世界，许多沉入水底的遗存，可能更有打捞的价值。他于此得到搜寻的快慰。

任先生在研究鲁迅的过程中，不喜欢孤立静止地就文本而谈文本。有时候面对一些话题，他以互证的方式为之，参之他人的经验。这与周作人的思路接近，也是民国史学界常用的方法。他在谈到鲁迅的时候常常提到周作人，深知彼此的精神联系，而研究鲁迅，放弃对周作人的打量是有问题的。他在论文《试论晚清第二次文学运动》中对周氏兄弟试图在晚清发动的第二次文学运动的考察，有出人意料之笔，所谈深入而得体。先生把留日时期的周氏兄弟的翻译活动当作一个运动，似乎有意放大了话题，但细想一下，这的确绕开了一般学者的思路，不失为一家之言。周氏兄弟在日本期间的文学活动，已经脱离了梁启超的思想，又别于章太炎，那深意在后来日益显现出来。鲁迅自己对此所述甚少，倒是从周作人那里流露颇多。从周作人的资料看鲁迅，印证历史的话题，鲁迅的暗功夫与暗背景就浮现出来了。

周作人给他最大的影响，可能是读书的趣味。比如喜谈掌故，深味杂学，从今人身上看古人的投影。而文章的写法，都非宏大的叙述，没有八股的元素，多知识与情调的流露。任先生的许多文章都非一本正经的论文，乃学术小品的放大。我们读他的文章，能够觉出学术的乐趣来。

以治学术史的感觉治文学史，连带着的问题是思想史与审美精神的关联。这样的研究是跨语境的尝试。胡适、鲁迅、周作人都有此风。后来的学界，把文学史静止在作家文本、思潮上，抹去了文学身边的那些影响作家世界的存在，就只有树木，不见森林了。任先生在面对鲁迅的时候，不是仅仅停留在文学感觉里，他特别关注非文学的因素，因为在现代文学研究的过程中能够从史学的角度，从一种历史的视角来切入鲁迅研究的人不是很多。较同时代人来讲，他更自觉地从学术史的视角来打量鲁迅。他在看《汉文学史纲要》时，发现鲁迅在梳理中国文学作品时，其概念的使用和当时流行的词语，包括鲁迅自己翻译的理论存在差异性。为什么引进的西方文学理论的概念，自己却以中土的思维为之？这引起了任先生的思考。他从一些话语中，窥见了鲁迅血液里的中国旧式的治学思维。鲁迅翻译了那么多域外文学理论文章，而自己的批评文字与述学章句，却有刘勰、章太炎之风。这是了解鲁迅思想的重要一环。如果不从这个角度看鲁迅，也就把其思想单一化了。鲁迅从域外文学家的言谈里，感到那些作家对母语的内在潜能是有一种召唤力的。屠格涅夫就强调了词语音响的效果，那是民族语言特有的东西。鲁迅虽然摄取了大量的外国作品，但思想深处的传统精神是浓烈的。我们看屠格涅夫等人的写作经验，会发现鲁迅是深味其中的要义的。

在许多文章里，任先生喜谈鲁迅与传统的关系。这个话题很难，尤其言及儒学在鲁迅思想里的位置，是有挑战性的。我注意到他对鲁迅和儒学的关系的看法，特别是对鲁迅和孔子的关系的阐释，是厚道者之言。他注意到鲁迅当时在北平吴承仕所主编的《文史》杂志上发表的《儒术》，由此发现了许多隐秘。吴承仕所主编的《文史》杂志很特殊，既有京派人的文章，也有鲁迅这样的左翼作家的文章，彼此都涉及儒家的传统。鲁迅对此有自己的新解。他在《儒术》里隐含了对京派文人的批评。中国消极反抗的知识群落，是有一个传统的。那些借儒家思想苟全性命于乱世当中、借此来达到身心平和的人，在他看来是值得警觉的。他认为其间隐含了中国读书人的消极堕落的因素。任先生可能是最早对这篇文章进行研究的学者。研究《儒术》这篇文章，我们会发觉鲁迅跟京派文学、传统文化、中国近现代学术史之间复杂的关系，以及吴承仕从章太炎重要的弟子变成一个马克思主义信徒的缘由，其中有现代学术史复杂的学术线索。任先生在打量这篇文章时，其目光之深切，在同代学者中是少见的。而且他对鲁迅与程朱理学的思考很深刻，说明他对整个中国学术史的领会颇深。

而在谈到鲁迅的《汉文学史纲要》的时候，他言及谢无量先生的《中国大文学史》，对谢无量提出了批评，说他的观点比较平庸，其见识未必中正。这里有他的偏激处，但一些地方也不无道理。他的整个学术活动和中国近代以来学术史的知识谱系不同，任先生进入话题的时候，能在复杂的学术形态里面有自己独特的视角。谢无量没有被其认可，可能与其"五四"的情结有关。对一个文化形态有独到的理解，且有批评之声，不是人人可以做到的，而先生独能，我们可看得出他的功底。

理解鲁迅最难的地方，是如何把握其知识结构和思维方式。任先生于此留下的笔墨，我看很是重要，且最有价值。我觉得他对此的心得是新的，有独特的发现。任先生对鲁迅的思维方式的把握，没有用逻辑学和哲学的理论为之，对鲁迅评价历史人物的文章，有细致入微的解析。在《学习鲁迅的治学精神》《鲁迅评论人物浅谈》《鲁迅与龚自珍》诸文里，他发现了鲁迅的思维和传统的士大夫是不一样的，和"五四"以来那些激进的知识分子的路径不同。我一向认为，鲁迅说话从来不说"是"与"不是"，他探讨问题，在肯定什么的时候也会否定什么，他从不在单一的层面里来把握自己，而是在复杂的环境里把握一个人、一件事。任先生大概是最早有这样体悟的人，他从主流上辨别邪正，从环境本质上辨别是非善恶，全面考察，不以偏概全。而且在举例子的时候，最常见的是一些明清学界的典故，没有20世纪30年代以来鲁迅和各种人的论战，这和他的兴趣有关。他在鲁迅的杂文里看到了对六朝乃至晚明文人的态度所包含的隐喻，所得颇多，解颐者无数。从杂文里读出历史的经纬，恰也证明了鲁迅不凡的价值。

这样的视角，深味古代文学的人才能具备。与其齐肩者，也就只有王瑶那样的学者。不过王瑶在政治的中心，虽然有中古文学研究的基础，但历史的语境使其不能于此长久沉潜，有意遗漏学术层面的话题。唐弢是有类似的意识的，但审美偏好多于学术史的意识，还不能承担此任。李何林是战士，自然关心的是革命的话题，与京派的传统隔膜也系自然之事。任访秋先生在学界的边缘，却独以学术眼光与文学史相遇，与鲁迅对视，所得的印象与结论，与时代精神略有偏离，但说出了别的史学家没有说的话来。他由此具有了一种气象。他没有随 20 世纪 50 年代的大流讨论文学史，而是保留了鲁迅、周作人、胡适的史学传统和文学史理念。这是明代以来学风的延续，而且把作家与文化史的关系做了厚重的梳理。在鲁迅研究方面，他坚持以学术精神整理文学文本与作家的思想理念，是对泛意识形态精神的抵制。这一点他与曹聚仁比较接近。他的立场，直到 80 年代才被注意。而现在能够做到此点的人，真的不多。我从陈平原等人近年的思考里，感受到了他们彼此内心的相通性。

自晚明以来，中国知识阶层面临的问题一直没有得到很好解决。文学一直在守节与失节、个人与团体间游荡。文人作文，也徘徊于言志与载道之间。文学发展与文学研究，并不在一个层面上展开。后者与前者的不对位思维甚多。较之于学界的偏执性，我们聆听任先生的声音，显得颇为重要。我偶尔读他的书，就想起京派学术的承传，想起"五四"学术的精魂。他是这精魂的另一类守护神。以任先生研究鲁迅的风格为例，就表现出与历史贯通的风范。能够从文学现象看到思想的逻辑，由这逻辑进入对学术史的反思。而学术的根本问题就是人生问题。他欣赏周作人乃因其学术见解之深，佩服鲁迅是因其智性之高。前者是他学术的引导，后者乃人生境界的楷模。学周作人易，模仿鲁迅难，但二者的精华都在其身上有所折射。鲁迅对他的支撑在其治学里也是不可小视的，他研究周氏兄弟的著作，对于我们这些后学而言，是不可多得的存在。这个思路如果深入解读，是可以少走弯路，使现代文学研究这一学科更有历史厚度的。

在鲁迅的背影里

───────── ◎ ─────────

一

1988年，我编《鲁迅研究动态》的时候，结识了钱理群先生。那时候他正在写《周作人传》，有时成天待在鲁迅博物馆里看书，渐渐地和他熟了。其时已读了他的许多文章，印象最深的，是那本《心灵的探寻》。钱理群的性情和他的文章反差很大。读《心灵的探寻》时，其调子是惨烈的、悲怆的，也多少染有苦行僧的色泽。然而日常生活中的他，却儒雅得很，与苍凉的韵致相距甚远。所以文和人，有时并不能完全统一，钱氏也承认自己是个分裂的人物。

十余年过去，社会发生了诸多变化，但他还像昨天那样，在灰色的天地间行走着，仿佛鲁迅笔下的过客，没有停步或小憩。谈及20世纪80年代的北大，我常想起的是王瑶；而20世纪90年代，则不得不提及钱理群。之前听到他退休的消息，不禁生出感慨，觉得北大的一道风景，就要隐退了。在一切愈发功利的时代，钱理群的存在显得很微小，也不会有哪些主流媒体去关注他，但他却显示了与"五四"传统的某种关联。王瑶之后，北大的讲坛上颇有"五四"遗风者，就有钱理群先生。然而我疑心，今后的大学讲坛，像他一样激情四射、颇有信念的老师，很难见到了。

钱理群讲话，永远离不开鲁迅先生。虽然他的气质、语言风格、知识修养和鲁迅有着很大的差异。他对鲁迅那么熟悉，以至连思维方式也带有鲁迅的某些痕迹。生活在一个巨人的影子里，对思想者而言，是一种不幸。但对钱氏那一代人而言，却是不幸中的万幸。当他对这个世界发言的时候，就不得不重复着先驱者的意象。有什么办法呢？当下思想的生长点，常常在鲁迅的背影里。

从王瑶那一代，到钱理群这一代，碰到的是相似的精神难题。只要看一看王氏的《新文学史稿》《中古文学思想》，以及钱氏的《心灵的探寻》《丰富的痛苦——堂吉诃德和哈姆雷特的东移》《周作人传》，就可以发现一种相似的气脉。而这些，是直接从鲁迅那里流淌过来的。

二

我的印象里，与其说钱理群是个怀疑主义者，不如说是个堂吉诃德式的理想主义学者。他的精神的原点，起初是建立在乌托邦的梦幻里的。他在青少年时代接受的大多是苏联式的教育，毛泽东与鲁迅的思想，多少感染了他。即便后来挫折多多，他内心探究的光明之火，从未熄过。这种堂吉诃德式的情结，曾经使他陷入悲剧性和荒诞性的苦楚里，直到"文化大革命"结束后，他才从"驯化"里解脱出来，然而理想的冲动，仍未断过。直到后来，他以怀疑主义者的姿态出现在学界的时候，我在他的形影里，照例还可以看到寻梦的热情。他似乎相信，是存在着一个可以改变人世的精神王国的。他自己，正是那王国的寻找者。

钱理群的精神色调，带有很大的标本意义，他是 50 年代培养的一代知识分子，内心投射着很长的共和国价值之影。而当培养他的时代崩解之后，那种愤怒、悔恨、警惕、自省，乃至抉心自食，便强烈地呈现出来。读他的书，一个核心的母题，便是警惕"不堪人性"的产生，以及对历史的遗忘。他说：

> 在我的"苦难记忆"中，最不堪回首的一页页，全是关于在外在压力下，内心的动摇、屈服，以致叛变，自我人性的扭曲、丑恶，以致变态……这样一些惨不忍睹的记录。我无法抹去这一切，它梦魇般地压在心上，像一座座的"坟"。"悔恨"之蛇就这样无时无刻不在咬嚼着我的灵魂，只有在倾诉于笔端的那一刻，才稍得舒缓。近二十年来，我从不放下手中的笔，不敢有一日的松懈，其实并非勤奋，实在是出于这内心的驱动。而且现在还看不出心灵的风暴已经停息，可以住笔自慰的任何征兆 —— 我大概就要这样无休止地自我惩罚，"写"下去的罢。
>
> ——《钱理群：鲁迅是我珍贵的神》

在叙述自身的感受时，我感受到了那文字后的一种宗教式的冲动，将其看成卢梭式的忏悔，也许是对的。钱氏的内心，一直存在着一种情结，拯救自我的同时，又去拯救青年。在那些批判性与自省性的叙说背后，慈悲感是那样浓重。他对大学生们父爱般的抚慰，对中小学教学的设置，都有着别人罕见的激情。所以，他的学术活动，一直承载着一个梦想：像鲁迅那样开辟一个"立人"的世界。从梦想到怀疑，又从怀疑到梦想，他们那代人，有许多是这样走过来的。

封闭的时代易产生幻想与信仰，这大概是对的，制造了一种美，然后痴迷着它，憧憬着它。这便是他们这代人与"五四"那代人的联系与区别。钱理群对现实的判断，是充满忧患意识的，但这忧患并未把他拖到深渊之中，陷入绝境。他的精神天幕，有着光明的前导，这前导吸引着他，使其未能滑入非理性之途。鲁迅当年，是无所依傍的。钱理群这一代人很幸运，毕竟遇到了可以依傍的精神之父——鲁迅。这决定了他一生的不得安宁。

三

我最初读他的理论文章，是在 20 世纪 80 年代初。那时候的学界，是崇尚新式理论的。然而钱氏的文章却毫无时尚的气息，那大概是受了王瑶的影响吧？他走近鲁迅，全然来自内心的体验。他对鲁迅精神原色的解读，几乎是以心灵的碰撞为起点的。所以他既撇开了先验的理念，又摒弃了流行色的暗示，完全是以自己的心灵体验，开始了与鲁迅的交流。那一本《心灵的探寻》，就留下了他诸多的心绪。他许多重要的思路，是在这一本书里形成的。《心灵的探寻》毫无学院派的腔调，把它当成诗人的独语，也未尝不可。钱氏自称"我不追求永久的学术价值"，这就与追求体系与规范的学者，形成了反差。吸引钱理群的，首先是人何以从奴性中走出，不再沦为他人的工具，以及自由思考的途径何在。一方面是渴望，一方面是痛苦，这二者将其与鲁迅的对话，变得兴奋和沉重起来。和那些啖学术之饭的人比，钱氏与他们有着完全不同的精神语码。

鲁迅之于钱理群，最初是以一种圣人的形象出现的。随着"文化大革命"的结束，钱氏才发现了自己先前非我的历史，精神有了一次大的崩解。而这次崩解，才真正地使他重新认识了鲁迅，觉得先前的自己恰恰成了阿Q一族，这反省是沉重的。《心灵的探寻》写的就是重返鲁迅的过程。这个时候的鲁迅，在钱氏眼里，具有了另外一种价值。知识分子拥有的应是独立思考、反抗奴役、警惕一切完美主义诱惑的品格，而我们的沦落，恰恰成了"普遍、永久、完全、不朽"的奴隶。直面残缺、弊端、短暂，才是知识阶层应有的品格。正是在这个层面上，鲁迅为钱氏展现了一个全新的世界。他也是在这个视野里，进入了精神跋涉的新的时期。

钱理群的文章不像王瑶那么有着悠然的魏晋之风，亦无赵园式的隽永、清秀。他的论著大多直逼中心题旨，士大夫式的雅趣是淡薄的。他谈论鲁迅时，精神充满紧张，好像也置身于20世纪二三十年代的氛围里。听他的演讲，与鲁迅似乎没有时代的距离感，他已经将自身的一切，位移到那个世界里了。钱理群对鲁迅的一切都有兴趣，谈论先生的文章亦多种多样。但我以为重要的是对鲁迅思想层面的把握，那是带有警世作用的。在《作为思想家的鲁迅》中写道：

> 他在粉碎"普遍、永久、完全"的乌托邦时，也粉碎了关于"自我"的"完美""不朽"的一切神话，他的怀疑应该说首先是指向自己的。鲁迅是他所说的"将自己也加以精神底苦刑"的"人的灵魂的伟大的审问者"，他在完成了一种别于祖先前辈的思维的和人格的革命，贡献了一种走向未来的新文化范式的同时，更公开地否定了自己，他也就为新的有限、新的范式无限地敞开了自己，在后来者的自由创造与否定中延伸着自己的生命。

在这个意义上可以说，"中间物"的命题正是鲁迅对自我价值的一个历史的确认。不必试图构造毫无偏颇、缺陷的鲁迅思想体系，也不必徒然地将鲁迅思想整合化，我们所面对的将是一个充满矛盾与冲突的，能够成为新的范式的起点和挑战对象的"鲁迅思想"。

这篇与人合作的文章，在根本的层面上解读了鲁迅精神哲学的底色，给人以全新的感受。先前人们说了许多不着边际的陈述，在这里面目清晰了。《鲁迅对现代化诸问题的历史回应》《中国知识者"想"、"说"、"写"的困惑》《鲁迅与二十世纪中国》诸文，也不同深度地涉及了鲁迅的精神核心。我读这些文章时，感受到了作者内心的一团火，而且也隐隐看到了一种现代精神谱系的延续。一个后来的人，带着一个民族苦难的记忆，能够与自由的先驱如此交流，且激活了一个个沉睡的话题，那便将一个远去的传统当下化了。

四

面对着鲁迅，对钱理群而言，有两个任务：一是对文本的阐释，二是对当代生活的发言。前者是出发点，后者是一种目的。而二者的连接点，正是大学里的青年。他那么急于把自己的感受传达给众多的学子，以至在二十余年的北大生活中，并未去写一本"为学术而学术"的著作。《做沟通鲁迅与当代青年的桥梁》《七八十年代青年眼里的鲁迅》《鲁迅与九十年代北京大学学生》《周氏兄弟与北大精神》等文，留下了他学术活动特别的一隅。他敏感于青年一代对鲁迅的接受，那一代对"五四"的看法直接影响着当下文化的形态。钱氏喜欢和青年们谈论鲁迅，因为在他看来，可以供人们摆脱奴役的精神资源，除了鲁迅，几乎没有别的什么。而鲁迅精神的传递，正有赖于文学青年。钱氏有时在学生那里能看到昔日自己的影子，然而又害怕他们走上一条与自己过去相似的路。所以每次演讲，凡涉及青年的命运，他都要引用鲁迅的观点，在他看来，当代青年与鲁迅的心是应该相通的。当他们直面生活且独立地思考问题时，就不可避免地与鲁迅的某些精神相遇。有一位学生的作业，曾深深地打动过他：

> 常常有人把我和我的同辈视为幸运儿，仿佛人生的磨难只有一种。但是，那种站立在思想废墟上的深刻的怀疑，那种无家可归的竭力寻找的无言的惶惑，那种献身于现代观念又摆脱不掉传统压力所形成的焦虑和内心分裂，那种由于生活的急剧变化，和对现代哲学的关心而产生的"二十世纪情绪"，那种对社会政治变迁的强烈关心，那种对病态人心，尤其是知识分子阴暗心理的异样的敏感——这一切一切持久地纠缠着我的灵魂，使我不得安宁。

钱理群在这里看到了与鲁迅类似的苦楚，也坚定了他与青年同走荆棘路的信心。在中国这样的国度，思想者是容易自觉或不自觉地走进鲁迅式的苦境的。那也正是鲁迅精神延续的一种可能。所以，后来他不断在青年中寻找自己的知音，哪怕是一点点心灵的相近，都可以引起一种激动。比如他对摩罗的认可，以及与薛毅、王乾坤诸人的友谊，都有着很浓的鲁迅情结。在现代精神谱系里，鲁迅因子的生命力，会远远地超过一切。钱氏从青年一代那里，看到了这一点。虽然有时，他也把青年的积极因素，无意地夸大了。

但钱氏并不想去做别人的导师，那些关于名流、精英、灯塔之类的称谓，从来都是让人警惕的。钱理群要做的是大家的朋友，而非什么教授。他从来都是把自己的真实体验，毫不保留地告诉别人，哪怕一点点闪失，也不隐瞒。我记得有一次上课的时候，他谈到了自己的不足，甚至治学时的困顿何在，也全盘托出。他的一个重要理念是，教学不是满足于知识的传达，而是激发学生参与课程的创造，当学生因自己的启发去参与未知问题的发现时，教师的快慰，非别人可以想象得到。教学的目的，不是让人"信"，而是让人"疑"，这是罗素的观点，也是鲁迅的观点，可是我们今天的教授们，大抵将此忘掉了。

每每看到钱理群在各种场合的演讲，我便想起了"五四"那一代人。据说胡适、钱玄同授课的时候，也语惊四座，且与学子们平等地对视着。因为那一代人懂得，大学之道，在于使人独立思考。"做学问要在无疑之处有疑"，此话出自胡适之口，也是鲁迅那代人共有的体验吧。所以，在摩罗的苦吟里，他看到了"五四"情结的延伸。高远东的论文曾使其兴奋，王乾坤、汪晖的研究，被他引为同道。孤独可以消失在同路人的行走里，我在钱氏的背影里，看到的更多的是血的蒸气，以及热的汗水……

五

在钱理群的世界里，期待着与"鲁迅式"知识分子的相逢，是一个情结。而他的老师王瑶给予他的，似乎正是这种精神的抚慰。王瑶的清俊、通脱，在他看来是迷人的，其间亦含有鲁迅的些许投影。王瑶的学生中，酷爱鲁迅的有多位，赵园的沉郁，吴福辉的率直，陈平原的博雅，多少隐含了《新青年》时代的余绪。这些均因王瑶的存在而显得特别。其实平心来说，王瑶的古文修养，非钱理群那一代可以比肩，先生的幽默、洒脱，亦不是年轻一代可以企及的。经由王瑶的世界，上溯到"五四"，想象着鲁迅的传统，许多生硬的历史陈述，就变得血肉丰满了。比如"绝望里的挣扎"，比如"出语多谐"，都是鲁迅智慧的余脉。中国知识分子可贵的品质，是保存在这个形态里的。

知识分子的价值，乃对社会抱有存疑的态度和不同流俗的责任感。这是一条底线。用钱理群的话说，是绝不能让步的。王瑶的魅力在于，晚年一直坚守着知识分子的信念，懂得自由的宝贵。对人生状态的逼视与质疑，乃"鲁迅式"知识分子的特征。钱理群感兴趣的，恰在这个领域。他的学术思考，正是在这一基点上变得丰满和紧张的。而周身充满的斗士风采，也是与对这一精神遗产的解释连在一起的。

读钱氏关于"鲁迅式"知识分子的论述，可以感受到他内心的激情。那篇谈穆旦和顾准的文章，也可以视为他的自我意识的注解。作者那么钟情于穆旦、顾准，大概也是心灵相通的缘故吧？我在钱氏与穆旦、顾准之间，看到了他们血脉的亲缘性。钱理群叙述这些前辈时，何尝不是在直视着自己？反抗精神的死亡，反抗"神"与"魔"争夺对人的统治。穆旦的或清澈、或浑厚、或冲荡的诗情，让钱氏激动不已。他不太在意诗人的形式、外表，而迷恋的恰是其间的精神哲学。穆旦的诗是心与上苍的交感，其间不乏鲁迅式的焦虑和背反。这个天才诗人以血的体验，在精神的层面上和鲁迅相逢了。钱理群写道：

对自我的分裂、矛盾如此清醒的体认，如此冷静的剖析，都是真正"鲁迅式"的。可以说当穆旦把他的怀疑主义彻底到对自我的怀疑与否定，他就在心灵深处接近了鲁迅，或者说得到了鲁迅精神的精髓。这里所显示的，是一种新的思维方式：诗人排拒了中国传统的中和与平衡，将方向各异的各种力量，互相纠结、撞击，以至撕裂；所有现代人的生命中的困惑：个体与群体，封闭与求援，诞生与谋杀，创造与毁灭，真实与谎言，苦难与安乐，丰富与无有，信仰与流放，智慧与无能……全都在这里展开：不是简单化的二元对立，也不是直线化的"一个吃掉（否定）一个"，而是互相对立，渗透，转化，纠结为一团……

——《走进当代的鲁迅》

鲁迅在《呐喊》《彷徨》《野草》里，充塞的就是这类意象。穆旦的诗，那么奇妙地与此重叠了。对穆旦的"鲁迅式"的发现，正像对王瑶的崇仰一样，使他有了同道者的兴奋，哈姆雷特式的忧郁最终被堂吉诃德式的热情包围了。在这种时候，我便想起了巴金，钱理群的内心与巴金是那么相似。一方面不断陷入绝望的大泽，另一方面因一两个同道的英雄的出现而不再迷茫。钱氏在内心的深处，有一种英雄主义的情结，他的怀疑是建立在一种英雄主义的梦想上的。巴金就曾对"安那其主义"表示过深深的敬意。但他的生命内觉，却被某些苦难感和绝望精神所笼罩着。巴金与钱理群，在根本层次上不是鲁迅那样彻底的孤愤者，他们精神深处还残留着对确切理念的眷恋。在明与暗、冷与热、血与铁之间，两人还带有一丝丝温情。从本然的角度看，他们是热烈的人，这火般的热，也正是其获得人格赞许的缘由。大凡听到钱理群的演讲者，在那里得到的往往是向上的冲动，而不是死灭、灰色的。钱氏和巴金等许多知识分子一样，显示了独立精神的一种可能。对比一下《随想录》和《压在心上的坟》，在韵律上呈现了惊人的相似性。若谈知识群落的心灵史，是不能不读这两本书的。

六

由巴金、钱理群的困顿，可以看出 20 世纪中国知识分子共有的矛盾：最反对泛道德的人，自己有时不免就有些浓厚的道德感；不信任完美主义的人，也不自觉地有着完美主义的情绪。胡适当年，在谈及自己的思想、写作时，就承认过自己的类似矛盾，他说：

> 我最恨中国史家说的什么"作史笔法"，但我却有点"历史癖"；我又最恨人家咬文啮字的评文，但我却又有点"考据癖"！因为我不幸有点历史癖，故我无论研究什么东西，总喜欢研究他的历史。因为我又不幸有点考据癖，故我常常爱做一点半新不旧的考据。
>
> ——《〈水浒传〉考证》

钱氏这一代人，憎恶的是精神的乌托邦，但你能说他们没有乌托邦的影子？胡适和鲁迅，都说过自己身上的矛盾，反传统的人，也不可能没有传统的色泽。那是历史的无奈。钱理群对此一直是清醒的。他认为自己的鲁迅研究，不过是"中间物"式的，待到更觉悟、聪慧的青年出现，自己就隐退了。而对周作人的研究，他也认为捉襟见肘，是"有缺憾的价值"。多年间所做的，不过是铺垫的工作而已。谈及此点时，他有过这样的表述：

> 读者与批评者自不难从中看出，我的学术研究是带有极强烈的情绪化因素的；我尽管试图用详尽的材料占有来使这种"情绪化"具有更多的客观依据，并如前所说，用理解基础上的描述先于判断的方法淡化的主观性，但却不能根本改变其所必然带来的利与弊。记得王晓明在批评赵园的《艰难的选择》时，也曾提及这个"情绪化"的特征。也许在一定程度上，这也是我们这一代的特征吧。说起来，这种"情绪化"也是源于"五四"的；无论从什么意义上，我们都属于"五四"。我当然知道，这种情绪化的观照，与真正的学术研究是相距甚远的。因此，我欣然接受这样的批评：我（以及同时代的一些朋友）与其说是作为一个学者，不如说是以诗人的方式去观照与研究我们的对象的。正因为如此，我才一再声明，自己不追求永恒的学术价值——"不追求"自然是一种托词；明知达不到，又何必去追求呢？

我们从这里可以读出难言的苦衷，那坦然的、平静的咏叹，也让人想起鲁迅在《坟》的后记里说的话。大意是，为别人引路，自己是不配的，因为自己也不知道路应怎样走，但确切地知道一个终点，那便是坟。鲁迅以为，在进化的途中，一切都是中间物，人可以做的事情，是有限的。这种清醒的自警，很深地感染了钱理群，他的甘于"速朽""隐没"，或许是此种心态使然，因为他知道，在中国，执着于"五四"精神，坚守鲁迅的立场，比什么事情都重要。使青年不再陷于"瞒"和"骗"的大泽，放他们到更光明的地方去，那么自己的任务，也就完成了。永恒与不朽，不过是一个缥缈的梦想。而真实却存活于有限且即将逝去的时光中。

有一次，钱理群对我说，将来退休了，想做的工作之一，是研究儿童文学，为孩子们写些什么。后来看到他策划的中学课外语文读本，才知道他的梦，已外化到当下的生活里了。走进青少年，在一个童真的世界里构造精神之厦，是一种现实的逃避呢，还是嘲讽与进击？明白了此点，也就懂得钱氏的本色了吧？这里呈现了他对纯粹的渴望，以及梦之快慰。我由此而想起苦战风车的堂吉诃德，钟情于自由与英雄的人，是不会在意周围人的眼色的。虽然身后是一串串人生的悖论……

他的学生喜欢他，感念他，似乎都与这惊人的坦率与自嘲有关。当一个人告诉别人自己不是什么的时候，人们才可能窥见他是什么。钱氏就是在一连串的否定式里，呈现了一个丰富的世界。

七

有时候，在念及后鲁迅时代的文化时，想到鲁迅追随者的诸多形态，感受是复杂的。鲁迅之后的文坛、学界，"鲁迅式"的母题与人物，几乎一直陷在文化的漩涡里，成为一种焦点。这些人组成了一个长长的链条，延续了一个远去的生命。但平心而言，这些"鲁迅式"的人物又常常给我们带来一连串的缺憾，觉得只是得到先生的某些余脉，而精神的丰厚与复杂，则大多遗漏了。比如胡风就不及鲁迅全面；穆旦也失之简单；王瑶似乎没有作家的天赋，只在学问上卓尔不群。到了钱理群这一代，因知识断裂的缘故，鲁迅的世界，便被抽象为一种纯粹的精神了。所以，在许多鲁迅研究者那里，鲁迅仅仅成了现代文学史背景下的存在，至于非文学的元素大抵忽略了。我们无论是从王瑶还是从钱理群那里，都读不到杂学家的气韵，至于外国文学修养与古小说、野史的阅读修养，也相形见绌。我读这两代人的书，返身于自己时，更为惭愧。连王、钱那两代尚且不如，何况鲁迅呢？无论为文与为人，均逊于前辈。如此说来，鲁迅与我们，确实相距很远了。难怪钱理群劝青年们了解鲁迅时，不要去读或少读研究者的书，而应去读原著，他是看到了后人的欠缺的。《谨防上当》一文说：

> 我的办法是，什么参考书也不看，只读鲁迅原著，反复阅读，不断琢磨，读熟了，想透了，有了自己的感受、见解，这时候或许可以看看别人的研究成果，以启发思路，但也要有自己的判断。这办法其实是鲁迅早就教给我们的：有人问他"该读什么书"，他回答是："要看一看真金，免得受硫化铜的欺骗……"

其实"鲁迅式"的知识分子，色调是很难重复的。巴金、邵燕祥、林斤澜竭力从写作的心态上贴近鲁迅；王瑶、钱理群、王乾坤、王富仁、汪晖、王得后诸人，则在学理的层面上聚焦远去的传统。在作家与学者隔膜的时代，鲁迅也不幸被分解成"作家式"与"学者式"的样式了。只有唐弢等少数人，兼有学者与作家的气质，对鲁迅的阐释，被双方接受。可惜又因境界与才识的不够，难说得到了鲁迅的真传。中国喜读鲁迅、研究鲁迅的人，大多只从一点入手，得其一面，未见谁敢狂言，可与先生并驾齐驱。林贤治曾说，鲁迅走得太远，我们跟不上他。确是真诚之言，大家只是在历史的长途里，被鲁迅的影子所罩，至于影子的本身，和影子外的世界，则是很难会被说清的。鲁迅与他的后代人们，就构成了这种错位的联系。

几年前的深秋，我在东京大学做过一回演讲，题目是《当代中国文学中的鲁迅传统》。会后一位友人说，其实我所说的传统，有些是不成立的，因为中国的读书人，深解鲁迅者不多。这一句反驳让我冒出了冷汗，好似被人看出了破绽。其实鲁迅传统是个含糊的概念，要说清并不容易。但我相信，我们当代的作家、学者，有许多是得到了鲁迅的暗示的。至少像钱理群，他的存在，他的声音，使我们听到了"五四"的回响。中国的有希望，是因有更多的这类声音。尽管有时它还很微小，在这个世界上掀不起波澜，但每每听到它，我们便感到了一种纯净与亲切，知道了在这块土地上，不都是麻木的人们，还有着不为物喜、不以己忧的精神存在，这也是一种快慰吧？鲁迅在没路的地方，走出了觉醒者的路，那路，是绝不会荒芜下去的，因为，有着成千上万的他的学生在。

一个时代的稀有之音

———— ◎ ————

我自己细心留意研究鲁迅的文章，是在 20 世纪 70 年代末，前辈的叙述里，难免不带岁月的血色，远远时光里的一切，与自己的生命体验似乎并无彻骨的关系。只是到了 80 年代，诸多重要的研究文字出来，我才意识到关乎文学史里的一切，其实也关乎每一个中国人的生活。自那时候起，围绕鲁迅的各种研究，曾一度牵连思想界的神经。它涉及现代史与革命史中极为复杂的精神形态，这个内在于现代史又超越于时代的思想者和作家，纠缠着我们精神史中最为深切的部分，且将我们的文化引向未知的明日。直到今天，鲁迅不仅仅是文学研究的经典对象，与其对应的现代史的许多领域，都不能够绕过这个争议性的存在。

我们今天回望鲁迅研究的转型，不能不提王富仁先生的博士论文，这是一个风向转型的标志。如同哲学界、史学界的思想变化一样，王富仁的自新给平淡的现代文学研究界带来了震动。那些陈腐的话语方式在他那里终结了，继之而来的是雄广的气象。这是《新青年》时期才拥有的品质。文章涤荡着特定历史时期里积累的污泥浊水，回到了文学批评与文学研究应有的本质上。在无所顾忌的书写里，他开启了政治话语之外的关于思想自新的思考，现代史的隐秘从灵动的词语缝隙中一点点向我们走来。

这是一个应运而生的思想者，他带着外在于时代的思维逻辑，纠正着我们流行的观念。20世纪80年代末我第一次接触王富仁，便被其气质所吸引。那时候我在《鲁迅研究动态》编辑部工作，在他的手稿里读出了一种贯通今昔的浩荡之气。不过由于王瑶、唐弢、李何林、陈涌的存在，他还不能走到学术舞台的中间，可就文章的深度和境界而言，他其实已经行进在了时代的前列。面对社会的许多热点，他的思辨式的表达骇世惊俗，欧化式的句子混着本土里带着痛感的经验。同样是用马克思主义的方法面对问题，但他却往往切入问题的核心，言论溢出流行思维的部分让人回味不已。那见识里的热度，驱走了久久盘踞在学界的冷意；谈吐中微笑的眼光，散着草根族的清新；而那略带悲慨的叙述语态，则深染着鲁迅遗风，"五四"的余音在表述间也时常回荡着。

王富仁丝毫没有象牙塔里的贵族之气和学院派的呆板，日常的样子有点儿乡下人的随和与野性，谈吐中的句子仿佛从黑暗中来，却溅出无数耀眼的火花。这种气质与鲁迅文本里的沉郁、峻急颇为接近，在非八股的言辞里流动的确是极为生动的生命自语。他的绵密思维后有很强烈的德国古典哲学的影子，苏联文学批评的博雅亦衔接其间。我一直觉得他是读懂了别林斯基和卢那察尔斯基的学者，西方的思辨理念已经融化在自己的血液里，将文学史与思想史里的东西结合起来，给了我们思考的参照。在他之前的鲁迅研究还在泛政治的语境里，他却从其边际滑出，绕过流行的思维直面了学界普遍的盲点，发现了文学史里的真问题。而那语境里的神思，与思想解放运动的路向是吻合的。或者说，他表达了文学界渴望而无力表达的一种精神逻辑。

在相当长的时间里，鲁迅的形象被固定在几个落点上，政治话语覆盖了广阔的领地，鲁迅文本的生动性被锁闭在教条的陈述中。王富仁在 20 世纪 80 年代横绝出世，从反封建革命的层面来思考鲁迅文本的深意，就把苏联式的文学逻辑颠覆了。回到鲁迅那里去，其实就是寻找"五四"前后知识人的语境，从外在于鲁迅的评价体系里探讨文学的根源。他对于鲁迅基本思想命题的发现，来自马克思的理论。在《黑格尔法哲学批判》导言中，马克思说："对宗教的批判是其他一切批判的前提。"王富仁意识到，鲁迅也存在着这样的逻辑，"在中国，对封建意识形态的批判是其他一切批判的前提。"[1]抓住了这个根本，也就抓住了鲁迅核心的线索，周扬那种革命的词语无法涵盖鲁迅的部分就得以清晰地解决了。或者说，胡风、冯雪峰当年试图为鲁迅辩护的表述，都因为自身左翼话语的限制而无法深行，恰恰是王富仁从狭窄的左翼话语之外的广义的左翼话语里，解决了鲁迅思想与文本的复杂性的阐释难题。至少这样的一种拓展，使研究者的思维从凝固的时空里转到灵动、丰富的语境里去了。

反封建话题的出现，是一次有意识的自我后退，即从左翼话语进入寻常的知识分子的语境。这是一次重要的还原，也是现代文学研究的思想解放的标志。他从对鲁迅文本的细读里看出了以往研究者生造的概念的尴尬，无论是批评家还是学者，几代学者还无力从鲁迅文本里提炼出一种适合鲁迅的话语逻辑。王富仁在鲁迅创作的复杂的隐喻中看出苏联理论与中国某类作家的隔膜，而以辨析的方式讨论个体与

---

[1] 王富仁：《先驱者的形象》，华东师范大学出版社 2014 年版，第 122 页。

群体、浪漫与写实，方能够避免论述的武断性。《〈呐喊〉〈彷徨〉综论》无论在思想的层面上还是在审美的层面上，都提供了认识鲁迅的崭新视角。胡风、冯雪峰没有完成的研究工作，在他那里奇迹般地推动了。

王富仁最早研究鲁迅是从俄罗斯文学这一角度开始的。因为有良好的俄语基础，他对于俄罗斯文学投影于鲁迅的部分颇为看重。这一维度对他十分重要，革命话语之前的人道的元素和非理性的元素何以进入鲁迅的文本便有了一种说明。所以他在面对各种文本的时候，能够看到背后的景观，潜文本也就浮出水面了。当异质的文学因素被中国本土意识消化的时候，便产生了异样的审美效果。王富仁以自己特殊的知识结构捕捉到鲁迅文本深层的意象，其论证中开阔的意识，无疑提升了自己学术表述的水平。

在其博士论文里，他流露了良好的思辨才能和审美感觉。他具有雄辩的文风，以一种黑格尔式的逻辑方式系统梳理着鲁迅思想与艺术的关系，将罩在其头顶的不切实际的光环摘掉了。他发现了鲁迅世界中独一性的东西，在后来的一次自序里他阐述了这个发现："鲁迅的思想不是一种单向、单面、单质的东西，而是由一些相反的力组成的合力，一种由相反的侧面组成的立体物，一种由诸种相反的质构成的统一的质。在他的思想中，这些相反的东西互相制约又互相补充，组成了一个与传统文化心理有联系但又在主体形式上完全不同的独立系统。"[1] 这个发现来自对于《呐喊》《彷徨》与俄国文学关系的再认识以及鲁迅摄取尼采思想时的经验。比如鲁迅与尼采的关系，在他的阅读

---

① 王富仁：《先驱者的形象》，华东师范大学出版社 2014 年版，第 9 页。

体验里没有负面的感受，反而增加了鲁迅文本激越、深邃的意味。他在《尼采与鲁迅的前期思想》里指出："鲁迅没有把唯心主义当作绝对性的真理认识来宣扬，只是认为它可以'作旧弊之药石，造新生之津梁'。"[1] 王富仁认为长期以来人们对于马克思主义的认识停留在庸俗的社会学层面，假如从文本的独特性出发讨论问题，自然不会以现成的理论套用对象世界的特征。这些从事实出发的思考，在路向上已经不同于他的前辈们了。

当他的鲁迅研究的整体框架形成时，其在困惑读者的敏感的片段上投入了许多心血。他在回望不同时期的研究成果时发现，在表述研究者思想的同时，人们都遗漏了鲁迅思想里重要的东西，即我们的知识分子在面对鲁迅遗产的时候，尚无法以特殊的思维穷尽对象世界的本然。这与鲁迅的独异性很有关系。鲁迅研究不断被人所推动，乃因为其精神散出的光彩是不能被定量、定性地简单衡量的。

我们审视王富仁那个时候留下的文字，当可惊异于其敏感的内觉所提供的元素，直到现在亦有不小的价值。《先驱者的形象》《鲁迅前期小说与俄罗斯文学》《试论鲁迅对中国短篇小说艺术的革新》《论〈怀旧〉》《尼采与鲁迅的前期思想》都有与一般中文专业学者不同的思路，在他的开阔的视野和凝重的问题意识里纠缠着被疏忽的存在，往往熟悉的词语被赋予了陌生的意义。他在后来的研究中依然如此，且在文本的细读上给了我们无数惊奇。《〈狂人日记〉细读》《精神"故乡"的失落——鲁迅〈故乡〉赏析》《自然·社会·教育·人——鲁迅〈从百草园到三味书屋〉赏析》《学界三魂》《语言的艺术——鲁迅

---

① 王富仁：《先驱者的形象》，华东师范大学出版社 2014 年版，第 191 页。

〈青年必读书〉赏析》无疑体现其审美的高度，在幽微之中而见广大，是研究者自身功夫的一种显现。

与一般学者不同的是，王富仁一直清醒于自己的经验问题，这来自他回顾历史而得出的观感。他知道自己的限度，也晓得应当去耕耘的领域在什么地方。基于历史感的思想沉思，是改写现实的内力之一。无论在什么时候，这一宏阔的视觉感受规范了其选择问题的方式。他不仅在鲁迅思想与艺术研究领域留下了累累硕果，对于鲁迅研究史的思考，亦有相当的分量。

纵观他的研究可以发现，一是对于鲁迅的基本思想的描绘，带有很强的概括性，这来自西方哲学的启示。二是对于文本的解析，从具体的词句考量作者的精神要义，传统的鉴赏理念发挥了良好的作用。三是对于鲁迅整体思想的辩护，这使他带有了鲁迅护法者的意味。他早期的研究以宏观的审视给人留下深刻的印象，后来在微观的研究上表现出一般人没有的才华。比如在阅读《狂人日记》时，他就在词语的背后读出两条逻辑线，从精神病患者和反叛者的双重变奏里，发掘出鲁迅的反向的审美结构。这个异于常规的书写仅仅从世俗时空的感知中无法得出新意，当在变形的、互为矛盾的结构里思考作者的本意的时候，那些隐晦不明的意义就浮出了水面。他在此所表达的经义，是哲学家般的顿悟才有的灵思。在一些微观透视性的文章里，他穿透性的文字解析了普遍的疑惑，难以理喻的词语被其清晰的表述勾勒出确切性的意味来。那篇关于《青年必读书》的研究，对于扣在鲁迅头上的反传统的"帽子"给予了透彻的解答。鲁迅何以劝青年少读中国书，多读外国书，都有一个可以说服人们的内在因由。他从鲁迅关于人的觉醒的层面讨论读书的意义，而非从一般的劝诫里思考青年的学习生活，在所谓偏激的话语背后的暖意便流动出来了。王富仁在替鲁迅辩护的时候，着眼于人的解放和个性的觉醒。在他滔滔不绝的言说里，其内在的逻辑就与鲁迅的某些意象吻合了。

深入留意鲁迅文本的人，大凡都会感到其文本有一个迥异于传统的叙事结构，从日常的审美习惯中不易说清作者的隐喻。鲁迅存在着一个超出常规的思维方式，其进入问题的角度是撕裂汉语的一般结构。找到这个背后的幽微的存在，才是研究者应做的工作。他文本的背后存在潜文本的时候居多，有时候甚至在同构性里带有消解这个同构性的潜流。王富仁有时候找到了这个潜流，有时候没有。当他仅仅在概念和意义上纠缠词语的时候，鲁迅生命体验的非概念化的元素常常被遗漏了。

这种急于寻找精神潜流的过程，难免存在着为了证明意义而阐发意义的内在矛盾。陷入这样悖反的时候，研究者对于思想生成的复杂性自然会解之不深，对于鲁迅知识结构的丰富性语境的勾勒亦少有驻足。所以，在讨论鲁迅文本的时候，学者还不能从翻译实践和社会实践诸方面整体把握鲁迅的复杂性。他其实清醒于自己的思路的单一，因为青年时代的学术准备和思想准备，都还不能对应鲁迅的文本。当他较为认真地回溯鲁迅研究史的时候，他觉得自己的学术思考还仅仅在一个过渡的链条上，对鲁迅的巨大存在还只是勾画了小小一部分。

在《中国鲁迅研究的历史与现状》中，王富仁较为系统地梳理了中国各派的鲁迅研究的成果。进入问题的方式带有回溯启蒙与拷问启蒙的冷观。书中涉及不同的流派，其中对社会人生派、马克思主义派、英美自由派的梳理散发出其特有的沉思。他对于马克思主义学派的内在复杂性的考量，是同代学者很少有的，远去的灵魂在他的凝视里，完成了特殊的对话。王富仁在书中把这个流派分为不同的层次，青年马克思主义理论派、马克思主义务实派、马克思主义启蒙派等，各自含有不同的分量。他在不同人的研究中都留意到词语背后的悖谬的元素，发现了马克思主义派的鲁迅研究也存在问题。比如他对于瞿秋白的认识，在充分肯定其思想的时候，也发现了其理论上的瑕疵。瞿秋白在概括鲁迅前后期思想时说，鲁迅思想是从个性主义到集体主义，从进化论到阶级论。但王富仁认为，"个人主义"是一种思想的原则，"集体主义"是一种行动的原则，不可在一个层面上讨论。"进化论"与"阶级论"也不能在同一层面上讨论，"'进化论'是从社会发展的纵向过程上讲的，'阶级论'是在社会结构横断面上说的"①。他的这种分析，就将鲁迅的丰富性与概念的有限性的问题昭示出来了，看到了继续延伸讨论的意义。而在思考毛泽东的《鲁迅论》时，他的看法隐含着自己之所以另类解读鲁迅的原因：

> 毛泽东之所以把鲁迅视为现代中国的圣人，不是因为他信了一种什么样的理论，也不是因为他自己建立了一种什么样的理论学说，而是因为他的最根本的精神素质。这个精神素质便是他具有真正独立的思想个性，毛泽东说鲁迅的骨头是最硬的，说他没有丝毫的奴颜和媚骨，就是说他是自己思想和精神的主人，彻底摆脱了传统的奴隶性格，而对于殖民地半殖民地的人民，这是最难做到的，因而也是最可宝贵的。在这里应当注意的是，毛泽东是一个马克思主义者，但他却没有说马克思主义就是中国新文化的方向。这是因为，任何正确的理论都不能脱离开掌握它的人的精神基础，鲁迅所体现的是这种精神基础的东西，马克思主义理论无法代替它。
>
> ——《中国鲁迅研究的历史与现状》

---

① 王富仁：《中国鲁迅研究的历史与现状》，浙江人民出版社1999年版，第39页。

在这番叙述里，他一方面肯定了毛泽东的论述，另一方面找到了鲁迅研究的一个缝隙，即在判断文本与思想的时候，流行理论之外的传统的认知方式，亦具有有效性。接着他又说道：

> 但是，我们由此也可看到，毛泽东对于鲁迅的接受同样是在特定角度上的接受，这种接受是从鲁迅的社会表现中获得灵感的，而不是从他的作品的自身直接获得的灵感。正是因为如此，在毛泽东的评价里，我们看到的是一个被高度整合了的鲁迅，而不是充满了全部复杂性的鲁迅；是一个完成态的鲁迅，而不是有着曲折复杂的思想历程的鲁迅……
>
> ——《中国鲁迅研究的历史与现状》

王富仁这样精细的论述，其实是为研究的无限可能寻找依据。政治化的评价不能代替审美的评价，甚至不能简单等同于思想史的评价。鲁迅研究的无限可能，从有创造性的学者的思维空间里就能看出一二。人们对于经典的描绘不会有一个完整无误的框架，而那些以僵化的思维面对文学作品的人，在这种叙述里的尴尬也会自然而然地呈现出来。

这种陈述既是对于历史问题的总结，也有对于现实经验的回味。但王富仁的自我辩护的用意也是有的。他其实是要借着这种理论的缝隙，寻找进入空旷的世界的入口。而他自己是进入这个缝隙里的人物。他知道，从前人留下的空白点里，他能够画出自己想画的最新的图画。

在我看来，王富仁的研究具有他所云的马克思主义启蒙派与人生哲学派的特点，而在思维方式上黑格尔式的表述对于他是一个巨大的诱惑。他擅长梳理概念，又从几个概念出发，缜密论述相关的话题。黑格尔传统有本质主义的痕迹，用这种理论讨论鲁迅具有精神的冒险性。但他的特殊性在于，他专注于对文本的细读，关于《补天》《故乡》《从百草园到三味书屋》的阅读，消解了宏大叙述的空泛的阴影。而在他后来"新国学"的理论中，早期形成的文化整体观的思路，是暗含其间的。这三种脉络都交汇在鲁迅文本的世界中，立足于文本的时候，思想的力度与审美的力度同时出现了。

有一段时间，他集中精力回望鲁迅研究的历史，看出了研究者的学术背景和立场的差异导致的思想的差异。在各类学者的笔下，审美的结论互为矛盾，那些前辈的研究既给了他巨大的启发，又无疑有着历史的盲点。比如唐弢、王瑶、李何林的思考给了他引领的参考，但空白点也依稀可辨。在关于唐弢的《鲁迅杂文的艺术特征》一文的看法上，他敬佩这位前辈的杂文家的感觉，但对于其间的方法论的运用则有着不满："他在逻辑思维和形象思维的结合中论述鲁迅的杂文特征，其中接触到很多重要的问题，也有很多新鲜的见解和发人深省的比喻。但是，用逻辑思维和形象思维的结合只能说明一般文学作品和一般科学论文的差别，并不能说明鲁迅杂文与其他文学样式的根本区别。"[①] 在讨论《野草》的时候，他一方面看到了研究者的不凡眼光，另一方面也发现了王瑶、李何林论述中的漏洞，认为他们在接近鲁迅的时候，也把一些问题简化了。关键在于回到鲁迅自身那里去，且以一种切实的理论和深入的体验面对作品，方能显出思想的力度。王富仁意识到，鲁迅世界的独异性，使研究者处于尴尬的境地，任何一种方

---

① 王富仁：《中国鲁迅研究的历史与现状》，浙江人民出版社1999年版，第153页。

式都难以穷尽世象的本源，这恰是康德所言的悖论。当汪晖在研究中批评王富仁的时候，他表示出谦逊的态度，认为也打中了自己的研究要害，只在外部的环境中考虑"五四"以来的文学，忽略内部的元素其实是大有问题的。20世纪20年代以来，鲁迅被人们一再关注，其实不能不考虑其生命的内在爆发力给世人的冲击。王富仁认为，人生哲学派的学术思考，给学术带来了新意。"只有人生哲学派才使我们感到鲁迅的这种无法摆脱的苦闷不仅是他个人的苦闷，也是中国现代文化的整体的苦闷。"① 在这个基点上看他的鲁迅研究，以及当时的学术走向，都可以给我们提供一些意外的启示。不过他很快也意识到这种研究的另一个问题，那就是这种研究只是一个碎片式的凝视，却没有立体的架构。即人们还不能从历史哲学和文化哲学的层面考虑鲁迅的历史地位。而这，恰是其后来要做的工作。

促使其晚年学术兴趣变化的原因很多。复古主义与反"五四"的思潮的出现，是鲁迅研究不得不应对的挑战。作为鲁迅的研究者，不回答这些挑战是一种失职。许多研究者都对自己的研究进行了相应的调整，钱理群开始从当代教育入手面对现实的异化，汪晖到国际左翼的知识谱系里去了。王富仁则大踏步地后退，把目光投射到遥远的过去，即从"五四"回溯先秦，从先秦再到"五四"。他开始从大的文化背景那里思考鲁迅与中国文化的整体性关系，也就是在儒道释等流变的过程中看"五四"启蒙主义的价值。他的研究不是从鲁迅的知识趣味和古代文学修养的层面考虑问题，而是在一种思辨的层面上关照存在的要义。这种研究应当说是十分危险的，因为如果没有知识考古的

---

① 王富仁：《中国鲁迅研究的历史与现状》，浙江人民出版社1999年版，第211页。

基础，很易流于空泛。但是在《中国文化的守夜人——鲁迅》里，他却克服了理论思辨的弱点，以自己的丰富哲学知识和生命感受，为鲁迅做了一个全景式的精神定位。鲁迅的重要价值在一个宏大的背景里被一次次激活了。

毫无疑问，这是王富仁一生中最为重要的作品，其思想的厚重和精神的辽远，都深刻于那些思辨的辞章中。这本专著倾注了其半生的对于中国文化的思考，既非胡适式的经验主义，也非冯友兰式的新儒学。这是从鲁迅遗产中滋生的中国文化观，较之于徐梵澄对于传统的学理化的认识，王富仁更带有左翼化的历史主义意味。他对于传统经典的解释建立在较为系统的马克思主义的立场上，所有的遗存都被冷静的历史主义态度观照着。

新文化运动已经过去多年，人们对于传统的认识已经开始分化，保守主义者所云的"五四"破坏传统的思想成为流行的观点。但王富仁与钱理群、王得后则一致觉得，真正继承中国传统优良文化的，恰是鲁迅那代知识分子。他们才真的激活了传统最有价值的部分，使我们的文化得以深入发展。他认为儒家文化不是政治文化，它具有开放性、包容性，但却缺少现实的可行性。"儒家文化也已经不具有现代的性质和先进的性质，现代知识分子的道德人格不是由现代新儒家知识分子所体现的，倒是由像鲁迅这样的中国现代知识分子所体现的。"[①]在分析道家文化传统的时候，他对于老庄哲学有诸多自己独特的体会，看法往往与世人相左。面对老子哲学，他发出了与一般哲学研究者不同的声音，"老子哲学中的'道'，既是一种宇宙发生论，也是一

---

① 王富仁：《中国文化的守夜人——鲁迅》，人民文学出版社 2002 年版，第 126 页。

种意识发生论，既是历史观，也是认识论"①。他发现了"五四"新文人在理解世界时的独创性，这些与传统构成了一种隔膜。"面对这样一个隔膜的世界，鲁迅提出的不是向自然复归的'道'，而是向前伸展的'路'。"②这种区分看到了鲁迅与道家的基本差异，而其批评老子的依据便有了很好的解释。这样就廓清了其特定的范畴，为鲁迅那代人超越老子提供了理性的说明。老庄哲学对于现实问题的回避，造成了读书人不敢直面现实的孱弱性，"五四"新文化的重要意义就是对于现实的凝视。在《中国文化的守夜人——鲁迅》中，他坚持了"五四"的合理性，一切关于传统的描述，最终在于证明新文化是必然的产物，乃历史合力的结果。新文化不是用断裂可以解释的存在，它是思想的延伸与变异。鲁迅、胡适没有虚无主义地面对传统，相反，却在现实的感受基础上，丰富了其对于传统的认识。

在回望了传统之后，他的发现是，对于中国文化，"五四"那代人有着极为重要的贡献，一个晦明不定的存在渐渐清晰了，被遗忘的存在被重新叙述了。在大家都睡着的时候，鲁迅醒着，以自己的烛照，映出世间的百态。"我常想，要不是有鲁迅的存在，中国的知识分子还不知道要把中国的历史描绘成一个什么样子的；还不知道怎样把黑的说成白的，把臭的说成香的。有了鲁迅的存在，他们再想任意地涂抹历史就有些困难了。这实际就是一个守夜人所能起到的作用。"③当表达类似看法的时候，他的笔端幽情万种，神采飞扬，自己的一切也完全沉浸其间，浩茫之情思，流溢于天地之间。学术的生命，也即自我的

① 王富仁：《中国文化的守夜人——鲁迅》，人民文学出版社 2002 年版，第 43 页。
② 王富仁：《中国文化的守夜人——鲁迅》，人民文学出版社 2002 年版，第 116 页。
③ 王富仁：《中国文化的守夜人——鲁迅》，人民文学出版社 2002 年版，第 5 页。

生命，而人们喜欢留意他的文字，也与其思想的魅力大有关系。

钱理群认为鲁迅对于自己这一代人的重要价值，是如何成为真正的知识分子阶层中的一员，王富仁的看法与此庶几近之。在某种意义上说，他一生追求的也是这样的道路。每每想起他目光里幽默的一闪，和瞬间停止了笑容时的肃穆的表情，还有他烟雾里响亮的声音，就觉得他仿佛是来自另一个时空里的大写的人。他的远去，唤起了我对于20世纪八九十年代的时光的回忆，也真切地感受到一个时代的消失。鲁迅精神广矣深矣，而他的护法者，向来人数寥寥。在一个日趋碎片化的学术语境里，在学问成为功利主义世界的一部分的时候，王富仁的言说成了这个世界上的稀有之音。因这个缘故，鲁迅的精神得以延伸，也因这一缘故，他由此进入一个巨人的背影里。在这个衔接的过程中，他以生命的燃烧，告诉我们新文化的路正长，精神生长的路也正长。鲁迅遗产是一个不断被阐释、衍生、发展的未完成的存在，研究者的意义在于，他们不仅仅在还原文本的原态，也点燃了属于今人的创造性的火种。今天，我们从王富仁这样的思想者的劳作里回溯到鲁迅的世界，其实也是认识鲁迅遗产的方式之一。实际的情况是，鲁迅的思想的存在，已经起到了这样的不可替代的作用。

历史的宿命

—— 王晓明与他的文学批评

————— ◎ —————

　　当批评家并不比当作家简单，当然指的是出色的批评家。赵园就曾为文学批评做过一种描绘："批评也是一种对世界的发现，对艺术世界与生活世界的关系，尤其对于艺术世界自身规律的理论发现，丝毫没有什么卑微。批评与创作在从事精神创造这一点上是平等的。"这是那些有分量的批评家对世界的一种坦诚的独白，在理论思辨的世界里，对世界的描述，对艺术与人生的理解，西洋人早已形成了自己的诸多风格，且对文坛影响深远。与之相比，中国的大多数批评家们，一直处于尴尬的地位。我们一向缺少思想深邃的批评家，从"五四"到今天，影响文坛的批评文字，主要还是出自风靡文坛的作家之手。鲁迅、茅盾、胡风、刘西渭乃至当代的王蒙等，其批评文字有着鲜活的价值。如果要写一部 20 世纪的中国文学批评史，你会惊奇地发现，至少在 20 世纪上半叶，优秀的批评文字，很少来自高校的学者，而恰恰是来自那些集作家、学者于一身的人们。中国的批评家作为一支独立的力量，还十分弱小，文人们的智慧大多留在艺术形式中，很少驻足于思辨的形式。批评的光辉被五光十色的文学景观遮盖着，许多年来，世人一直把它置于一种属于"他在"的领域。理解批评并不容易，直到今天，这种蔑视批评的观念依然残存在国人的心中。

批评如此艰难，倒使那些恪守批评圣地的人们多了几分悲壮。十几年来，我一直注视着批评的团体，注视着那些始终如一的堂吉诃德式的斗士们在文学世界留下的足迹。我看到了王晓明，这位与我同龄的青年学者，他的闪光的文字和忧郁的篇章，一直给我带来亲切而复杂的情感。我觉得他是当代批评家中少有的具有个性意识和精神信念的人。王晓明或许是一位不具备思辨理性的批评家，但却是一位值得品味的学者。他本身的崇高感与复杂的矛盾心绪，他多年来一以贯之的、敏锐的治学态度，给我们的文坛带来了不少的话题。实际上，他已成了近十年来学院派批评家的代表性人物之一。无论你是接受还是拒绝，他至少让人感觉到一种精神锐气，你必须正视他的存在，那平静得几乎没有声音但却蕴含巨大的情感潮汐的理性，使王晓明遇到了一种不再轻松的拷问。他的颇为细腻的艺术感觉和近于苛刻的神志，使批评的分量，在他的手中变得沉甸甸了。

我最初注意到他的文章，是那篇《现代中国最苦痛的灵魂》。在此之前，还没有一篇关于鲁迅的论文那样使我激动过。王晓明论述作家的角度是独特的，他慢条斯理的自语式的、不带华丽辞藻和理性演绎的文体的背后，却常常有着逼人的气息在奔腾。关于描写鲁迅心理个性的地方，在理性的层面上，他几乎没有给人们提供任何一种新的发现，这一点他远不及钱理群、王富仁、王得后诸人。但是他的文章却释放着一般学者少有的情感，他把人们阅读作品时的感受，颇有分寸地表达出来。这种感受并不单一地停留在自我的直观的接受过程中，而是有着理性的穿透力。他把作者的心态与自我的感觉联结起来，文章通篇弥漫着心灵感应般诱人的氛围。随后读到他的《在俯瞰陈家村之前——论高晓声近年来的小说创作》《所罗门的瓶子》，进一步感受到了他独特的审美个性。尤其是《所罗门的瓶子》，其层层剖析对象世界的话语方式，不仅在感知的细腻上让人赞叹不已，更主要的是灵魂解析过程中的那份严峻和冷静，很是让我震惊。

中国的新文学诞生以来，从来没有过这一类心理分析式的批评文字，它既不同于心理学上的感知透视，也不属于社会学式的展示。王晓明注重的是人的意识结构和心灵的结构特征，并不过分在意艺术形式。对他而言，透过艺术的生成过程，来讨论知识分子的心路历程，比其他问题更为重要。他的良好的艺术理解能力，本应在解析小说文本时发挥出更大的作用，可意识习惯却使他把精力主要投入对作家心态的分析上。这是一条新奇的研究思路，在精神的层面上，这一思路更接近于思想的批评而非文本的批评。王晓明承认自己对文学中的非文学因素的注意，超过了对艺术形式自身的分析。我猜想，产生此种现象的原因，多半与他的知识结构、个性爱好，以及思想的背景有关吧？应当说，他对许多中国知识分子的心灵过程的把握是充满灵性且有力度的。

当人们习惯于以先验的理性方式解析艺术世界的时候，王晓明却从具体的作家作品入手，从直观的感受出发，自下而上地阐释文学的现象。他真诚的文字，使人对他的价值态度产生了一种亲切感。重要的不在于他展示了什么观念，而是其读解过程。在这个过程里，读者与文本间奇妙的关联，被他精彩地勾勒出来。注重作家的心理个性，注重中国现代知识分子精神的弱点，这使王晓明的学术风格转向了更切实的精神思考。他写鲁迅、茅盾、沈从文、张天翼等人的精神冲突，写张贤亮、高晓声、张辛欣等人的精神缺陷，在许多方面是令人信服的。从心理分析的方式切入作家作品之中，激活人们感知艺术世界新的兴奋点，这似乎比生硬地搬用洋人的批评方式，更适合中国人的思维习惯。我从王晓明众多的批评文字中，深切地体味到他找到了自我精神表达式的快意。《现代中国最苦痛的灵魂》《所罗门的瓶子》《在俯瞰陈家村之前——论高晓声近年来的小说创作》等作品的问世，标志着作为心理批评家的王晓明的诞生。他的这一方法的出现，我以为是对20世纪80年代以来批评界的一个不可忽略的贡献。

王晓明的成名之作，实际上是那本论述沙汀、艾芜的论著《沙汀艾芜的小说世界》。那时他已在书中显示了心理透视的某些特点。我近日翻看这本十年前的旧作，依然有新鲜之感。他的智慧不是闪现在一种理论的归纳和精神的抽象上，《沙汀艾芜的小说世界》的诱人之处，在于读出了作品的个性与作家的个性的联系。他写沙汀的现实情感与价值取向，写艾芜的某些乐天精神，是准确的。凭着自己的天赋，他读出了作家世界嘈杂的一面。这种读解的过程，自然而然地消解了传统文艺理论某些教条的东西，使你不由得对他的书产生了一种认可的态度。尽管此书在许多方面还带有旧的认知习惯，可他却在文学批评方式的尝试上，为后来心理分析方法的出现，奠定了实践基础。我不知道他起初何以选择这两位四川作家作为自己的研究对象，这两位并不复杂的作家，使他一开始运笔的时候，就显得较为自如，这大概建立了他后来文学批评生涯过程中的某种自信。他在作家作品面前，从未显出"须仰视可见"的神态，即使写鲁迅这样的人物，精神上依然显得从容。王晓明后来渐渐养成了自高处俯视众生的习惯，尽管他也承认自己的矛盾与困惑，可他批评现当代作家的那种毫不温暾的态度，如果不是建立在一种坚强的信念和自重的基础上，恐怕是不会产生的。我注意到他一再引用的鲁迅的那句话："中国其实并没有俄国的知识阶层。"这句话所生成的信念直到今天依然顽强地矗立在他的批评世界里。他后来关于"20世纪中国知识分子精神退化历程"的描述，关于"人文精神失落"的观点，差不多一直是从这里延伸出来的。以富有责任感的态度来看待20世纪的文学，给他的批评文学带来了十分庄重的情感。我几乎从未见过他随意应酬的文字，十几年来，他的文章，差不多一直保持着这一个性。

然而王晓明给文坛提供的并不是真正意义上的方法论的东西。我觉得他对现代文学的读解，更主要是从历史主义的道德意识出发的。他在鲁迅、茅盾、沈从文、张贤亮、高晓声等几代人那里看到的，大多是"异化"的问题，是环境对人的自由心灵的压迫。他正是从外在环境如何异化人的主体世界这一角度，来考察作家心灵的困苦。例如他写茅盾的先验精神对创作的窒息，写沈从文后来独特文体的消失，写张贤亮身上鬼魂的影子，很有说服力。在这种时候，他往往从艺术感受中走出来，回到思想、意识的解析之中。这里可以看出传统批评的思维方式对他的制约。

读他众多的文章，一个突出的印象是，他以文学为话题，在陈述着思想史的内容。但他不像一个庸俗的社会学批评家那样机械地演绎文学，他的作品是实实在在的。至少那种认真读解与不盲从的精神，让人对他的作品产生了极大的兴趣。如果你读一读他写张天翼世界的文字，你会惊异于他细腻的感悟。另一篇关于张贤亮的长文，语气的沉重与理性的明晰，会让你对他雄辩的气魄顿生敬意。他迷人的文字不在于感受艺术时的那种呼应，而在于他批评的文体，为作家的心灵画像。那篇写高晓声的文字，其诱人之处在于勾勒了作家的精神形象。

《所罗门的瓶子》在曲折多变的陈述中，为我们描述的不是艺术的图景，而恰恰是作家心灵之迹。这使他的批评文字产生了一种散文效应。他是以理论家的思维方式，完成了散文家式地雕塑人物的过程。这种从理论的角度刻画作家个性的方式，在更高的层次上，其思维方式与传统批评的感悟特征是有着深刻的联系的。王晓明把这种联系，进一步地个性化了。

王晓明的治学过程，近来越发被焦虑的沉重感包围着。无论是写现代作家还是当代作家，他常常以挑剔的目光审视对象，以致使文章透出了一股冷峻。即使是对鲁迅这样的作家，他的笔，依然不免苛刻。他对中国文人的要求也许过于求全，在他的思想深处，似乎一直渴望着一个具有现代意识和独立品格的知识者群体的出现。这种理想主义的观念，成为他文学批评的一个参照。在《潜流与漩涡：论二十世纪中国小说家的创作心理障碍》一书中，他就直言不讳地说，中国知识分子的精神在一步步地退化着。他用一种纯而又纯的尺度要求作家，结论中的失望语气，就不言而喻了。在论及艾芜时，他曾提出"艺术正是生根在对生活的肯定和追求当中"的观点，但他在中国文人那里，看到的健全的心态还是太少了。

人文精神的变形与扭曲，充塞于20世纪的文学。王晓明差不多在所有杰出的作家那里，都看到了这一残酷的事实。这使他把主要精力，投入对中国作家心理障碍的关注上。他过于看重人的心理冲突，对许多貌似理想的文学创作口号，保持着冷静的态度。有些批评，也颇见功力。例如他说韩少功犯了"以意为之"的毛病，是看到了作者的弱点的。"寻根文学"缺少深思熟虑，是作家灵感式的冲动产物的结论，也很精辟。我注意到他批评张辛欣、刘索拉和残雪的文字，其中对作家弱点的分析，很有分量："当悲观的情感过于沉重的时候，作家会不会干脆'看穿一切'，用理智地撤回人生诺言的方式，把自己从失信的痛苦中解脱出来？当阴郁的心境过于强烈的时候，作家会不会干脆转过身去，听凭下意识的愉悦本能，把自己引向快乐的语言游戏？张辛欣、刘索拉和残雪的小说，似乎就证实了这种可能。或是早已经看破一切而心灰意冷，或是终因为无力'自啮'而渐趋肤浅，她们不都在有意无意地抑制和躲避自己的痛苦吗？而且，又何止是她们三个，就在其他不少作家身上，不也分明可以看到同样的抑制和躲避，同样的或者更加严重的空虚和做作吗？一种是相当普遍的心灵的疲惫，一种似乎是先天性的精神的孱弱，它们足以打破一切有关文学新时代的热烈期望，我当然要深深地震惊了。"从这样沉重的语气中，多少可以看出王晓明的严厉。这严厉的背后，则是扯不断的焦虑、失望之情。几乎所有的作家，在他眼里都充满了个性冲突和非正常情态。鲁迅、茅盾、沈从文等人的心绪的复杂因素，使他对20世纪人文精神的变化深为忧戚。他发现了几代文人共有的心理障碍，并且在这种障碍中寻找到了中国文化的特有规律。

这样挑剔式的视角，对当代文学批评的启示显然不可小视。但过于看重心理障碍，而不从由这种障碍生成的艺术作品中寻找人类创造精神文明的新奇精神，显然失之偏颇。世上本没有纯粹，没有一致性，障碍是人类生存经常遇到的东西。人类心智活动的历史，其实也就是一部障碍生成与障碍克服的历史。障碍也可以产生智慧。当王晓明过分强调障碍对人的不利因素时，他实际上就开始拉开与艺术本身的距离了。不能用"泛人格化"的尺度去看艺术，艺术其实与人的心灵有着复杂的、非线性因果的联系。如，谈论张贤亮的时候，如果单纯地把作家某种心态的畸形与艺术的畸形等同起来，在方法论上就显得简单化了。尽管他是从作品来总结人的心态的，但忽略心理障碍对艺术积极的影响，那至少犯了"一元论"的错误。

　　人从未有过自在自为的精神状态，人们之所以要创造艺术，乃因为现实中有着太多的矛盾，庄子的潇洒，莎士比亚的博大，其内在因由，我想也是与内心的矛盾和精神的渴望有关的吧？鲁迅、周作人在苦难中的思索，那种咀嚼苦涩之果的方式，不也是生存智慧的选择？当代文学尽管在某些方面不及"五四"时期的文学，但在整体上表现的情态，是从"五四"那里延伸出来的。仅仅站在人文科学的角度去声明中国人在退化，显得过于武断，这必然走向悲观主义。历史毕竟进化了，科学哲学对当代文人的影响，人们生存空间的改变，仅仅用前工业文明中的价值尺度去衡量，必然出现视觉的错位。如果我们看不到王蒙、汪曾祺、史铁生、刘恒等几代人的生存智慧与对待苦难的正常态度，就看不到当代文人的某些与过去不同的优势。王晓明的文学批评中的焦虑情感，一方面给他的文字带来深沉的使命感和人格力量，但另一方面又因囿于单值的价值判断，而显得狭窄与不通达。他大概不善于从宽泛的视野中，换一种方式探讨客体，这限制了他走向博大的可能。但又因其十几年来坚守心灵的圣地，表现出顽强的个性主义情操，他的文字也因此绽放出在许多批评家那里少有的光芒。至少在对精神价值的体味的深刻性方面，他是当代批评家中较出类拔萃的一位。

　　他的这种个性，在鲁迅研究方面显得尤为突出。《无法直面的人生——鲁迅传》，是迄今为止他最有分量的一部著作。他多年形成的认知习惯、感知个性，乃至哲学品位，在此书中均得到了长足的发展。从20世纪40年代末出现第一部鲁迅传记以来，国内有关鲁迅的传记已有十几本之多了。但王晓明的著作，却是很有个性的一部。几十年来，我们的学者太习惯于从既定的模式出发去理解鲁迅，众多的传记中均留下了先验理念的影子。人们要么从神的角度去描摹他，要么类似郑学稼、苏雪林那样全面诋毁他。除了曹聚仁等少数作者外，传记令人失望的地方殊多。王晓明着手写鲁迅的时候，中国学术界已发生深刻的变化，社会生活也与先前大不相同。我读他的这部传记作品时，感到其内心正经历着人生的困难时期，他比先前更具有孤独和偏执的一面。鲁迅的存在与现实生活诸多矛盾的存在，使他的精神天空布满了层层云霭。他对鲁迅的咀嚼太沉重了，已看不到多少纯学者式的静观。他陷得过深，把自己也燃烧在里面。《无法直面的人生 —— 鲁迅传》的重要之处不在于展示了新的理念，而是他对对象世界心理冲突的详尽分析。在王晓明笔下，鲁迅神圣的一面被更多的阴郁与悲壮代替了。他几乎撇开了鲁迅身上所有明朗的东西，一意地钻到他内心的困苦之地。应当说，就人物精神的总体把握而言，他的感觉有许多地方是准确的，且弥漫着更深沉的心灵感应的气息。鲁迅时代的苦难与鲁迅自身的苦难，在王晓明痛楚的笔下被复原了。我感到深深的刺激，他那么残酷地经受着鲁迅曾经历的精神历程，使人感到王晓明在对象世界的精神历程中，找到了一种深切的呼应。我记得赵园说过，她那代人的学术研究，有着太多的自我情感，他们发现了自己与现代史上那几代知识者的精神感应。王晓明这一代人，何尝不是如此？他在《无法直面的人生 —— 鲁迅传·跋》中写道：

　　　　鲁迅的痛苦是极为深刻的，其中一个突出的方面，正是那愤世嫉俗的愤懑之情，对像我这样几乎是读着他的著作成长起来的人，他的思想本来就特别有震撼力，偏偏我自己的心绪又是如此，他的愤懑就更会强烈地感染我。我当然是在描述他的痛苦，但这痛苦也是我能够深切体会，甚至是自觉正在承担的，你想想，一个人处在这样的写作状态中，就是思路再慢，也克制不住地会要疾书起来吧。

这样的太多的自我情感的参与，显然使作品的客观性受到了影响。虽然人们说一切历史都是当代史，但过于囿于自我的价值偏爱，而忽略客体确实曾存在的另一方面，是不是有些过于武断？我十分欣赏他对鲁迅矛盾内心的颇有张力的描述，但他因过于相信心理障碍对人生经历的影响，而忽略了鲁迅的精神结构与知识结构。鲁迅世界确切性的一面，不幸被王晓明一笔抹掉了。《无法直面的人生——鲁迅传》的根本弱点在于，王晓明把鲁迅先生的思考统统让位于那些非理性的悸动。他对鲁迅精神不确切性因素的偏爱，超过了对那些确切性因素的冷静观察。

我至今也相信，如果了解鲁迅，倘不懂得他对科学哲学的偏爱，是不全面的。鲁迅的藏书中有大量的自然科学著作，他早期人生观的形成，一多半来自他对自然科学哲学的理解。不仅社会观如此，历史观也多有这些因素的投影。请看他早期写下的《科学史教篇》《人之历史》《文化偏至论》等，其锐利之处，是一般同代人所不及的。这形成了他认识论的牢固的根基。他相信理性可以穷极对象世界。回国后，他大量地购买物理学、化学、地质学、矿物学、生物学、动物学、解剖学及医学卫生类等书籍，表明他对科学理性是看重的。他晚年对植物学、生物学的念念不忘，表明他在认识论上，并不完全是一个虚无主义者。只有明白了这一点，才可以理解他的杂文何以具有常人少有的理性力量。他对愚昧的抨击，对复古主义的审视，都是建立在对科学理性信仰的基础上的。他晚年购置大量的社会学著作，其中也隐含着一种理性的渴求吧？理性世界的确切性是一回事，情感体验的非理性因素又是一回事。倘仅仅看到后者而漠视前者，在我看来，至少是残缺的。王晓明在后者的道路上走得很远，亦有惊人的、颇有启示性的发现；但当他滑向灰暗的精神之谷后，是否会感到自己在偏激的路上越走越远？一味地审视作家心理障碍的一面，并不能见其全貌，《无法直面的人生 —— 鲁迅传》的偏颇，恰恰体现在这一点上。我感觉到，作者在这里把自我精神情趣推向了极致，他的情感的位移，至多不过表达了一种阅读的再度体验，却难以在理性的层面上复原鲁迅的全貌。王晓明的众多批评文字，是不是常有这种弱点？

尽管这样，我依然喜欢这部充满激情的著作。我许久没有读过这样一部敢于直面作者弱点的书籍了。记得只有曹聚仁曾在《鲁迅评传》中说过类似的话，但也只是一笔带过，没有细究。王晓明却抓住了鲁迅困惑的一隅不放，大胆地走下去，至少在一个角度上，为我们提供了认识鲁迅的视角。全书气韵生动，一气呵成，在文字和结构上均显示出他的才气。比起论沙汀、艾芜时的王晓明来说，这里的他已判若两人了。我想，在这里，他心理批评的模式，达到了透彻的地步。如果说写沙汀、艾芜时还有些拘谨，那么到了鲁迅这里，他把更为复杂的人生体验与民族的历史，更深刻地融会到一起。他无法扯断历史的脐带，内心的苦楚如潮水般涌现出来。他似乎不再像审视沈从文、茅盾时那么自信，心头还有着理想主义的光环。现在的王晓明，有了更多的困惑、更多的焦灼。当他直面鲁迅的时候，除了与作者有着苦难的共鸣外，那种明晰的理性之光正在慢慢消失。写作家心理的障碍，是不是自己也有太多的这种障碍？如果是这样，他的研究视角，在另外一个层面上，还有失单纯。学术研究如果不将自我与对象世界适当疏离，也许会缺少一种历史的厚重感吧？"五四"以来，中国最有成就的是史学，史学比文学理论与批评，更少受主观因素的任意控制，虽然史学也无法避免主观的色彩，但至少史学中的距离感，使我们对它的客观性抱有一种亲近的态度。文学批评与文学研究，在这一点上如不注意自我校正，要经得起长时间的考验，是很难的。

我丝毫不是抱怨我们的批评家，但我们必须正视文学批评中的这一"死门"。如果不将其克服，并且试图在此基础上构建新的理性蓝图，悖论是不可避免的。王晓明和他的友人们近来关于"人文精神"的讨论，证明了旧有思路的弱点。我想，王晓明等人提出的"人文精神"的话题，是他多年思想的必然结果。应当说，这个讨论是十分重要的，在中国文坛趋于沉寂、缺少凝固力的今天，能试图用一种理性去正视现实的浮躁，这对当代人来说，不失为一种良好的提示。他们对道德感丧失的忧虑，是充满责任感的。只有抱有理想主义的人，只有在"五四"人文精神中沐浴过的人，才会具有如此深切的忧患意识。我初读他与几位学者的对话时，深深地被他们的忧患精神所打动。坦率地讲，我并不苟同他们的许多观点，在我的认识中，王晓明等人的思路，有"泛人格化"倾向。一味地把当代文坛看成人文精神的失落之处，在价值尺度的运用上，是缺少充分依据的。他似乎也承认自我在寻找道路时的茫然心境，回首历史，自然有空空荡荡的感觉；看看现实，商业化的袭扰使传统话语场失去效应，未来呢，似乎已没有了明晰性……"人文精神"的大讨论，正是在这种历史的转型期被提出来的。

在价值失范、权威理性弱化的今天，中国的不同文人提出了各自不同的精神信念，均旨在拯救民族进入现代社会时的精神失态。"后现代主义"的拥护者们从消解意义的角度提出了自己的价值取向，而

"新儒学"者们则以狭隘的民族保守主义观点来重觅乌托邦之梦。在诸多主义"粉墨登场"的时候，王晓明等一代批评家们采取的是一种更为切实的态度。他们不可能走向传统，又不像"后现代主义"的提倡者们那样对现实采取一种朦胧的态度。王晓明陷入了深深的困境中。他不仅遇到了急剧变化的、不可思议的工业化社会的挑战，也开始面临着知识结构的挑战。他越来越强烈地感受到自己置身于鲁迅所言的"无物之阵"的痛苦。我想，他后来潜心进入鲁迅的世界中，且那么深沉地呼应鲁迅内心复杂的情感，这与他自身的处境，大概不无关系。他对当代文学表现出深切的失望与不满，但又找不到一种理性的力量去拯救现实。因此，当他和自己的同伴们呼喊去建立新的精神秩序时，就多少显得有些茫然和空泛了。除了呼喊外，在这种悲壮的声音里，几乎看不到多少清晰的理性图画。他这样描写自己的心态：

> 从必得要有一个希望在前面引路，到看不清希望也要勉力往前走，这就是我五六年来大致的思想过程。我是比先前更不愿意谈论将来了，但我的心境却相当平和。我似乎有可能看清楚周围的环境，我更觉得有能力把握住自己。我开始知道了什么是我该做的事，我应该大致往什么方面去努力。而正是从这努力和该做的事情上面，我获得了某种生命的意义，即便我也知道，这可能只是一种暂时的意义。这样的平和与稳定，究竟是不是面对现实所适宜采取的姿态呢？或许它很快又会被新的刺激所打破？但我又觉得，经过了这几年，我大概也不会那么容易就跌回原先的绝望了。也就因为这一点，虽然明知道自己正陷在"穷途"之中，几年来的思想和言行，都不过是一种"刺丛"中的徘徊，我却愿

意引用鲁迅曾经引用的《离骚》中的名句，将这些都称作"求索"了。

——《刺丛里的求索·序》

王晓明的陈述与鲁迅在《呐喊》序言中的话，在韵律上是相近的。只有在这个时候，他才真正地贴近鲁迅，理解鲁迅。如果不是曾有一个理性的力量支撑着自我，而又遇到了现实的重创，也许不会有这种失望中的追求吧？

这也恰恰以王晓明自身的经历，证明了鲁迅那代人，精神上并非全部笼罩着虚无。它也从另一个角度，证明了中国知识分子的心理障碍过程，并不仅仅只是精神上的退化过程。在诸多心灵冲突里，亦具有某种超越旧我的历史进化之音。历史永远不会停留在一个水准上，单纯地用进化与退化来形容历史过程，并不能准确地描绘历史。我以为王晓明的出彩之处不在于他怎样解释过去，而在于他那种解释世界的道德激情。他直面人生的真诚和勇气，比闭着眼睛说昏话的人，要可爱多了。这使人们对他的任性，表示出一种谅解。不回避自我的缺陷，在批评的世界里敢于大胆坦露自我的局限，这使他的学术活动，增添了诱人的光彩。他形容自己像鲁迅那样在"刺丛"中求索，这不只是一句漂亮的形容。的确，在中国的今天，我们注定超越不了鲁迅，在为民族与人生出路思索的时候，鲁迅所感受到的那一切，被我们一代又一代重复着。王晓明能跳出这一精神的循环吗？他多年的学术活动，这样深地与民族现代化进程的困顿交织在一起，使其文学的批评与研究，大大超出了文学自身的范畴。这是批评的不幸还是它的荣耀？这种单一的求索可以真正丰富批评自身与中国知识分子的精神吗？王晓明也许并不能确切地回答这一问题。坦率地讲，我们这一代人，对此均有着相似的精神觉态。当冷静地去正视批评的历史时，我们又被同样的历史卷入精神的黑洞之中。在这个漫长的精神洞穴里，我们不自觉地成了当年所批评的对象。这种历史的宿命，不仅适用于"五四"时的那代人，同样也适用于今天的许多文人。王晓明的存在，是不是使我们更看清了这一点？

在鲁迅的暗区里

─────── ◎ ───────

二十多年前我和高远东在一个研究室工作。那时候人们喜欢清谈，周围各类沙龙十分活跃，可是几乎都找不到他的影子。他的文章不多，一个人躲着读《周易》或鲁迅、金庸等写的书。偶尔和同事见面，语惊四座，神秘的玄学一直笼罩着他。直到他在《鲁迅研究动态》发表了那篇《〈祝福〉：儒道释"吃人"的寓言》，人们才发现了他的出色的才华。我读了那篇论文，很长时间不敢去碰鲁迅，因为自知没有相当的功夫，是不能从容地解析那个世界的。

对于他的著述我期待了二十年。其间偶能看到他在杂志上谈论鲁迅的文章，都阅之再三。高远东的文字是有着穿越时空的回旋感的。从20世纪80年代开始，他思考意义宏大的问题从来都是从细节上开始的。他看文学原著，都不愿意简单地停留在价值判断上，而是从文化的血脉里整理其复杂化的存在。新出版的《现代如何"拿来"——鲁迅的思想与文学论集》，真的让我驻足长久，暗生幽情。20世纪80年代以来形成的思维惯性，在他那里被另一种思路代替了。我曾想，讨论鲁迅也不妨多一点儿野性或文艺学科以外的东西，我们现在的研究大多被学科意识所笼罩，同语反复者多多。大凡有奇思新意的，都不在这个范围之内。

高远东之于鲁迅，暗示着 20 世纪 80 年代末以来诸多文化难题的汇集。他 20 世纪 80 年代开始起步的诸多精神题旨，在 90 年代与后来的岁月里越发棘手与扑朔迷离。在"冷战"结束与诸种新思潮弥漫的时候，如何面临抉择，一直困扰着他。也正因如此，他从鲁迅资源里寻找当下语境里属于自己的东西。不仅是在回溯原点，更重要的是他发现了鲁迅世界的一种复杂结构下的心智和情绪。鲁迅研究的最大问题是研究者一直在远离鲁迅的语境来讨论鲁迅。在高远东看来，"选择鲁迅还是胡适"，就是非此即彼的"冷战"模式。比如自由主义与左派谁更重要，这是封闭语言环境里才有的疑问。

人们多年一直在用鲁迅最厌恶的语言讨论鲁迅，这是青年一代远离这个前辈的很大原因。我以为高远东不同于同代人的地方在于，他的思考恰恰是从颠覆这个思维模式开始的。他解析其小说，梳理青年鲁迅的文言论文，参与现代性的讨论，根本点是找到鲁迅的那个回旋式的语言逻辑点。鲁迅在肯定着什么的时候，同时又在提防着什么。在走向近代化时又反抗近代化的黑影，最早是汪晖从哲学的层面发现了这个问题。但汪晖没有来得及从更深的层面继续自己的思路，而高远东却从多样的精神载体中，找到了面对鲁迅的视角。鲁迅是如何从古文明里出离，如何再进入对古文明的改造；如何在确立"内耀"的同时，又关注"他人的自我"；如何在建立现代小说的规范那一刻又冲破了这个规范？回答这个问题用了他二十余年的时间。其间他的思绪从西洋近代哲学到中国的先秦哲学，从"五四"回到当下，从俄国经验回到中国现实。他惊奇地发现了鲁迅精神结构的一个链条，那就是在"立人"的情怀里的"互为主体"的思想。这不仅回答了新思潮对鲁迅的挑战，也回答了一些浅薄的左翼人士偏执理念的诸种提问。这是高远东不同于前人的地方，他终于在复杂性里找到一个解析鲁迅的话语方式。

在高远东那里，一是不断从当下的问题意识里寻找与"五四"启蒙传统的对话形式，一是从鲁迅的小说与杂文文本里爬梳其精神的另一种可能性。前者不得不应对自由主义与后现代思潮的挑战，他从未将鲁迅传统与胡适传统简单地对立起来，而是把他们视为文化生态的两翼。"鲁迅是药，胡适是饭。"这个通俗的比喻也被用来形容社会主义与资本主义的各自价值。这就和各类流行的思想隔离开来，有了自己独立的声音。后者则从知识界的分化里，发现新的知识群落的悖论。比如后现代论者急于颠覆启蒙以来的理性逻辑，但又想建立自己的逻辑，这个逻辑恰恰是他们在出发点上要否定的存在。历史正重复着"五四"前后的景观。人们在呼唤建立什么的时候，又开始丧失另一种资源。

而鲁迅绝不是这样。高远东在一种当下的焦虑里，对鲁迅进行深度读解。他发现鲁迅在面临那个年代的话语氛围时，一直持一种冷静的批判姿态，即常常从流行的确切性的话语里发现他们的悖论。而他的一些思考其实就是要穿越这个悖论。高远东从鲁迅早期的文言论文《破恶声论》里，发现了鲁迅思想的重要资源。《鲁迅的可能性——也从〈破恶声论〉寻找支援》散出的思辨力，在我看来是他的思想成熟的标志。

《鲁迅的可能性——也从〈破恶声论〉寻找支援》解释了"主体性"与"互为主体性"的逻辑过程。特别是"互为主体性"的提出，是继"立人""中间物"意识之后，一个重要的发现。鲁迅思想原点的这个元素的发现，为真正解决棘手的价值难题创造了一种可能。鲁迅不是在"是"与"不是"中讨论主奴的关系，而是在强调"立人"的过程中，绕开社会达尔文主义的简单逻辑，把"主观""自觉"发展为"反诸己的内省"。高远东写道：

> 我不知道鲁迅的批判除了针对晚清中国立宪派的"国民说"外，是否也包含着对明治时期以来日本思想的某种观察，那时的日本刚经历日中、日俄两大战争，但之前思想界就忙于"脱亚入欧"，把西方殖民／帝国主义的逻辑合法化。像福泽谕吉从"民权论"到"国权论"的转向就是一个例子；而战败的中国一方，甚至包括革命党人等"中国志士"在内，羡慕"欧西"的强大和日本弱肉强食的成功，不惜接受社会达尔文主义的文明逻辑，以西欧、日本为师以图民族自强。这种情况其实代表着亚洲／中国与西方之"现代"相遇的残酷现实：殖民、帝国主义不仅属于殖民主义者，而且也成为被殖民者的意识形态；不仅被殖民者用来进行征服，而且也被被殖民者用来进行反征服——处于主从关系之中的主从双方竟享有同一价值。鲁迅发现了这一点，其思考因而也得以在完全不同的思想平台——如何消除主从关系——之上进行，他不仅关心反侵略、反奴役、反殖民，而且关心侵略、奴役、殖民的思想机制的生产，关心怎样从根本上消除侵略、奴役和殖民机制的再生产问题。作为一个"受侵略之国"的青年思想者，鲁迅对"崇侵略"思想的批判完全不同于"彼可取而代之"的反抗逻辑，完全超越了当时亚洲／中国思想关于人、社会、国家、世界之关系的理解水平。
>
> ——《鲁迅的可能性——也从〈破恶声论〉寻找支援》

这是理解鲁迅的一把钥匙。高远东进入了那个扑朔迷离的对象世界。许多难以深入的话题在他那里悄然冰释。我多年前读到这段话时，曾为之击节不已，至今还记得那时候的感受。于是想起鲁迅一生翻译介绍的大量文学作品和美术作品，那里所期待的也恰是对主奴关系的颠覆。我们由此想到他对《新青年》同仁的批评态度，他在左联（中国左翼作家联盟）中的紧张感，源于选择中的抵抗吧。鲁迅憎恶奴隶看待世界的奴隶主式的眼光。周作人当年说中国的有产者与无产者都是一个思想，就是升官发财。周作人看到了这个现实，却没有颠覆这个存在。而鲁迅则以生命的躯体直面奴隶之邦，寻找另一条路。他其实已经从左右翼的简化思维里出离，从奴隶与奴隶主的循环性里出离，将一个密封的精神洞穴打开了。以鲁迅为参照，回答我们这个时代的思想挑战，高远东比那些把"五四"经典象牙塔化的学者更具有张力。也由于这一概念的发现，为鲁迅生平晦明不定的现象找到了一个解释的入口。

记得在翻译了武者小路实笃的《一个青年的梦》之后，鲁迅对其中的意象不无感慨。他在该书《译者序二》中感叹，中国人的思维里没有"他人的自我"，原话是：

　　我的私见，却很不然：中国自己诚然不善于战争，却并没有诅咒战争；自己诚然不愿出战，却并未同情于不愿出战的他人；虽然想到自己，却并没有想到他人的自己。譬如现在论及日本并吞朝鲜的事，每每有"朝鲜本我藩属"这一类话，只要听这口气，也足够教人害怕了。

很长时间，人们讨论鲁迅的思想时，不太去涉及这个话题，习而不察，视而不见。多年后韩国知识界讨论民族主义与东亚的问题时，读到鲁迅的话颇为感动，因为在反对殖民压迫的同时，鲁迅也在警惕大中华的理念。在"被现代"的过程里，东亚人如果没有对外来压迫的抵抗和对自我旧习的抵抗，都不会成为新人。这也就是为什么他在日本帝国主义侵略中国的时候，在反侵略的过程中还不忘记国民性审视的原因。也就是高远东谓之摆脱文化对抗的"互为主体"的意思。

"互为主体"的概念不仅可以用来解析人与人的关系，也可以解析民族与民族、国与国的关系，自然也能解析男女之间的关系。问题是，在紧张的历史条件下，这种互为参照的意识被阶级斗争的残酷现实所掩盖。鲁迅不得不以斗士的姿态出现在这个世上。鲁迅讨论问题都被限制在一个语境中进行。比如宽容是好的，但对手如对你不宽容，就不必去讲宽容，只有斗争才可能争来宽容的环境。待到那个新环境到来时，就不该再怒目而待了。鲁迅其实早就看到了这一点，却不愿深度阐释。因为他知道，在无阶级社会到来之前，奴隶们要争取的是自由的空间。自我的自由不是为了使别人不自由。正如他所说，革命不是为了死，而是为了活。这些潜在的观点过去阐释的不多，鲁迅文本的丰富化与阐释的单一化，或许就是没有看到那个巨大的潜在意识所致。鲁迅研究必须探到暗语言与暗功夫中。鲁迅的意识常常在那些无词的言语中，可惜人们很少能走到寂寞的精神暗区里。

理解鲁迅很难。我自己对那里的许多东西是懵懂的。比如他和传统的关系究竟如何，也非一两句话可以说清。因为鲁迅在文本里对其表述是明暗不定的。在我看来也存在一个精神的暗区。只有深入底部，才可探知一二。鲁迅对中国传统思想和价值的批判，同样吸引了高远东。20世纪80年代末他有机会看到鲁迅的藏书，对其知识结构兴趣浓浓。鲁迅藏品中的各类野史与乡邦文献，似乎都在注解着其对儒道释的态度。但那逻辑过程究竟怎样，如何刺激他生成了新思想，则需要花费大的力气方可为之。理解鲁迅，不能不触及这个难点。像发现了"互为主体"的概念一样，他从分析《故事新编》入手，深切入微地探究儒家、墨家、道家与鲁迅的联系，找到一个令其会心的存在。文本分析不仅是审美的穿越，也是一种哲学的关照。把文本引进哲学语境中来进行讨论，是大难之事。历史故事背后那个精神隐喻对作者才是重要的。高远东阐释鲁迅对儒家的态度时，用的是悖论的眼光。他发现鲁迅用儒家的价值的含混性和矛盾性，指出儒家伦理的神圣性的丧失，以及内在的不合理性。在现代意义上儒家思想何以显得蹩脚，小说都有感性的暗示。道德判断的先验性与唯一性，是儒家思想要命的一面。鲁迅借小说讽刺了这一虚幻性的存在，其实是想绕出几千年来的误区，设计个人化的精神路径。而在分析墨家文化时，作者对鲁迅继承传统文化的核心精神的阐释也颇为精妙，是他的创造性的书写。他对《铸剑》的分析与《非攻》《理水》的读解，多惊奇之笔。从故事的人物与意象到哲学的盘诘，并无生硬的比附，而是曲径通幽，水到渠成的。他将鲁迅吸取传统文化特别的一面昭示出来，给人颇为可信的印象。墨子的价值大概在于对一种责任的承担，不涉虚言，有着清教徒式的度苦，以及献身精神。《故事新编》常常有着类似的意象，黑衣人的果敢决然，墨子的振世救弊，大禹的敬业之举，在鲁迅看来有着希望的闪光。通过对这些人物材料的运用与理解，鲁迅把一种旧文明中殊为可贵的余绪打捞出来。高远东兴奋地写道：

> 如果把鲁迅在《采薇》《出关》《起死》中对儒道的批判与在《非攻》《理水》中对墨家的承担联系起来，我们会发现他承担着墨家的价值，倾心于墨家伦理，赞赏行"夏道"的清晰思路。在

对儒道的接近和清理中，鲁迅肯定孔子的"以柔进取"和"知其不可为而为之"，否定老子的"以柔退却"和"徒作大言"的空谈，更反对夷齐专事"立德"的"内圣"路线和庄子的道教化，其思想视野或古或今，领域旁涉道德、政治、知识、宗教，焦点却始终凝聚在道德与事功、信念与责任、思想与行动的连带整合上，而这一切又与其贯穿一生的兴趣——寻求"立人"乃至"立国"的方法直接相关。而所谓"中国脊梁"和"夏道"，就成为鲁迅后期思想中重要的人性和社会形象。正是通过它的确立，鲁迅才解决了儒家囿于道德与事功的难局而无法解决的道德合理性问题，解决了道家囿于思想和行动的难局而无法解决的知行合一问题，解决了早期思想就一直关注的信念与责任的联动、转化问题，才为其追寻"立人"或"改造国民性"提供了一个正面的、更加切实的答案。

——《鲁迅与墨家的思想联系》

　　研究鲁迅与传统文化的论文可谓多矣，但如此委婉、全面地直指问题核心的文字不多。高远东在梳理鲁迅与遗产关系中所形成的思路，把鲁迅研究从一般中文学科引向了思想史的高地。先前人们讨论这个问题多流于空泛，唯有王瑶等少数人能从容地面对这个问题。但王瑶基本还是在文艺学的框架里展开自己的思绪，而高远东则从审美意识升华到哲思中。总体来说，高远东的治学有自己的思路，一是注重文本；二是沿着文本考察其背后的哲学内涵；三是由哲学内涵的解析再回到鲁迅的基本主张，即思想的原点。在他那里，本乎材料，不尚虚言，在思辨里不失历史的厚重感。其原因在于一直有着一个巨大的载体，从载体出发讨论问题，就不会导致从思想到思想的空泛，而具有了扎实而丰富的意象。

鲁迅研究史曾经是不断简化研究对象的历史。导致此现象的因素很是复杂，大致说来是历史语境的隔膜和时代话语的干预。人们难免以自身的经验看对象世界，但鲁迅文本提供给人的却是多维的时空。鲁迅同代人的作品有许多不能引人兴趣了，为什么唯有他的文字常读常新？高远东的写作充分考虑到对象的复杂性。而他自身的回旋式的思考，大概可以回答这个问题。他早期可能受到王得后、王富仁、钱理群、汪晖的影响，但后来更主要是与日本、欧美的思想者有着诸多的共鸣，借鉴了一些重要的思路。认识鲁迅显然不能从民族的立场单一考虑问题，只要看看他一生与上百个国外作家的精神交流，就能发现其思想的丰富性。但放弃民族意识显然又无法走近鲁迅。从现代性的角度出发，能够瞭望到中国"被现代"的苦运。这个认知的对应过程，也是走近鲁迅的过程。我觉得高远东带来的挑战是，在植根于本土问题的焦虑时，一个新的立场在他那里出现了：不再是时代流行色的呼应体，而变成由时代语境进入历史语境、从而返回到时代中回应流行色挑战的精神独思。

最初对鲁迅的精神暗区进行深切探讨的是日本学者。竹内好、丸山升、木山英雄、伊藤虎丸多有惊人之作。竹内好对鲁迅沉默时期思想的考察，丸山升对革命与东亚的默想，木山英雄进入《野草》的幽夐深广的凝思，以及伊藤虎丸续写竹内好的智慧，比同时期中国的鲁迅论的表层化叙述显然高明。鲁迅的出现不是民族性的单一化现象，乃是"被现代"中的反抗与融合的涅槃。毁灭与新生、断裂与衔接，极为矛盾又极为开阔地夹杂其间。许多现象背后的东西，牵连的已经不仅仅是文学、哲学的问题。这种研究，我国自 20 世纪 80 年代后才有可能。也正是因为日本学界的参照，刺激了中国的读书人，他们也从中汲取了养分。我在高远东的实践里看到了他将国外学术大胆"拿来"的勇气。或者不妨说，在认识鲁迅的复杂性上，他和丸山升、伊藤虎丸有相同的体验。在许多方面，他的认知方式更接近伊藤虎丸的委婉，在细腻的探究与繁复跌宕之中，昭示着近代中国文化的一个隐喻。在互为参照中，久思远想，遂成规模，有的地方已经超越了日本学者的观点。这与其说是高远东成熟的标志，不如说是鲁迅研究深化的象征。毕竟，经典只有在被重复审视的时候，才会滋生新的元素，成为我们时代精神的资源与背景。鲁迅遗产可审视的空间，还没有到尽头。从形象可感的鲁迅走向暗区的鲁迅，从暗区的鲁迅再回到有血有肉的鲁迅，研究者的发现远不止这些，由此，人们还有理由对这个领域有更新的期待。

在鲁迅的"内篇"与"外篇"之间

————◎————

在胡风、冯雪峰介入文学批评领域之后，人们念念不忘的是他们文本中的鲁迅元素。但后来这种写作从文坛上隐去，周扬式的文章四处出现，个体化的表达受到了抑制。批评中的鲁迅传统成了远去的记忆，个体化的辞章也因之消失。到了20世纪80年代，一批新生代的批评家登台，我们才又听到了胡风式的声音。从这审美意识的进退消长，看得出文坛的风雨之迹。

我最早在上海的陈思和、王晓明、吴亮等人那里看到了复兴文学批评的努力，那时候《上海文学》在周介人的带动下，将中国当代文论单一的格局打破了。这是批评史上值得书写的一页，20世纪80年代的文学繁荣，伴随的是这些猛进的声音。那些批评家的特点和作家的特点有些相似，都是在经历过"文化大革命"后的沉思之后，摆脱思想桎梏的冲动，敲开了一扇扇思想之门，"五四"遗风便重新吹到枯萎的文坛上。

20世纪80年代的批评是反省与突围的表达，真正的学理性的批评在90年代才形成格局。陈思和、王晓明、吴亮之后，一批新的批评家开始出现，批评的目光从政治表层进入文化的深层思考中。人们看到了无数的新面孔，胡河清、郜元宝、张新颖都贡献了自己特殊的文字，而且批评的各种可能性也出现了。这几个人的文本衔接了"五四"的某种传统，而且又沿着此路向四方延伸。西方文论与古代文论的交汇运用，在这一代人中有了萌动。

这时候我注意到了郜元宝，这个 20 世纪 60 年代出生的批评家，以不同寻常的方式登上了文学舞台，学院派的儒雅与灵气都在其文章间显现，有别于自己前辈的眼光和视角，带来的是别样的书写。鉴赏中的思辨和思辨里的诗韵，在海派的灵动中多了北方的厚重之气，不经意间的言说与体味，修正了以往批评中的单一走向。

郜元宝最初研究海德格尔，德国哲学的底色影响了他的审美判断。这个背景使其可以在多个领域间往还地思考问题，哲学的意味和诗学的意味均在，文字间无意中显出纵深之感。他的批评不像自己的前人那样在单一话语里延伸思路，而是逸出本质主义的路径，寻常间的笔触跳动着非同寻常的意蕴，好奇心理的质疑意识闪动着思想之光。

最初读他的文章都零零碎碎，没有形成系统的看法。我周围的朋友提起他的名字，主要因其研究鲁迅的几篇文章。钱理群先生最早发现了郜元宝的批评力度，他在首届唐弢奖评选中一再推荐郜元宝，乃是被其研究鲁迅的锐气所吸引。那时候鲁迅研究界对于这位青年批评家知之甚少。但一个印象是，由于他的介入，鲁迅研究有了另类的风气，人们看到了批评家与思想者对话的途径。多年形成的研究套路，在当代批评语境里获得了生气。以往的文学研究的模式化书写，被差异性的语境所代替。

在上海的批评家队伍里，郜元宝与王晓明有一点很像，都由文学批评而进入鲁迅研究，又由鲁迅研究走到更广阔的批评空间。即不是在一个固定的领域开展自己的活动，许多文学现象都吸引着他们的目光，发现的冲动里有着思维的快意。文学之外的许多知识谱系在其笔下闪动着，那些学院式的概念被智性一遍遍冲刷，出现了偏离性的书写。他们身在学院，却勇敢地远离学院的习气，警惕职业惯性的滑动，由此在统一的秩序里寻出了异样的属于自己的园地。

如果不是因为与鲁迅相逢，他后来的批评不会有如此的锋芒。我们讨论他的文学批评的成就，不能不从鲁迅研究讲起。在他多部著作里，我更看重《鲁迅六讲》，这本书的见识与文字都摆脱掉了学界的套路，在高高的险峰上攀缘的影子，折射出脱俗之思。在细读鲁迅文本的时候，他提出许多前人没有发现的概念，而且其辨析之力之强，不太像一般中文系出身的人那样思维单一，那是经过哲学训练的人方有的感觉。当哲思与诗意统一在批评文章中的时候，便获得了非同寻常的辐射力。他的出现似乎也显示着批评的成熟和文学研究的个体化的意义。当思想的内蕴被富有智慧的词语表述的时候，这种批评性的写作也拥有了文学的另一种价值。

文学批评与鲁迅研究在他那里相得益彰，由鲁迅出发的精神思考和漫游，使其文章具有了历史的维度。郜元宝的鲁迅研究修正了许多前人的观点，在人们停下来的地方又拓展了新的领域。比如说研究鲁迅的精神起点，王得后先生以为"立人"是关键所在，这一直被后人所沿用。但郜元宝却不满于此，觉得在"立人"之前，"立心"才有鲁迅的本意。学界对于"为天地立心"这句老的话语有过疑虑和警惕，由于担心唯心主义的出现，一般不再于此深思下去。而郜元宝则从鲁迅早期文本里发现了"心声""内耀"的部分，发现其精神过程与古人有交叉的地方，而那交叉，恰衍生出创意的文本。

所以他的结论是，如果说有鲁迅的"人学"，那么首先是"心学"。这个发现十分重要，因为"人学"可以放大到社会学、哲学许多领域，而"心学"则把对象世界拉回到内宇宙中，鲁迅文本的许多谜团都可以在此找到一个较为合理的解释。从这点上可以引发出诸多审美的思想，而研究一个作家，脱离对文本与辞章的凝视，义理的梳理则可能空泛，看重作家的文心，方能在外在概念覆盖中保持研究者的定力。

"心学"的提出，涉及传统的许多精神资源，感性世界的元素与传统知识谱系都需进入视野。老庄、佛理、民间图腾……这些旧影何以闪现在"五四"文人的作品里就有了一个有趣的说明。《破恶声论》里"伪士当去，迷信可存"，其实讲的是民间未被污染的素朴之心。而这些，从鲁迅藏的乡邦文献、野史札记里都可找到。因为郜元宝没有看到这些原始资料，不能深入言之，但他已经从鲁迅文本中嗅出了其间的气息。所以鲁迅一生同伪士斗，袒露自己的素心，恰是其精神过程一以贯之的动人所在。"鲁迅凭其心的挣扎，把在别人那里呈现为赤裸裸的概念形态的思想理论问题转换为活生生的'直剖明示'的文学问题——心灵体验、心灵判断、心灵取舍的问题，在'古今中外'激烈交战、几乎无路可走的绝境，开辟出自己的道路——心灵的道路。"[1]郜元宝在众多文章里爬梳，发现了文本的独异性背后的思想的独异性。忠实于内心的时候，概念有时丧失意义。正是因为这样的论述，解释鲁迅的各类作品，也便有了可靠的依据。

找到了"心学"的入口，自然就涉及表达的载体问题。鲁迅的辞章

---

[1]　郜元宝：《鲁迅六讲》，北京大学出版社 2007 年版，第 28 页。

之美是不能不注意的话题。在比较胡适、鲁迅的时候，他发现胡适所用的语言是"专家语言"，而鲁迅不是，其拥有的竟是"通儒语言"。在鲁迅那里，"可以熔议论、沉思、刻画、虚拟、感觉、想象、激情、梦幻于一炉，文史哲自然科学无所不包，广出犄角，触类旁通，适应性强，不以议论影响其个性"[1]。论述鲁迅的功底，不能不从"五四"后的许多文人、学者那里进行对比，鲁迅之为鲁迅，乃在不同语言库里寻出资源，得天下妙语而用之，又能够嫁接转移，遂多了广博之气。如果我们不是从这个层面展开问题的讨论，研究者被伪命题纠缠的厄运是不可避免的。

鲁迅语言表述的自由和思想的自由，至今让人无不为之叹服，那原因系精神常常逸出言语之外，作为载体的词语反而显得有限，而超越这有限则不能不从各类表达方式中学会引用与借鉴。郜元宝感叹："卓越的文体始终是口语之外不断显示差异而又始终聚集其自性的语言，卓越的文体家总反对任何旧有权威或新造的桎梏，反对任何强力的一体化与衰朽的凝滞，追求语言的自由。"[2]唯有从文学本体的角度思考这个问题，才能够发现鲁迅写作的这种抗拒性里的自由性。相比之下，鲁迅同代人都无法具有这样的能力，胡适、陈独秀等人在辞章上的表现，并不比"同光"时代的文人高明多少。而后来的自由主义者对于鲁迅的轻蔑，那表述的贫弱，均不与鲁迅在一个层面上。当我们还不能像他那样思维的时候，面对其遗产总不能找到可以进入对象世界的入口。

郜元宝意识到，拥有丰富内觉的鲁迅，在其时代遇见的"无物之

---

① 郜元宝：《鲁迅六讲》，北京大学出版社2007年版，第50页。
② 郜元宝：《鲁迅六讲》，北京大学出版社2007年版，第69页。

阵"，其实是单一的文化之网的错织之物。他身后的知识分子几乎无法像他一样面对生活，多角度地打量人生。鲁迅的思维和思想都在本质主义之外，现行的诸种概念无法涵盖其精神的要义。比如自由主义与自由思想，其实有许多差异。《自由的思想与自由地思想》一文对于鲁迅内心世界的描述，显示其辨析问题的能力。从文学角度讨论鲁迅思想，由于涉及感性世界的不确切性，反而超出一般学者僵硬的主义之说。这有相当的难度，要辨析的不仅仅是思想史里的问题，也是文学史里的问题。"自由的思想""自由地思想"是两个层面的问题。前者乃原理性的存在，后者系主体的状态。"鲁迅始终是一个现实主义者，他对于自由主义知识分子的批评，并非求全责备，也并非否定自由主义者所执的自由理念本身，而是着眼于他们与公开的言论主张往往背驰的实际所为，着眼于其言论主张和现实环境惊人的脱节，着眼于在这种情况下面，自由的高调可能导致不自由的结果。"①

毫无疑问，我们的批评家在这里提炼出鲁迅遗产中重要的因子，从这样的研究逻辑出发，许多被遮蔽的思想都能够得到深度的阐释。讨论鲁迅思想的时候，这样的方法殊为重要，此前的许多学者还没有能力拥有这样的辨析能力。脱离知识界的思维惯性才能够避免对于经典阐释的惯性，倘不跳出被鲁迅解构的旧式逻辑，在与其同构的逻辑层面上学之、思之，我们在许多问题上依然会处于朦胧状态。

《鲁迅六讲》一书中的那篇《反抗被描写》在郜元宝那里显得异常重要。"被描写"是文学的普遍现象，鲁迅却由此看出在主体丧失的情况下"寂寞为政，天地闭矣"的不幸。文章指出，鲁迅发现中国人受到"两重桎梏"的压制，一是传统的，二是外来的，我们自己失去了

---

① 郜元宝：《鲁迅六讲》，北京大学出版社 2007 年版，第 117 页。

发声的能力。摆脱"被描写"的苦运，自然要学会自己对自己凝视。但传统的方式不太易做到此点，而学习域外经验，显得异常重要。以往讨论这样的话题的时候，人们往往脱离文本而蔓延出各类的思路，这容易远离文学而显得空泛。而郜元宝则紧扣写作实践的话题，文本分析的力量便显示出来了。反抗"被描写"，其实就是学会西方人的现代性的能力，将其转换成中国人自己的内在力量。也就是忍痛接受"被现代"的疼痛，在反抗中建立自己的诗学理念。"在描写语言和描写对象、主体和客体之间，必须先有一个'本体论的差异'，这样无论'描写'还是'被描写'的活动才能成立。否则，语言与存在混沌一片，是无法'描写'的。古代文化须以现代文化加以'描写'，才能彰显其意义，反之亦然；东方文化需以西方文化'描写'，才能揭示其特征，反之亦然。世界的意义就在不同存在物互相'描写'、彼此映照的'圆舞'与'镜戏'。盲目排斥一切'被描写'，并不能达到真正的'描写自己'。"①应当说，这样的论述，抓住了鲁迅世界最为重要的部分，由写作的姿态看出背后更为宽广的精神境界，由此可以揭开其世界的许多现象之谜。比如对于考古学的认识，对于日本文化的认识，对于西方汉学家学术成果的认识，都有类似深切的考虑。仅仅从思想到思想上来论述该问题，大约不得要领。而从文学实践中看这样的选择，更为贴近研究对象的实际。

毫无疑问的是，传统的文艺学方法，不能笼罩住鲁迅文本的全部隐喻，这是六十年间学术研究已经证明的事实。郜元宝试图在另一种思维里，进入这片精神之海。无论是批评家还是文学史研究者，常常

---

① 郜元宝：《鲁迅六讲》，北京大学出版社2007年版，第143页。

习惯于在自己的知识趣味里去捕捉对象世界的隐喻。但在面临鲁迅文本的时候，我们发现这个文本恰恰在颠覆批评家的这种惯性。倘若不放弃这个惯性，我们与鲁迅的对话就变得毫无意义。回到文本的逻辑结构里重新确立自己言说的方式，是研究者应当做的工作。

郜元宝在对鲁迅具体文本的解析中表现了良好的艺术鉴赏的感觉，他感受到，当代作家的文本似乎没有像鲁迅的文本那样充满力度。这对他自己而言是一种挑战，在应对这样的挑战的时候，内在的智性被高远的情思召唤了出来。在《“煮自己的肉”——鲁迅作品的身体言说》中，从生命与精神的多重关系里，他看到了精神活动与生命体验的多重关系。这篇论文无论是视角还是行文方式，多有独到之处，微言大义间，灵光四射。他选取的意象透出思想的品质，“言语道断，身体出场”，“煮自己的肉”与死亡的痛感，这些部分的梳理均有奇思。细节的把握和意识的明辨，在起伏之间获得一种思想的力度。在他看来，这样的细读才可能把研究推向深处。

《野草》里的身体的痛感、窒息感、欣慰感在字里行间流散不已。郜元宝敏锐地捕捉到作者内觉的核心，看到异域基督教文明的身体书写的隐含。鲁迅在《复仇（其二）》描写耶稣受难的瞬间，突出了耶稣被钉在十字架上的痛楚，而这在《马可福音》里被省略的部分，有中国人认知特点的凸显。鲁迅处理痛感的时候，也把精神的升华点染出来，以受难的感受书写精神的伟岸，那里恰有深刻的精神哲学。只有通过身体感觉的传递，我们才能够分享那感觉后的精神的流动。郜元宝在细读了《野草》诸篇之后写道：

　　总之，精神的表达不能直接运用已经准备好了的始终在手边的非身体的精神性语言，而只能通过将本来被鄙视的非精神的身体彻底精神化，从而使之成为精神诉说的一种可用和合用的替代性语言。只有这样，"精神的思缕"才能够伴随着肉体的挣扎而一同呈现出来。肉体不能离开精神而获得独立的意义，精神也无法出离身体而直接说出自己的话来。鲁迅的文学就这样不断消解着精神与身体任何一方面的片面的知足，从而充分验证了现代中国身体和精神在语言中的命定纠缠。

——《鲁迅六讲》

这里，传统批评家的逻辑终结了，我们的研究者找到了对象世界中可以深省的部分。从文本里升华的思考绕过了汉语的惯性，与德国哲学的智慧萦绕一体，替代了先验概念的表达，缠绕的句式恰好对应了对象世界的多层隐喻，于是才完成了对于思想者的一次有趣的凝视。上述的种种表述，其深度不亚于竹内好的《鲁迅》，有的甚至更为直观和形而上地指示了存在的要义。

我读他的著述的时候，常常想起与他同龄的高远东，两个人的学术风格不同，但都有创造性的阐释功底。高远东面对鲁迅遗产时，京派的研究风格显而易见，历史深处的幽玄之气被现代思想史里的光泽照耀着，我们仿佛看到史学与文学的互动。他关于"互为主体"问题的提出、东亚意识现代性的思考，都是向外延伸的渴念。而郜元宝则更多的是在自我世界里处理文学文本，"心学"的痕迹挥之不去。这可能与其批评家的气质有关，在研究现代文学的时候，不忘的还是当代文学批评的视角。自己对时代的某些欠缺的感受和忧思，也被他投放在远去的文本里。所以，与高远东的静穆的著述不同，郜元宝身上的当代批评家意味，使其写作一直处于与当下文学对话的关系中。

熟悉郜元宝文本的人能够感受到，他的一些认知世界的方法以及问题意识，具有不妥协的批判性。看他诸多对于当代文学的研究，就有着客观冷静的态度，不去迎合时风，在面对林林总总的现象的时候，保持着初始的感觉。这一方面是逆俗意识的坚守，另一方面有积极的建设思想的涌动。他不善于认同流行的趣味，对于学界的问题亦敢直言。这些谈吐背后的鲁迅影子倏忽漂移，杂文般的辣气袭来，给温暾的批评界带来不小的震动。

显然，郜元宝并不满足于对鲁迅的静观式的打量。我阅读他的著述时，最感兴趣的是他对于鲁迅遗产当下延伸的话题，这些也恰是他自己看重的部分。他对于胡风、丁玲、路翎的关注，其实更多的是考察鲁迅的思想如何被一点点抑制的过程。而那些追随鲁迅的作家如何在艰难的时期恪守那份遗产，亦是刺激其建立新的问题意识的缘由。郜元宝很少直接从意识形态的层面讨论问题，这使他与胡风、冯雪峰的思路岔开，具有了超意识形态的意识形态。他抓住的常常是审美意识里重要的一隅，比如在提倡大众化的时期，有创造性的作家如何沿着鲁迅的路坚持表达的个性。语言里的哲学广矣深矣，独创者沉于无限的可能里思考思想的表达。"心学"的核心乃语言的自我化和丰富化。在革命的年代，我们收获了民族的独立、解放，失去了属于创造性的表达，其实并不符合鲁迅思想的本意。鲁迅遗产渐渐被稀释的过程，也导致了文学的退化。而这时候，坚守鲁迅的思想和审美意识不仅是作家的一种使命，也是批评家的使命。

当他快意地沉浸在现当代文学研究的时候，正是西方学术被大举引介的时期。左派与自由主义的争论也恰在这个时期显得异常激烈。他从一些自由主义者的言论里看到了精神的空疏，同样，也在左派的空幻之思里读出了一种思想的浅薄。在各种西方思潮涌进的时候，我们的学界多从物质和制度的层面考虑西学的问题，但是却很少能够从人性和心理的层面看待外来文化的内核。郜元宝对于学界的"西崽"相颇为不满，他在考察同代人的西方研究的论述中感叹道，那些所谓的专家、学者并没有看到西方文化的本质。《我们的"西方学"》一文认为："一个多世纪以来，也许只有青年鲁迅曾经强调过，认识世界，首先是认识世界上其他民族的心。"①这种从思想的本源上思考问题的思路，在逻辑上与鲁迅的《文化偏至论》颇为吻合。20世纪80年代以来，我们的文化一直在两极间摆来摆去，"始于纠偏而终于纠偏"，那原因是我们失去对于"心学"的凝视之力。而鲁迅的"心"与"毅力"，是可以避免这种循环的资源。郜元宝用这样的资源与形形色色的文人对话的时候，其具有厚度的辩驳之力发生了效力。而在这个交锋的过程中，鲁迅的遗产被其内化于生命的结构之中。

在诸多的思考里，他不断地以鲁迅的思路同当代文人对话，一方面，是与作家的作品对话，这主要集中在对陈忠实、张炜、王蒙等人的研究中，一些论断在历史的贯通里流动着思想的热浪。他在阅读文本的时候表现出的细腻和跳出细腻后的豁达，为批评注入了新鲜血液。另一方面，是与显赫的自由主义者的对话，面对单一思维给思想界带来的混乱，他开始发声。在一种历史的维度里看流行思想的变异，就有了批判性的价值。

20世纪90年代后，中国知识界出现分化，对于世间万象的不同认识开始分庭抗礼。那时候新涌现出的自由主义思想者首先向鲁迅传

---

① 郜元宝：《岂敢折断你想象力的翅膀》，上海文艺出版社2011年版，第388页。

统开刀，把"五四"传统内在的资源分成对立的部分。典型的是胡适与鲁迅的冲突被无限夸大。人们根据"文化大革命"中鲁迅被借用的事实而指出其思想的问题，放弃鲁迅成为许多人的新选择。当韩石山《少不读鲁迅 老不读胡适》出版的时候，对于鲁迅的挑战已经带有一股火药的味道。鲁迅研究界对此曾整体沉默，没有谁出来以学理的方式辩驳攻击鲁迅的人，这时候郜元宝站了出来，用自己的慧眼发现了在自由主义旗号下的学者的软肋。他在对历史的考察中发现，"文化大革命"思维对于知识人的影响依然深重。在《又一种破坏文化的逻辑》里，他直指问题的核心："以忍让宽容为主旨的自由主义，竟然变成不能碰的老虎屁股，这又使我想起20年代末，郭沫若、成仿吾等以鲁迅不肯公开接受科学的社会理论、没有获得'先进阶级'的'意识'，就判定鲁迅在思想上'落后'，甚至属于'封建余孽加法西斯蒂的二重反革命'。"[①]那时候的自由理念的出现，是对"文化大革命"文化的一种反驳，自然有不小的价值。但是在思维方式上，它远远不能接近"五四"那代思想者的核心。郜元宝借助鲁迅的方法和智慧，从历史与现实的多重维度聚焦文化的热点，一些朦胧的问题在思想的光泽中变得清晰了。

在众多的文学批评文字中，鲁迅风在其文字的背后习习吹来。张炜的《古船》可读出鲁迅思想的片段，其对于道教的描述，无意中注释了鲁迅的观点。陈忠实的《白鹿原》在一定程度上也有类似的意味。王蒙20世纪80年代的小说，偶尔在回应鲁迅当年的母题，这是当代人的一种无法逃脱的宿命。在瞭望人性世界的时候，《呐喊》《彷徨》

---

① 郜元宝：《岂敢折断你想象力的翅膀》，上海文艺出版社2011年版，第416页。

里的意象是会自然从中走出的。郜元宝在当代写作里看到了鲁迅母题延伸的过程，也学会了以鲁迅的方式面对那些粗糙的文本。比如对于50年代作家的语言的挑剔，比如对于80年代作家的平庸思想的批评，以及对大学教授的教授腔的嘲笑，都和鲁迅的"心学"意识交织在一起。而他的敢于挑战批评界日常思维的勇气，也易使人想起鲁迅的某些杂文笔法。

文学批评的责任是思想的判断与审美的判断。郜元宝意识到，学者跟着概念和思潮跑可能一无所获，倒是胡风所言的在泥淖中行走更为重要。在《关于文学和批评的一些老生常谈 ——答〈南方都市报〉》中，他一再用鲁迅的经验谈论文学批评的应有之义。对批评界无视文坛的弊端而逃逸颇为失望。而他自己在审视莫言、李锐时候的尖锐的批评，也可看出其精神的偏好。这时候他毫不温暾，那语言的背后，一种批评的自信还是清晰可辨的。这些皆受惠于鲁迅，他坦言，恰恰因为鲁迅的资源，自己方有了一种思想的定力："如果没有20世纪90年代人文精神讨论，特别是在讨论中和一些人发生笔战并在笔战中走近鲁迅，我的文学研究还会继续盲目下去。在中国做文学意味着什么，做批评意味着什么，在鲁迅那里都会得到很好的启发。"[①] 郜元宝在鲁迅那里发现了精神的富矿，而这些不仅仅属于过去，也属于今天的文坛。中国作家与批评家最为缺失的，正是鲁迅的那些被遮蔽的思想和精神。他沿着先生的路走下去的选择，也易让人想起胡风、阿垅、路翎等人当年的精神积习。也由此，当代文学有意义的部分就与鲁迅遗产深切地纠缠在一起了。

---

① 郜元宝：《岂敢折断你想象力的翅膀》，上海文艺出版社2011年版，第338页。

一个批评家如果缺乏锐气，那么其表达的意义则丧失大半。郜元宝梳理当代文学的时候，常常不经意间发出枭鸣式的冷音。比如散文文体的退化，小说家的词语的弱化，诗人风骨的简化，都是精神不得畅达流转的悲哀。在《所谓散文》里，郜元宝感叹文心的空位，鲁迅式的"心学"很难在当代散文家那里找到呼应的对象[①]。但他的论述有时候显得匆忙，偶尔也忽略了一些人的文本的价值。例如，对于张中行等人写作的扫描，就带有一丝隔阂，但这并不影响其文章的深度。不满意当代作家的文章的空疏，于是便有不断的追问，一些文字也刺痛了我们的作家。批评不是苟同，亦非迎合，忠实于自己内心的感受，且不失精神的尺度，这也是职业的一种要求。

在这样的选择里，他突然发现鲁迅研究界的空泛之风，当研究对象被学院派单一的语境叙述的时候，可能会出现问题。将其遗产引介到当代文学批评与创作中去，具有积极的意义。在《打通鲁迅研究的内外篇》一文里，他认为鲁迅研究存在着"内篇"和"外篇"，即内涵式研究和外延式研究。仅仅恪守在鲁迅研究界内，是对文本的幽闭性处理，它自然会遗漏些什么。研究者途径与当代文学对话的队伍，是不能不做的工作。他开列了一个长长的名单，觉得都是可以思考的对象："不仅王蒙、张炜、张承志、贾平凹、陈忠实、王安忆、残雪、余华、莫言、毕飞宇等作家，甚至当下网络写作，都可以引入鲁迅作参照。若认为这种研究不符合'鲁研界'的学术规范，那就只好听任鲁迅研究的外篇一直荒凉下去。只有内篇无外篇，折断一翼的鲁迅研究必将难以飞腾，必将失去他以往作为'现当代文学'研究的主发动机

---

① 参见郜元宝：《遗珠偶拾——中国现代文学史札记》，北京大学出版社 2010 年版，第 327 页。

的功能，而成为偏安一隅的专门之学。"①这流露了他对于鲁迅遗产转化到当代文学研究的一种渴望。其实，细究起来，当代文学一直存在着鲁迅的传统，有时候潜在文本的背后，有一种回溯性的对话。当代批评家对于此类现象的描述并非没有，只是没有形成风气。鲁迅模式能否被广泛接受，这确实是一个问题，但是鲁迅研究者若没有这样积极介入当代文学的姿态，也许就不能领会其遗产的真正本质。从批评的角度认识鲁迅，当可延续"心学"的价值，在对鲁迅的再认识中，这是不能绕过的一环。

与鲁迅时代的话语方式相比，今天的文学环境和批评环境的单一，是一直被诟病的部分，鲁迅的审美意识和精神高度，并没有被充分认识到，得其真意者亦寥寥无几。不能不提的是，在文坛上，鲁迅的传统是被分解到不同的阶层和群落里了。批评家如果无视这个传统，可能会在写作中回避思想里的问题和审美里的问题。因为鲁迅著作纠缠着现实敏感的部分，在这之外的凝视都可能导致"瞒"与"骗"的老病。鲁迅涉猎的许多问题在今天都是未完成的话题，有良知的作家已经从自己的创作中触摸到了相关的部分，而这些确实是批评家应当注意的存在。郜元宝的问题意识的提出，乃对批评界的一个警示。而他自己也成了打通鲁迅研究的"内篇"与"外篇"之人。在他那里，从一个历史的大逻辑中思考问题，方能使文化的言说拥有自己的底气。

显然，鲁迅的"内篇"，还有许多陌生的领域需要叩问，如今几代学者深潜于此，"鲁迅学"的博大不可小视。而"外篇"，可言说的

---

① 郜元宝：《打通鲁迅研究的内外篇》，《文学评论》2016年第2期，第11–15页。

意蕴何其之多，从诗人到小说家，从画家到学者，那主题延伸出许多风景。从"内篇"里不能出来，自然不得先生之趣，而只在"外篇"中却鲜知内理，可能稀薄其间原点的意味。胡风、冯雪峰是试图于内外中自由游走的前辈，他们有魅力的文字多因此而获得深的理趣。此后几十年间而无此类的继承者，批评中的鲁迅遗风久矣不见也。郜元宝是衔接了这个传统的人，身上保持的是"五四"先驱们的风骨。他一方面对于鲁迅精神进行哲学化的打量与探究，另一方面和形形色色的当代作家、文人对话。其间不仅仅有对于鲁迅遗产的重塑，重要的在于，借着这遗产而激活了当代文学的诸多主题。批评的本质是一个时代文化的象征，王尔德说"评论家也是艺术家"①，不是夸大之言。重要的批评家有时候甚至比一般的作家更有分量，这已经被无数的事实证明了。

---

① 王春元、钱中文：《英国作家论文学》，汪培基等译，生活·读书·新知三联书店 1985 年版，第 232 页。

后　记

　　我前几天回到鲁迅博物馆，看到许多新书，感到研究鲁迅的著作越来越多，话题似乎比先前更丰富了。那么多人醉心于鲁迅，自然有许多的道理，因为其间有自己需要的参照。这如同释迦牟尼之于后来的人们，凡是有思考冲动的人，都能够在那里寻到无量的光源。

　　一个人死后，还被不断叙述着，那至少说明其依然有引领的意义。人间的路千万条，不是条条都通往罗马的，走入歧途的人不是很多么？至于带着妄念进入迷津的人，也是常常可见的。由此看来，在我们的世界上，有着磁石般引力的思想者，毕竟很少。鲁迅不承认自己是青年的导师，也非他人的引领者，但也因此辟出新径，创造了别样的文学。这与释迦牟尼一样，在摆脱尘世的苦恼后，才有了无明之明，无响之响。当代作家与学者受此益者，真的无以计量。

　　有一位朋友曾经抱怨，说中国研究鲁迅的人太多了，为何不把精力转入当代文学中呢？这个疑问有些可笑，且不说研究当代文学已经成为热点，就文坛的现状而言，我们可有超过鲁迅的人物？倘若当代作家还囚禁在自造的幻影里，依然属于阿Q式的状态，大概还不能引来读者的注意。或可说，如果那些新出的文本不能刺激我们思考，依然缺少对话的可能，那文字其实就已经死去了。

　　研究鲁迅，以及鲁迅的遗风，不是为了成为鲁迅，而是像鲁迅那样，成为我们自己。那么如此说来，借着先哲的烛照，在没有路的地方走路，还是我们的任务。

孙郁

2019 年 8 月 19 日